HORST BOSETZKY

Selbst ist der Mörder

NEUER KRIMI VOM URGESTEIN -KY. Der 42-jährige Simon Kesseling ist der neue Shooting Star der Politik. Er will in der Partei Deutschlands Glück (DG) Karriere machen. Um bundesweit bekannt zu werden (»Alle kennen Kesseling!«), beschließt er, Thorben Lucka, einen Schulfreund mit krimineller Vergangenheit, anzuheuern, der zum Schein ein Attentat auf ihn verüben soll – doch dabei stirbt Kesseling wirklich. Gunnar Schneeganß, Manhardts Nachfolger in der Mordkommission, und seine Assistentin Jessica Schamp kommen mit der Aufklärung des Falles Kesseling nicht voran, denn es gibt fünf Tatverdächtige. Es gilt herauszufinden, ob der wirkliche Täter vom Plan des Scheinattentats gewusst und dies ausgenutzt hat. Wird es Hansjürgen Mannhardt und seinem Enkel, dem Jurastudenten Orlando, gelingen, den Mörder zu stellen? Eine wahrlich schwierige Ermittlung – denn wer wäre schon auf … gekommen!?

Dr. Horst Bosetzky (ky) wurde 1938 in Berlin geboren. Der emeritierte Professor für Soziologie veröffentlichte neben etlichen belletristischen und wissenschaftlichen Arbeiten zahlreiche, zum Teil verfilmte und preisgekrönte Kriminalromane. 1992 erhielt der Altmeister des neuen deutschen Krimis den Ehren-Glauser des SYNDIKATS für das Gesamtwerk und die Verdienste um den deutschsprachigen Kriminalroman. 2005 wurde ihm der Verdienstorden der Bundesrepublik Deutschland verliehen. Zehn Jahre lang war Horst Bosetzky Sprecher des SYNDIKATS und Gründungsmitglied von QUO VADIS. Neueste Veröffentlichungen: »Teufelssee« (2017), »Die Gebrüder Sass – geliebte Genoven« (2017), »Abgerechnet wird zum Schluss« (2018). Besuchen Sie: www.horstbosetzky.de

Bisherige Veröffentlichungen im Gmeiner-Verlag:
Abgerechnet wird zum Schluss (2018)
Die Brüder Sass – Geliebte Ganoven (2017)
Teufelssee (2017)
Eingebunkert (2016)
Witwenverbrennung (2015)
Fahnenflucht (2013)
Der Fall des Dichters (2012)
Nichts ist so fein gesponnen (2011)
Promijagd (2010)
Unterm Kirschbaum (2009)

HORST BOSETZKY

Selbst ist der Mörder

Kriminalroman

GMEINER SPANNUNG

Personen und Handlung sind frei erfunden.
Ähnlichkeiten mit lebenden oder toten Personen
sind rein zufällig und nicht beabsichtigt.

Im Ehnried 5, 88605 Meßkirch
Telefon 07575/2095-0
info@gmeiner-verlag.de

1. Auflage 2018

Lektorat: Claudia Senghaas, Kirchardt
Herstellung: Mirjam Hecht
Interview S. 103/104: mit freundlicher Genehmigung von DuMont Content Center
Umschlaggestaltung: U.O.R.G. Lutz Eberle, Stuttgart
unter Verwendung eines Fotos von: © Evelyne/Fotolia.com
Druck: CPI books GmbH, Leck
Printed in Germany
ISBN 978-3-8392-2334-5

Wenn man davon ausgeht, dass Ordnung immer fragil und der Mensch von Natur aus aggressiv ist, dann ist jeder Tag, an dem nichts passiert, ein Wunder!

Alain de Botton

EINS

Die Kugel sollte zwei Zentimeter über der Nasenwurzel in die Stirn gehen. Thorben Luckas ausgestreckte rechte Hand bewegte sich beim Zielen keinen Millimeter nach oben oder unten, nach links oder rechts. Er stellte sich vor, sie sei aus Bronze, ebenso wie sein ganzer Körper. Das funktionierte immer. Entschlossen drückte er ab.

*

Seit der 42-jährige Simon Kesseling, studierter Politologe und Volkswirtschaftler, die Partei »Glückliches Deutschland« (GD) gegründet hatte, trat er irgendwie auf der Stelle.

»Keiner kennt Kesseling«, klagte er seinem Freund Doktor Rainer Rietzel gegenüber, der Topmanager bei einer großen Aktiengesellschaft war und seiner Partei als Public Relations-Berater diente. »Keiner hat von meiner Partei etwas gehört.«

Rietzel lachte. »Gott, Simon, kein Wunder. Du musst unbedingt mehr tun, um in die Schlagzeilen zu kommen.«

Kesseling nahm sich das sehr zu Herzen, und bei der nächsten Mitgliederversammlung der GD in der Max-Schmeling-Halle legte er ungebremst los.

»Wir wollen, dass die Deutschen glücklich sind, und das können sie nur, wenn unser Land nicht länger mit Krimis überschwemmt wird. Mord und Totschlag überall, egal ob im Kino, im Fernsehen, im Radio oder in den Buchhandlungen. Schluss damit! Lasst uns lachen und glücklich sein! Und noch etwas: Wir wollen, dass die Deutschen glücklich sind, und das können sie nur in einem geeinten Europa sein. Darum sollten wir gemeinsam Front machen gegen alle Nationalisten, ob sie nun Boris Johnson, Marie Le Pen oder Viktor Orbán heißen. Ach ja, Verzeihung, dieses Manneken PiS in Polen habe ich ganz vergessen.«

Das gab die ersten Lacher, ja Brüller, und Kesseling konnte hoffen, dass die anwesenden Journalisten anbeißen würden und erst recht seinen nächsten Kracher beachteten.

»Wir alle wollen, dass die größtmögliche Zahl an Deutschen glücklich ist, und darum fordern wir die Einrichtung von Bordellen für Asylanten. Wo sollen denn die armen arabischen und afrikanischen Männer mit ihrem riesigen Testosteron-Überschuss hin? Sollen sie weiterhin unsere Frauen und Mädchen betatschen, vergewaltigen oder gar ermorden?! Nein! Und darum sollen wir ihnen ebenso Bordelle hinstellen wie früher unseren Soldaten. Wenn ihr das so seht wie ich, dann spendet jetzt zweimal: einmal mir Beifall und zum anderen Geld zur Eröffnung des ersten Asylantenbordells in der Nähe des Flughafens Tempelhof.«

Das funktionierte ganz gut, aber er war längst noch nicht da, wo er hinwollte. Seit seinem zehnten Lebensjahr identifizierte sich Simon Kesseling mit jenem Herostratos, der im Jahre 356 vor Christus den 200 Jahre alten Tempel der Artemis in Ephesos in Brand gesteckt hatte, um mit dieser Tat unsterblich zu werden. Was ihm ja auch gelungen war. In seiner Fantasie hatte sich Kesseling in der Zeit seiner Pubertät immer wieder vorgestellt, in Berlin ein Gebäude in Brand zu stecken, das für die Stadt von hohem Wert war. Aber welches? Der Reichstag ging nicht, weil mit dem schon der Name Marinus van der Lubbe verbunden war. Und Funkturm und Brandenburger Tor ließen sich nicht niederbrennen. War ihm nur die Gedächtniskirche geblieben, was ja auch irgendwie logisch war, weil Tempel und Kirche in etwa dasselbe waren. Befeuert hatte ihn damals auch ein Gedicht Georg Heyms »Der Wahnsinn des Herostrat«, von dem er viele Zeilen auswendig hersagen konnte, etwa:

Wer ist der Größte! Ich …
(…)
Ich, Herostrat von Ephesus genannt,
Ein armer Goldschmied, doch vom Ruhm gekrönt.
Und die Geschlechter, die der Schoß der Zeit
Zum Lichte »häuft«, sie werden meinen Namen
Mit Ehrfurcht nennen …
Er strahlt dem Sirius gleich.

Nun, Simon Kesseling hatte die Kaiser-Wilhelm-Gedächtniskirche nicht in Brand gesteckt, denn er kam aus gutbürgerlichem Hause, und seine Eltern hatten ihm ein starkes Über-Ich mitgegeben, das seine asozialen Triebkräfte doch noch zu zügeln verstand, doch der Herostratos steckte auch 20 Jahre später noch immer in ihm, auch wenn er sein Studium der Volkswirtschaftslehre und der Politologie mit Supernoten abgeschlossen hatte und Eigentümer einer Cateringfirma in der Greifenhagener Straße geworden war. Aber was war das schon, wenn er an all die prominenten Politiker, Sportler, Schauspieler und Fernsehgrößen dachte. An denen gemessen war er ein Nichts. Und das schmerzte ihn fürchterlich, das fraß ihn innerlich auf. Also hatte er eine Partei mit dem Namen »Deutschlands Glück« (DG) gegründet und träumte von einem Aufstieg, wie ihn Donald Trump der Welt vorgemacht hatte. Er sah sich als den Bundeskanzler, der in Deutschland nach Ende der Merkel-Ära die Macht übernahm. Bernhard Haslinger, der Leiter für beginnende Psychosen an der Berliner Charité, hätte im Fall Simon Kesseling seine Hypothese bestätigt gefunden: *Der pathologische Narzisst versucht unbewusst durch übersteigerte Größenfantasien sein eigentlich tief empfundenes Minderwertigkeitserleben, seine innere Verlorenheit abzumildern.*

*

Die Greifenhagener Straße lag ganz in der Nähe des S- und U-Bahnhofs Schönhauser Allee und reichte von der Gneiststraße im Süden bis zur Wisbyer Straße im Norden. Zweigeteilt wurde sie vom Graben der

Ringbahn, über den keine richtige Brücke hinweg führte, sondern nur ein Steg für Fußgänger und Radfahrer. Überquerte man den, sah man zur Linken die Türme der Gethsemanekirche in den Himmel ragen, und nicht wenige Berlintouristen erinnerten sich bei deren Anblick daran, dass die Gethsemanegemeinde vor der Wende 1989 ein Sammelpunkt der Opposition in der DDR und der Friedensbewegung gewesen war.

Überquerte man hinter dem Platz mit der Kirche die Stargarder Straße, kam man zum Ladenlokal der Cateringfirma PHS, dem Partyservice »High Society« (Catering & Events). Finger- und Gabelfood hatte man im Angebot, auch Minibrötchen, rustikale und fürstliche Buffets, dazu exzellente Weine und Live Cooking. Man befand sich hier inmitten der angesagten Wohngegend Prenzlauer Berg, auf berlinisch *Prenzlberg*, und folglich liefen die Geschäfte mehr als gut.

Über den Werbeslogan »Glückliche Stunden mit uns« war Simon Kesseling auf den Namen seiner Partei gekommen: »Glückliches Deutschland«. Und je mehr Zeit er für die Partei aufbringen musste, desto weniger hatte er für seine Firma, sodass er nur noch als eine Art Einmann-Aufsichtsrat fungierte und die Geschäfte seine Freundin führen ließ, Simona Nawrocki, die nicht nur einige Semester Betriebswirtschaftslehre studiert hatte, sondern auch als Model hervorgetreten war und den großen Hingucker abgab, wenn sie das Live Cooking besorgte. Das Kochen, die Patisserie, das Liefern der Speisen und das Herrichten der Tische und alles Kaufmännische besorgten bewährte Stammkräfte wie auch stundenweise angeheuerte Leute.

Der erste Kunde heute war gar keiner, sondern ein Journalist, dem Kesseling kostenlos ein Geburtstagsmenü für zehn Gäste geliefert hatte, und der dafür etwas über ihn und die GD schreiben wollte, Überschrift »*Partei statt Party*«.

Als das Interview abgehakt war, kam Simona Nawrocki ins Geschäft und begrüßte ihn mit einer filmreifen Umarmung. Wer ihnen öfter begegnete, fragte sich automatisch, ob sie ein Paar waren. Ja und nein. Sie arbeiteten zwar gemeinsam in der Firma in idealer Weise und schliefen hin und wieder zusammen, aber die große Liebe war es nicht, und vom Traum einer gemeinsamen Zukunft waren sie weit entfernt. Er brauchte sie, um Partei und Publikum zu zeigen, wie Glück in der Partnerschaft aussah, und sie brauchte ihn, um beim Live Cooking, das von einem privaten TV-Sender übertragen wurde, ihre große Bühne zu haben.

»Gehen wir heute Abend ins Kino?«, fragte sie ihn, als alles Geschäftliche besprochen war,

Er lächelte. »Tut mir leid, Süße, ich muss zum Klassentreffen. Die alte 6a trifft sich in einem Restaurant in der Grunewaldstraße. Vor 30 Jahren sind wir alle weg von unserer Grundschule am Barbarossaplatz, und jetzt hat Martina, unsere damalige Klassensprecherin, alle zusammengetrommelt, die sie irgendwie mithilfe des Internets aufspüren konnte.«

»Oh my God, ist das aufregend!«, spottete sie.

»Egal, ich bin gespannt, was aus denen so alles geworden ist.«

»Na, was soll schon sein: Glücklich sind sie geworden, schließlich leben sie in Deutschland. Alles deine Wähler.«

»Okay, das reicht.«

Er ließ sich seine gute Laune nicht verderben und stieg pünktlich in die S-Bahn, um nach Schöneberg zu kommen, in seine alte Heimat. Zur Hauptverkehrszeit mit der Taxe durch die Innenstadt zu fahren, wäre idiotisch gewesen, sie hätten doch nur im Stau gesteckt, und beim eigenen Wagen wäre noch am Ziel die ewige Suche nach einem Parkplatz dazu gekommen. Und noch etwas sprach für Bahn und Bus: Hier konnte er dem Volk aufs Maul schauen und seine potenziellen Wähler kennenlernen. »Einen Tag mit den Öffentlichen durch Berlin erspart mir ein mehrjähriges Soziologiestudium«, hatte er einmal ausgerufen.

Am S- und U-Bahnhof Schönhauser Allee angekommen, bereute er seine Entscheidung schon, denn so dicht das Berliner Netz des öffentlichen Personennahverkehrs auch war, die Fahrt zum U-Bahnhof Eisenacher Straße war nur mit *ziemlich umständlich* zu bezeichnen.

Für einen Augenblick stand er da und wusste nicht weiter. Er hatte schon die Schlagzeile vor Augen: *»Parteiführer hilflos wie Buridans Esel«*. Gott, der hatte sich nur zwischen zwei Möglichkeiten zu entscheiden gehabt, bei ihm waren es aber drei. Da half es auch nicht, dass er eine Münze warf. Was also tun? Er lief nun doch zu seinem Mercedes und quälte sich auf verstopften Straßen Richtung Süden. Dafür hatte er dann das Glück des Untüchtigen, denn direkt vor dem Mietshaus in der Eisenacher Straße, in dem er aufgewachsen war, fand er einen Parkplatz. Dennoch stand er eine gute Viertelstunde später als ausgemacht vor ihrer Grundschule am Barbarossaplatz.

»Kesseling!«, rief Martina. »Wer zu spät kommt, den bestraft das Leben, du wirst heute eine Stunde nachsitzen und schreibst hundertmal: Pünktlichkeit ist eine hohe Tugend.«

Auch alle anderen Klassenkameraden und -kameradinnen begrüßten ihn mit großem Hallo, und er genoss es, der einzige Prominente zu sein. Nur einer sah ihn düster an: Thorben Lucka. Kesseling begriff auch schnell, warum das so war: Zu oft hatte er Thorben wegen dessen intellektuellen Fehlleistungen gehänselt (»Seinetwegen überlegen sie jetzt beim Schulsenator, ob sie nicht die Note Sieben einführen sollten.«), zu oft hatten sie sich geprügelt und blutige Nasen eingehandelt.

Beim Rundgang durch ihre alte Schule waren sie dann auch darauf bedacht, immer genügend Abstand zueinander zu haben, im Lokal wurden sie aber von Martina nebeneinander platziert.

»Damit ihr endlich nach 30 Jahren euren Frieden miteinander schließen könnt.«

»Mit dem nich«, brummte Lucka. »Wegen dem hab ick ma jestan extra 'ne Pistole jekooft, damit ick ihn nachher umlejen kann.«

Nach dem Essen mussten sie dann auf Martinas Geheiß alle erzählen, was sie denn so machten, und da stellte sich heraus, dass alle nützliche Mitglieder der menschlichen Gesellschaft geworden waren, wie es ihre Klassenlehrerin immer formuliert hatte, also Handwerker, Händler, Angestellte und Beamte. Mit einer Ausnahme: Thorben Lucka.

»Ick habe nüscht weita jelernt, als wie man am besten einbrechen kann, und in Tejel im Knast ooch mal inna Werkstatt da Tischla. Und weil ick weeß, wie det is mits Einbrechen, da tue ick jetz als Wachschutzmann meene Kohle vadien'n.«

»Du könntest auch bei mir in der Firma arbeiten, als Fahrer und im Lager, und da das Doppelte verdienen«, sagte Kesseling und legte seinen Arm um Luckas Schulter. »Damit wir uns endlich miteinander versöhnen. Und später wirst du dann mein Leibwächter, wenn ich mit meiner Partei bei 20 Prozent Wählerstimmen angekommen und Minister bei Frau Merkel geworden bin.«

»Na jut, allet vajehm und vajessen. Uff unsre Zukunft!«

Sie stießen an, und am Ende ihrer kleinen Feier schlug Kesseling dem neu gewonnenen Freund vor, ihn nach Hause zu fahren, zu viel getrunken hatte er nicht. »Thorben, wo wohnst du denn?«

»Nicht weit weg vom Kotti, Lachmannstraße. Det is direkt am Zickenplatz.«

Das war von der Grunewaldstraße keine Riesenentfernung, und in einer Viertelstunde hatten sie ihr Ziel erreicht.

»Komm mal mit ruff«, sagte Lucka. »Dann zeich ick dir mal det Einzije, wat ick jut kann: Schießen.«

»Schön, ist ja noch früh am Abend.« Kesseling stieg ebenfalls aus.

In Luckas Zweizimmerwohnung gab es einen langen Flur, und an dessen Ende hatte er eine Mannscheibe mit verschiedenen Trefferzonen und -punkten aufgestellt. Und schon hielt er eine Luftdruckpistole in der Hand.

»Eene von die Firma Weihrauch, eene HW 75. Hat ma über 300 Mäuse jekostet. Dafür sieht se ooch aus wie echt. Wat soll ick'n nu treffen?«

Kesseling überlegte einen Augenblick. »Sagen wir: ins rechte Auge.«

»Wird jemacht.«

Lucka zielte nur kurz, um dann auszurufen: »Treffer!«

Kesseling klatschte Beifall und ließ sich von Lucka erklären, wie man die Waffe mit »aufsitzendem Spiegel« halten musste, dass es hieß »Schütze hält Fleck«, wenn er genau auf den Punkt zielte, wo der Schuss hingehen sollte, und man von einer »gestrichenen Visierung« sprach, wenn Kimme und Korn korrekt zueinander ausgerichtet waren.

Während dieses kleinen Vortrags hatte Simon Kesseling die geniale Idee eines Scheinattentats. Wenn Lucka so gut schießen konnte, dann war es doch eine Kleinigkeit, wenn er irgendwo in der Stadt auf ihn schoss und die Kugel dabei seine rechte Schulter streifte. Das gab überall Riesenschlagzeilen und kam in die »Tagesschau« und die »Heute«-Sendung.

»Komm, setz' dich mal, Thorben, ich hab' da eine schöne Aufgabe für dich, und wenn alles gelingt, hast du 10.000 Euro bar auf die Hand.«

*

Nachdem sich Simon Kesseling und Thorben Lucka über die Ausführung des Scheinattentats einig geworden waren, brauchten sie einige Tage, um Ort, Wochentag und Zeit so festzulegen, dass mit dem optimalen Erfolg zu rechnen war.

»Der Ort muss nicht nur in Berlin einen hohen historischen Stellenwert haben«, begann Kesseling ihre Beratung, »sondern auch in ganz Deutschland bekannt sein. Der U-Bahnhof Eberswalder Straße hier bei mir vor der Tür scheidet also aus.«

»Und nicht zu vergessen, was für mich det Wichtigste is: der Fluchtweg«, fügte Lucka hinzu, am Ende seiner Ausführungen ins Berlinern verfallend. »Wenn se mich gleich schnappen, ham wa beede mit Zitronen jehandelt.«

Kesseling sah ihn an. »Dann mach mal 'n paar Vorschläge.«

Lucka musste nicht lang überlegen. »Gleisdreieckpark. Da bin ich schnell auf der Yorckstraße und kann in die U-Bahn runta und zur S-Bahn nach ohm renn'n.«

Kesseling schüttelte den Kopf. »Wer kennt in München schon den Gleisdreieckpark?«

»Dann mach du doch 'n Vorschlag!«, rief Lucka, leicht gekränkt.

»Wie wär's unten am Fuße des Funkturms?«, sagte Kesseling, ohne lange nachzudenken.

Lucka tippte sich an die Stirn. »Da müsste ick durch zu viele Gebäude durch, bevor ick wieda uff da Straße bin.« Außerdem, fügte er noch hinzu, käme ma da zu bestimmten Tageszeiten nicht aufs Gelände.

Kesseling fasste sich an den Kopf. »Du hast recht, wir müssten uns erst über die optimale Tageszeit und den optimalen Wochentag klar sein. Optimal im Hinblick auf das Echo in den Medien. Wann bekomme ich die größten Schlagzeilen? Wann lesen die meisten Leute Zeitung, wann sehen sie am meisten fern, wann hören sie am meisten Nachrichten?«

Lucka grinste. »Jib doch bei den Meinungsforschern 'ne kleene Umfrage in Auftrag.«

»Haha! Ich vermute mal, dass Freitagabend so gegen 19.00 Uhr das Beste für uns ist. Da sind wir dann um 20.00 Uhr in der ›Tagesschau‹ und kommen noch dicke in die Wochenendausgaben der Zeitungen.«

»Okay, wenn det klar is, dann zurück zu die Frage, wo ick denn nu zuschlajen soll.«

Kesseling stand auf. »Vertagen wir uns bis morgen, dann schreibe ich mal alle möglichen Tatorte auf, die mir so einfallen, und die sehen wir uns dann alle vom Auto aus an.«

Kaum war er allein zu Hause, machte sich Kesseling ans Werk und bekam eine Reihe spektakulärer Orte zusammen:

- Auf dem Alexanderplatz
- Vor dem ARD-Hauptstadtstudio am Reichstagsufer
- Vor dem Reichstagsgebäude
- Vor dem Brandenburger Tor
- Vor der Neuen Wache Unter den Linden
- Vor dem Denkmal Friedrich des Großen Unter den Linden
- Im Hauptbahnhof
- Vor der Kongresshalle (Haus der Kulturen der Welt)
- Vor dem Schauspielhaus am Gendarmenmarkt
- An der Siegessäule
- Im Holocaust-Mahnmal
- Vor der Gedächtniskirche
- Auf dem Potsdamer Platz
- Am Eingang zum Olympiastadion (vor einem Hertha-Spiel)
- Auf einem S-Bahnhof (Gesundbrunnen, Südkreuz, Westkreuz)
- Auf einem U-Bahnhof (vielleicht Hermannstraße, siehe »U-Bahn-Treter«)

Als er Lucka diese Liste vorlegte, schloss der nur die Augen und mimte den Verzweifelten. »Da kann ick ma nich entscheiden. Wo hängt da 'ne Videokamera und wo nich? Wo habe ick det beste Büchsenlicht? Wo kann ick am besten abtauchen?«

»Komm, setzen wir uns in mein Auto und sehen uns alles ganz genau an«, schlug Kesseling vor.

Das taten sie dann auch, und während ihrer Stadtrundfahrt kam bei Lucka eine Frage auf, die sie vorher noch gar nicht beachtet hatten. »Du hast *mir* jesagt, wo du wann sein wirst, aber woher soll ein echta Attentäta det wissen?«

Kesseling musste ihm recht geben. »Vielleicht ist er ein Hacker und hat in meinem Computer den Terminkalender gefunden?«

Lucka kam von dem nicht los, was er eben gedacht hatte. »Wenn et würklich ein echte Attentäta gewesen wäre, denn hätte der det doch am einfachsten jehabt, wenn er dir von deim Jeschäft uffjelauert hätte.«

»Kann ja sein«, musste Kesseling ihm zugestehen. »Aber die Greifenhagener Straße ist kein besonderer Ort, die kennt selbst in Berlin kaum einer, und die gibt rein optisch nichts her, wenn du sie auf dem Bildschirm siehst.«

»Dann musste endlich mal sagen, watte willst!«, rief Lucka.

»Los, gucken wir uns alles mal an und jeder vergibt Punkte zwischen eins und zehn. Eins gleich 100-prozentig nicht geeignet, zehn gleich optimal. Dann addieren wir meine und deine Punkte. Auf 17 muss ein Ort schon kommen, damit er eine Chance hat.«

»Hört sich jut an, richtich wissenschaftlich. Dann mal los!«

Sie begannen mit der Innenstadt zwischen Alexanderplatz und Siegessäule.

Lucka fand den Alex wunderbar geeignet, weil es da x Eingänge zur U- und S-Bahn gab, in denen er nach den Schüssen blitzschnell verschwinden konnte. Auch gab es ringsum genügend Eingänge zu Kaufhäusern, Ladenpassagen und Läden, wo man in der Menge untertauchen konnte. »Der Kandidat bekommt von mir alle zehn Punkte!«

»Von mir nur zwei«, hielt Kesseling dagegen. »Weil es nun wirklich nichts Besonderes ist, auf dem Alexanderplatz attackiert zu werden. Da haben wir schon so viele Opfer in den letzten Jahren, dass ich da gar nicht mehr auffalle. Den Alex können wir mit zusammen zwölf Punkten abhaken.«

Vom Alexanderplatz kamen sie über die Karl-Liebknecht-Straße zur Neuen Wache und dem Denkmal Friedrich des Großen.

»Von mir aus jeweils zehn Punkte«, legte sich Kesseling schnell fest. »Unter den Linden ist immer gut.«

Lucka sah sich genauer um, dann entschied er sich: »Bei mir kriejt jeda Ort nur zwee Punkte.«

»Warum denn das?«

»Weil ick beede Mal schlecht entkommen kann. Der olle Fritz steht mitten uff de Straße, und bei dem Verkehr hier komm ick da nicht zum Bürjasteich rüba. Und vor die Neue Wache is ma zu ville freia Platz.«

»Okay, also weiter«, entschied Kesseling.

Sie bogen nun nach rund einem Kilometer Fahrt auf der Straße Unter den Linden rechts in die Neuenstädtische Kirchstraße ab, um über die Dorotheen- und die Wilhelmstraße in die ARD-Hauptstadtstudios am Reichstagsufer zu gelangen.

»Nicht schlecht, weil man schnell auf Sendung ist«,

befand Kesseling. »Aber du wirst wieder keine ausreichenden Fluchtmöglichkeiten sehen?«

Lucka konnte da nur nicken. »Det haste klug akannt.«

Ohne dass sie ausgestiegen wären, ging es weiter zum Reichstagsgebäude und zum Brandenburger Tor. In der Scheidemannstraße fanden sie, was Wunder, einen Parkplatz, stiegen aus und nahmen die beiden möglichen Tatorte genau in Augenschein.

Kesseling hatte sein Urteil schnell gefällt. »Beide Locations würden was bringen, also jeweils zehn Punkte von mir.«

Aber auch hier legte Lucka sein Veto ein. »Von mir nich, denn a) is mir hier die freie Fläche zu jroß, über die ick rennen muss, ej ick an meim Auto oda Fahrrad beziehungsweise an U- und S-Bahn bin, und b) loofen hier viel zu ville Leute rum. Da kann ick nicht richtig zielen und treffe vielleicht 'n Falschen, oda eena schlägt ma die Waffe aussa Hand.«

Kesseling reagierte langsam leicht genervt. »Also bleibt uns nur bei dir zu Haus der lange Flur. Und damit dich die Kripo nicht fassen kann, schrauben wir vorher das Namensschild an der Wohnungstür ab.«

»Wie witzig! Haste mal dran jedacht, im Fernsehen als Komika uffzutreten?«

Kesseling blieb gelassen. »Wenn das Wählerstimmen bringen sollte, warum nicht? Wenn ein Clown wie Donald Trump in Amerika einen solchen Erfolg hat, dann wäre das auch bei uns mal einen Versuch wert. Was war denn Hitler anders als ein Clown?«

Weil sie sich die Mühe sparen wollten, an ihrem nächsten Ziel, dem Berliner Hauptbahnhof, längere Zeit nach einem Parkplatz zu suchen, nahmen sie die U55.

»Turmbahnhof mit 14 Gleisen und mehreren Ebenen, Anschluss U- und S-Bahn, und pausenlos halten hier Züge des Nah- und Fernverkehrs, täglich an die 300.000 Reisende und Besucher«, fasste Kesseling zusammen, was er vorher über den Berliner Hauptbahnhof gelesen hatte. »Und, was dich betrifft: Am nördlichen Ausgang haben wir das unübersichtliche Gelände um den Humboldthafen und zur Invaliden- und Heidestraße hin, und auf der anderen Seite bist du über Washingtonplatz schnell im Spreebogenpark und im Tiergarten.«

»Also von dir und mir je neun Punkte«, fasste Lucka zusammen. »Det dürfte ja nich mehr zu toppen sein.«

Rasch waren da auch die nächsten potenziellen Attentatsorte abgehakt:

- Vor der Kongresshalle (Haus der Kulturen der Welt) → zwar ausreichende Fluchtmöglichkeiten für Lucka durch den angrenzenden Tiergarten, aber keine ausreichende Begründung für Kesseling, ausgerechnet an einem Tag ohne eine stattfindende Veranstaltung dort zu sein.
- Vor dem Schauspielhaus am Gendarmenmarkt → zu großer Platz, keine ausreichenden Fluchtmöglichkeiten für Lucka.
- An der Siegessäule → wegen der Insellage und des enormen Kreisverkehrs ringsum keine ausreichenden Fluchtmöglichkeiten für Lucka.

- Im Holocaust-Mahnmal → Gefahr, wegen der Entweihung dieser Gedenkstätte zu viele Minuspunkte einzufahren.
- Vor der Gedächtniskirche → Platz wegen des IS-Attentats auf dem Weihnachtsmarkt zu negativ belastet.
- Am Eingang zum Olympiastadion (vor einem Hertha-Spiel) → zu großer Platz, keine ausreichende Fluchtmöglichkeiten für Lucka.
- Auf einem S-Bahnhof (Gesundbrunnen, Südkreuz, Westkreuz) → nicht spektakulär genug.
- Auf einem U-Bahnhof (vielleicht Hermannstraße, siehe »U-Bahn-Treter«) → wegen der Vorbelastung des Ortes zu große Gefahr, dass das Ganze von der Kripo als inszeniertes Scheinattentat entlarvt wird.

Als sie so weit gekommen waren, fiel ihnen ein, dass sie ja den Potsdamer Platz vergessen hatten. Also fuhren sie hin, stellten ihren Wagen in der Tiefgarage der Arkaden ab, stiegen nach oben und nahmen alles in Augenschein, so die drei Gebäude mit dem Tower hinter dem Namen (Atrium…, Kollhoff… und Bahn-…), das Sony- und das Beisheim-Center und das P5. Dann gingen sie die Alte Potsdamer Straße bis zum Marlene-Dietrich-Platz hinunter. Vor dem Stage Theater blieben sie stehen.

»Hier hab ick det Musical mit dem Udo Lindenberg gesehen«, erinnerte sich Lucka. »›Hintam Horizont‹. Und ick jloobe, det wäre 'n juta Platz für unsa Attentat. Den Potsdama Platz, den kennt jeda, und ick kann ma hier blitzschnell vakrümeln.«

Kesseling nickte. »Hört sich gut an.«

Als sie dann beide ihre Punktezahlen vergaben, kamen sie auf genau 18 Punkte, genau wie beim Hauptbahnhof.

»Was nun?«, fragte Kesseling.

Lucka lachte und legte ein hohes Maß an politischer Bildung an den Tag. »Starten wa 'n Volksbegehren: »Wo möchten Sie, dass auf Kesseling geschossen wird?«

»Haha«, war Kesselings erster Kommentar, dann meinte er, dass es wohl das Beste wäre, die Sache auszulosen. »Das wäre dann so eine Art Gottesurteil.«

»Na jut.« Er riss zwei etwa gleich große Fetzen von seinem Tempotaschentuch ab, schrieb auf den einen »Potsdamer Platz« und auf den anderen »Hauptbahnhof«, knüllte sie zusammen und ließ Kesseling ziehen.

»Potsdamer Platz.«

»Okay, müssen wa nur noch Tach und Stunde festlejen.«

»Nächsten Freitag, 19.00 Uhr, vor dem Stage Theater an dem Verkehrsschild da.«

*

Thorben Lucka ahnte, dass sie auf dem Areal des Potsdamer Platzes, also auch auf dem Marlene-Dietrich-Platz, Videokameras hängen hatten, und so dachte er lange über eine Maskierung nach, die eine spätere Identifizierung unmöglich machte, aber nicht so geartet war, dass er aufgefallen wäre, weil sie zu lächerlich war oder ihn zu einem Gefährder gemacht hätte. Eine Burka schied damit von vornherein aus. Ein Gag wäre es gewesen, sich als Araber und IS-Kämpfer zu tarnen, aber dabei war ihm die Gefahr zu groß, *auf der Flucht* erschossen zu werden. Aber reichten eine Sonnenbrille und eine Baseballkappe aus? War es nicht besser, sich mit einem langen Rock und einer Perücke als Frau zu verkleiden? Ja schon, aber das würde ihn daran hindern, schnell davonzulaufen. Er überlegte hin und her, ohne sich entscheiden zu können. Kesseling anzurufen, ging auch nicht, wo heute alle Anrufe gespeichert wurden. Bloß gut, dass er vor langer Zeit eine Beretta 92 FS/M9 in seinem Kohlenkeller versteckt hatte.

Mochte sein Intelligenzquotient auch nicht sonderlich hoch sein, eines wusste Thorben Lucka ganz genau: dass er nirgendwo eine Spur hinterlassen durfte. Und das hätte er unweigerlich beim Kauf einer Perücke. Schön, er kannte viele Kumpel in einschlägigen Milieus, die ihm eine besorgt hätten, aber diese Männer hätte er nach der Tat als Erpresser zu befürchten gehabt. Dasselbe galt für einen künstlichen Bart. Um sich selber einen wachsen zu lassen, reichte die Zeit nicht mehr.

Er war ratlos und überlegte schon, ob er Kesseling eine verschlüsselte E-Mail schicken sollte: »*Catering am Freitagabend muss leider ausfallen.*« Nein, das ging nicht, auf die 10.000 Euro bar auf die Hand konnte und wollte er nicht verzichten.

Schließlich kam er zu dem Schluss, dass es nur eine Möglichkeit gab: so normal wie möglich. Also Jeans, Schuhe, langärmliges graues T-Shirt, alles von der Stange, dazu eine Sonnenbrille und eine Baseballkappe. Die konnte er dann wegwerfen und in der Menschenmenge untertauchen, nachdem er auf Kesseling geschossen hatte. Er sah sich auf dem Stadtplan alles noch einmal ganz genau an. Am besten, er lief in Richtung Voxstraße davon und tat so, als würde er im Riesenkomplex des »Grand Hyatt Berlin« verschwinden, um aber in Wirklichkeit zur Potsdamer Straße weiterzulaufen und dort im Sony Center haltzumachen und abzuwarten, bis sich die Aufregung um das Attentat auf Kesseling gelegt hatte. Nach einer Stunde konnte er dann unbehelligt durch den nahen Tiergarten laufen und am Brandenburger Tor in die S-Bahn steigen.

Als der Freitag gekommen war, steckte er seine Beretta in die Hosentasche, fuhr mit der U-Bahn bis zur Yorckstraße, stieg dort in die S-Bahn um und war in einer Viertelstunde am Potsdamer Platz. Den Weg zum Marlene-Dietrich-Platz legte er, obwohl er Profi war, wie in Trance zurück. Auch die besten Schauspieler kannten das Lampenfieber, und nur mit ihm waren sie wirklich gut. Kein Mensch beachtete ihn, Thorben Lucka konnte also zufrieden sein.

Simon Kesseling, heute im weißen Anzug, stand schon an der verabredeten Stelle, dem eisernen Pfahl mit dem rot umrandeten Verkehrsschild »Absolutes Halteverbot in beiden Richtungen« am oberen Ende und einem grauen Abfallbehälter weiter unten, auf dem in weißer Schrift zu lesen stand: »Was du heute kannst entsorgen …« Das war so viel an schwarzem Humor, so Kesselings Kalkül, dass sich das kein Journalist entgehen ließ und so für neue Schlagzeilen sorgte.

Als Lucka auf etwa zehn Meter heran war, nickte Kesseling ihm unmerklich zu. Schon fuhr seine rechte Hand in die Hosentasche, umfasste den Griff der Beretta, entsicherte sie und …

… sah in diesem Augenblick einen Pulk von Menschen beiderlei Geschlechts und aller Altersgruppen auf Simon Kesseling zuschießen.

»Da ist ja unser … Leader!« Führer zu rufen, war ihnen verboten worden. »Glückliches Deutschland.«

Der PGD-Ortsverein Brandburg an der Havel hatte Kesseling erkannt und war glücklich, ihn umarmen zu dürfen.

»Jetze kommste noch mit uns mit, was trinken.«

Man zog zum nächsten Restaurant, während Thorben Lucka den Heimweg antrat, dabei murmelnd: »Wat für 'ne Scheiße, 10.000 Euro im Arsch!«

Am nächsten Tag bekam er einen Brief mit der Post. Von einem Manfred Meier. Nie gehört! Wer sollte das denn sein. Er riss den Umschlag auf und zog einen kleinen Zettel hervor:

Lieber Thorben, tut mir leid. Dann nächsten Freitagabend, 20.00 Uhr, vor meinem Haus. Dein Simon

PS: Diesen Brief sofort verbrennen! Darum auch der falsche Absender.

ZWEI

Der »Havelstern« tuckerte über den Tegeler See und kam gerade an der Insel Scharfenberg vorbei, und Hansjürgen Mannhardt, Erster Kriminalhauptkommissar (EKHK) im Ruhestand, genoss die Dampferfahrt mit Heike Hunholz, der Gefährtin seines Lebens, und beider Sohn. Er hatte die Augen geschlossen und suchte sich an ein Fontane-Gedicht zu erinnern, das er vor Ewigkeiten in der Schule hatte lernen müssen. Endlich hatte er es beisammen, teilweise jedenfalls, und murmelte es halblaut vor sich her: »*Am Waldessaume träumt die Föhre, / am Himmel weiße Wölkchen nur; / es ist so still, dass ich sie höre, / die tiefe Stille der Natur.*«

Heike lachte. »Ja, und ich träume von Föhr, von Wyk auf Föhr, wo wir am Anfang unserer Tage einmal Urlaub gemacht haben.«

Mannhardt hörte es schon gar nicht mehr, er war schon wieder *weggedöst*, wie das auf berlinisch hieß. Er fand diesen Zustand herrlich und sollte später sagen, es sei wie ein kleines Nahtoderlebnis gewesen. »Völlig losgelöst von der Erde, eingehüllt in eine warme, göttliche Helligkeit, keine Schmerzen mehr, nur noch Friede, Freude und Glückseligkeit.«

Wer ihn abrupt zurückholte in die Wirklichkeit, war sein Sohn.

»Papa, guck mal da! Da schwimmt eine Wasserleiche!«, rief Silvio.

Schlagartig war Mannhardt wieder im Dienst. »Wo?«

»Da am Anlegesteg.«

Richtig, das sah in der Tat so aus wie ein menschlicher Körper. Mannhardt riss sein Handy aus der Tasche und rief die Wasserschutzpolizei an. Die Nummer hatte er noch im Kopf. Die Kollegen waren auch in wenigen Minuten zur Stelle und …

… zogen ein totes Schwein aus dem Wasser.

»Daddy, that's embarrassing!«, war Silvios Kommentar.

»Wir sollten ab heute der Wendung ›Noch mal Schwein gehabt‹ eine andere Wendung geben«, fand Heike.

Mannhardt suchte sich in Gelassenheit zu üben. »Es hätte ja sein können, dass es wirklich ein Mordopfer war, und dann hätte ich meinen Nachfolgern sagen können: ›Ja, Kinder, das Bauchgefühl ist alles in unserem Beruf!‹ Mein Vater hat immer gesagt: ›Haste Glück, machste dick.‹«

»Bitte, kein Gespräch über Fäkalien!«, rief seine Lebensgefährtin.

»Warum holst du nicht dein Aufnahmegerät aus der Tasche und machst eine Reportage über das alles mit dem Titel ›Das tote Schwein, das kein Mensch war‹?«, fragte Mannhardt, nun doch leicht gereizt. »Wozu bist du schließlich Journalistin.«

»Die bin ich nur, bis ich 65 bin, dann will ich keine Zeile mehr schreiben und kein Wort mehr ins Mikrofon sprechen«, konterte sie. »Man muss auch einmal loslassen können.«

Mannhardt lachte. »Dich kann ich niemals loslassen.«

»Mich und deinen Beruf.«

*

Hansjürgen hätte bis Mittag schlafen können, er hätte die Hände in den Schoß legen können, denn seine Pension war ja an jedem Monatsanfang auf dem Konto, er hätte den ganzen Tag über fernsehen und seinen Hobbys nachgehen können, doch was machte er, er stand jeden Morgen um 6.00 Uhr auf und fuhr zu seinen Vorlesungen an der HWR, der Hochschule für Wirtschaft und Recht, oder er las alles, was an Fachlektüre zu bekommen war. Aus dem »Wer schreibt, der bleibt« hatte er »Wer lehrt, der bleibt« gemacht, der bleibt *am Leben.*

Neurobiologisch gesehen war schon die Fahrt mit der U- und der S-Bahn von seiner Wohnung in Tegel nach Friedrichsfelde zum Campus der Hochschule für Wirtschaft und Recht ungemein wichtig für sein Gehirn. Dieses hohe Maß an Anregungen, wenn er aus dem Fenster schaute und draußen die Häuser, Straßen, Lauben und der Himmel vorüberzogen. Bei der U6 war das zwar nicht immer der Fall, denn nur zwischen den Bahnhöfen Borsigwerke und Kurt-Schumacher-Platz fuhr sie oben auf einem Damm, sonst aber im Tunnel, aber er sah in Fahrtrichtung rechts die Justizvollzugsanstalt (JVA) Tegel und später den Flughafen liegen. An beide knüpften sich viele Erinnerungen. Er konnte all die Mörder und Totschläger nicht zählen, die er in seinen langen Dienstjahren in den Knast gebracht hatte, und von Tegel war er unzählige Male zu Tagungen, Familienfeiern und in den Urlaub geflogen. Friedrichstraße war umzusteigen von der U- in die S-Bahn, und auch hier wurden viele Erinnerungen wach. In den Zeiten der Teilung Deutschlands war er hier mit seiner ersten Familie x-mal mit einem Passierschein in der Hand in der Warteschlange gestanden, um die Grenzkontrolle hinter sich zu bringen und in die Hauptstadt der DDR einreisen zu dürfen. Noch immer hatte er als alter West-Berliner ein komisches Gefühl, wenn er sich im ehemaligen Ost-Berlin aufhielt. Er fühlte sich irgendwie nach wie vor im feindlichen sozialistischen Ausland. Auch das war postfaktisch, wie er fand, aber es ließ sich nicht abstreiten. Und wenn er jetzt mit der S-Bahn nach Friedrichsfelde fuhr, fiel sein Blick zwar auf viele Neubauten, etwa die Bibliothek der Humboldt-Universität oder die Regierungs- und Parlamentsgebäude um den Reichstag herum, aber auch auf Gegenden, die nicht nach blühenden Landschaften aussahen.

Das, was er in U- und S-Bahn an Fahrgästen sah und hörte, ersetzte ihm mehrere Semester eines Soziologiestudiums. Keiner las mehr eine Zeitung und nur ganz wenige noch ein Buch, alles wischte auf seinem Smartphone herum oder hatte Kopfhörer angelegt. Und wenn sich zwei oder mehrere unterhielten, dann nicht auf Deutsch, sondern in einer Sprache, die er nur selten erraten konnte. Zwischen manchen Stationen schienen ihm mehr Menschen aus arabischen als aus deutschen Ländern im Zug zu sitzen. Obwohl er nun, weiß Gott, kein AfD- oder Pegida-Anhänger war, sondern grün und marxistisch angehauchtes SPD-Mitglied, fühlte er sich ein wenig unwohl, denn Wolfgang Staudtes »Die Mörder sind unter uns« aus dem Jahre 1946 war ja nun wieder aktuell, wenn man an die Selbstmordattentäter des IS dachte. Und er war im Dezember 2016 drei Tage vor der Schreckensfahrt des polnischen Lasters über den Weihnachtsmarkt an der Gedächtniskirche gegangen. Doch nicht nur diese Angst machte die Fahrt mit der Berliner S-Bahn zu einer Mutprobe und einem Abenteuer, da kam auch noch anderes dazu. Etwa die pöbelnden deutschen IQ-80-Typen mit ihren Bierflaschen in der Hand, die herumstreunenden professionellen Taschendiebe aus dem EU-Land Rumänien und die Musiker, die teilweise batteriebetriebene Verstärker mitschleppten und einen solchen Lärm machten, dass er fürchtete, im Anschluss an ihr *Konzert* zum Hals-Nasen-Ohren-Arzt gehen zu müssen. Die Ohren zuzuhalten, wagte er aber nicht. Wie leicht bekam man *eine aufs Maul.*

Zu seiner Überraschung kam er heil zur Hochschule für Wirtschaft und Recht und nicht zusammengeschlagen ins nahe Unfallkrankenhaus Marzahn. In bester Stimmung betrat er die Bühne Hörsaal und kam zu seinem heutigen Thema.

»Wir kommen heute zu einem Serientäter, bei dem eine total misslungene Sozialisation und ein ausgeprägter Narzissmus zusammenkommen, was eine, lassen Sie mich das so ausdrücken, hochexplosive Mischung ergibt, ich meine: Rudolf Pleil, genannt ›Der Totmacher‹. Geboren worden ist er am 7. Juli 1924 in Kühberg, einem Dorf im Erzgebirge, gestorben am 16. Februar 1958 in Celle, wo er sich in seiner Gefängniszelle erhängt hat. Zuerst nun zu seiner Sozialisation.« Mannhardt zählte nun alles auf, was sich negativ auf die Entwicklung des Jungen auswirken musste. »Sein Vater, ein Industriearbeiter, war Kommunist, und sie mussten vor den Nazis in die Tschechoslowakei flüchten. Weil seine Eltern arm waren, musste er ihnen bei der Arbeit helfen und konnte nicht immer die Schule besuchen. Ein wenig Geld verdienten sie mit dem Grenzschmuggel, wobei Pleil einige Male verhaftet wurde. Als die Nazis dann in die Tschechoslowakei einmarschiert waren, verließ er sein Elternhaus, um Fleischer zu werden. Eine Fleischerlehre, meine Damen und Herren, erleichtert einem Serienmörder später, wenn es an das Zerlegen von Leichen geht, ungemein die Arbeit.« Mannhardt hatte an dieser Stelle die Lacher eingeplant – und freute sich nun, dass sie wirklich kamen. »Auch Carl Großmann, die ›Bestie vom Schlesischen Bahnhof‹, hat eine Fleischerlehre vorzuweisen gehabt, eine angefangene jedenfalls, wie Pleil. Der wird nun Schiffsjunge, zuerst auf Oder und Elbe, dann sogar auf einem Handelsschiff, das nach Südamerika fährt. Das bringt die Nazis auf die Idee, ihn nach Beginn des Zweiten Weltkriegs zur Kriegsmarine zu schicken.«

»Aber leider nicht auf ein abgeschossenes U-Boot«, kam es aus dem Auditorium. »Was zwei Dutzend Menschen das Leben gerettet hätte.«

»So ist es«, kommentierte Mannhardt diesen Zwischenruf. »Und der erste Preis fürs Makabre geht an Sie, Herr Kollege. Aber weiter mit Pleil. Kaleu, also ein Kapitänleutnant, wird er aus zwei Gründen nicht: a) wird er wegen Diebstahls zu einem Jahr Gefängnis verurteilt, und b) erleidet er immer wieder epileptische Anfälle. Das hindert ihn nicht, seinen starken Sexualtrieb bei Prostituierten auszuleben, und ein uneheliches Kind zeugt er auch. Deswegen soll er vor Kriegsende zwangssterilisiert werden, doch kurz vor der Operation wird das Krankenhaus, in dem der Eingriff vorgenommen werden soll, bei einem Bombenangriff zerstört. Er kommt in ein Arbeitslager, wird dort Koch und verspürt eine unbändige Lust am Töten von Katzen. Die verspeist er auch noch. Und wieder haben wir eine Parallele zu Carl Großmann: Bei Großmann waren es die Kaninchen. Nach Kriegsende machen ihn die Russen in Kühberg, seinem Heimatdorf, zum Hilfspolizisten, und als solcher schießt er einen plündernden russischen Soldaten an und berauscht sich dann an dessen herausspritzendem Blut. In den chaotischen Nachkriegstagen, die Soziologen nennen das einen anomischen Zustand, heiratet er eine junge Frau, die von ihm ein Kind erwartet. Aber der Sex mit ihr allein reicht ihm nicht, er überfällt nachts eine Reihe von Frauen. Ob er sie wirklich ermordet, wie er später prahlend berichtet, ist aber nicht bewiesen. In den Jahren 1946/1947, als das Überwechseln von der sowjetischen in die britische Zone legal kaum möglich war, siedelt er nach Zorge um, das im Teil des Harzes liegt, der zu Niedersachsen gehört, und bietet sich als Fluchthelfer beim Überwinden der ›grünen Grenze‹ an. Dabei erschlägt und missbraucht er zusammen mit zwei Komplizen mindestens zwölf Frauen. Am 18. April 1947 wird Pleil schließlich verhaftet, aber nicht wegen seiner Frauenmorde, sondern weil er auf einem Grenzgang den Hamburger Kaufmann Hermann Bennen mit einem Beil erschlagen und man dessen Leiche, von Axthieben zerstückelt, im Zorgebach gefunden hatte.«

Hier macht Mannhardt eine kleine Pause, um sich mit einem Schluck Wasser den Mund auszuspülen.

»Bevor ich nun im Einzelnen auf seine Taten zu sprechen komme, ein paar Sätze zu seinem Narzissmus beziehungsweise seiner narzisstischen Persönlichkeitsstörung. Nach dem DSM, dem ›Diagnostic and Statistical Manual of Mental Disorders‹, macht sich diese unter anderem daran fest, dass der Betroffene ein grandioses Verständnis der eigenen Wichtigkeit aufweist, sich als einmalig sieht oder sehen will und nach exzessiver Bewunderung strebt. Das geht einher mit fehlender Empathie, die Beziehungen zu anderen Menschen sind ausbeuterisch, sadistisch. Bis Kriegsende galten Karl Denke mit 31, Friedrich Haarmann mit 24 und Carl Großmann mit 23 nachgewiesenen, teils auch nur vermuteten Morden als Deutschlands größte Serienmörder – und die wollte Rudolf Pleil nun übertreffen. Es ist ja nun einmal in unserer Gesellschaft so, dass man als Serienmörder sozusagen unsterblich wird, man spricht über viele Jahrzehnte hinweg über diese Männer. Pleil hat seine Taten in einer Art Tagebuch festgehalten und das Ganze überschrieben mit: ›Mein Kampf – von Rudolf Pleil, Totmacher a.D.‹ Von 25 Morden ist dort die Rede, und er, der ›größte Totmacher‹, breitet sie alle prahlerisch aus. Einer anderen Schrift hat er den Titel gegeben: ›Ohne Gnade werde ich totmachen Kind und Greis, und nach 100 Jahren soll man noch von mir sprechen.‹«

»Und da Sie das jetzt tun, Herr Mannhardt, lassen Sie sich doch vor Pleils Karren spannen und sind sozusagen sein Erfüllungsgehilfe!«, rief eine Studentin aus den hinteren Reihen.

Mannhardt verschlug es zunächst die Sprache, und es dauerte ein paar Sekunden, bis er etwas erwidern konnte.

»Ja, wir Kriminalpolizisten leben nun einmal vom Verbrechen, so wie die Ärzte von den Krankheiten leben, und da kann ich Ihnen nur empfehlen, Hebamme zu werden.«

Das war ein guter Abgang von der Bühne Hörsaal, obwohl er nun befürchten musste, dass ihn irgendeine Frauenbeauftragte aufs Korn nahm. Aber der würde er dann sagen, dass er eine Feministin zu Hause hätte und nicht noch extra belehrt werden müsste.

Auf dem Flur vor dem Hörsaal blieb er einen Augenblick stehen, denn er wusste nicht, was er mit dem Rest des Tages anfangen sollte. Heike war nach Wittenberg gefahren, um etwas über das Martin-Luther-Jahr zu schreiben, und Silvio hockte bis zum späten Nachmittag in der Schule. Gott, wäre das schön gewesen, wenn es jetzt einen Mord gegeben hätte, den seine Nachfolger nicht aufklären konnten. Aber den gab es nicht, und sich den »nassen Fischen«, den ungeklärten Fällen, zuwenden, konnte er nicht, weil er als Pensionär nicht an die vorhandenen Akten kam. Geh doch in den Tierpark, der liegt ja hier gleich vor der Tür, hörte er seine innere Stimme. Ach, allein machte das keinen Spaß. Schlimm, wenn man ein Workaholic ist! Nein, das war er nicht, aber noch hatte er keinen anderen Sinn im Leben gefunden als die Jagd nach einem Mörder. Zu Hause den Müll zum Container zu bringen und bei Edeka das Nötigste einzukaufen, das reichte ihm nicht. »Dann lies doch was!« Ja, aber was? Sein Vater hätte gesagt: Freu' dich, dass du auf der Erde bist und nicht runter fällst. In einem Ratgeber, in dem er neulich geblättert hatte, war zu lesen gewesen: »*Glück ist die Summe des Unglücks, dem wir entgangen sind. Unbekannt.*« Okay, er saß nicht im zerbombten Aleppo im Keller, er lag nicht nach einem Schlaganfall im Krankenhaus, er schlief nicht als Obdachloser unter den Brücken Berlins. Also ging er in die Mensa, gönnte sich eine Tasse Kaffee und ein Stück Käsesahnetorte, setzte sich an einen der vielen freien Tische und blickte zum Himmel hinauf, der heute so herrlich blau war wie der über Kreta.

Doch kaum hatte er sich in eine Stimmung versetzt, die ein wenig Flow-Charakter hatte, hörte er hinter sich zwei Stimmen, die ihn zusammenzucken ließen. Mein Gott, das waren doch die Ex-Kollegen Gunnar Schneeganß und Jessica Schamp!

»Setzen wir uns doch zu unserem Ernst Gennat II.*«, hörte er Schneeganß sagen.

»Klar«, stimmte ihm seine Begleiterin zu. »Ich lass mich gern von ihm befruchten.«

Da musste Mannhardt lachen, denn es war längst überall herum, dass Jessica Schamp lesbisch war. »Nehmt Platz, solange ihr nur mit solchen Patronen schießt.«

Die beiden taten das, und sie hatten über den Flurfunk auch schon erfahren, dass Mannhardt den Studierenden etwas über Rudolf Pleil erzählt hatte.

»Hast du ihnen auch den Film ›Der Totmacher‹ gezeigt?«, wollte Schneeganß wissen.

»Nein, da habe ich gar nicht dran gedacht.«

Schneeganß lachte. »Gut so, der dreht sich nämlich um Fritz Haarmann und ist im Kino gelaufen. Im Fernsehen gab es ›Der Totmacher Rudolf Pleil‹.«

»Gut zu wissen«, brummte Mannhardt. »Und was macht ihr hier in der Hochschule für Wirtschaft und Recht? Ist einer der Professoren umgebracht worden, weil er einem Studenten eine Fünf gegeben hat?«

»Nein, wir sind zur Fortbildung hier«, erklärte ihm Jessica Schamp. »Neurobiologische Ansätze in der Kriminologie.«

Mannhardt nickte. »Ah ja. Gibt es ein Areal im Großhirn, das Impulse zum Töten anderer Menschen aussendet?«

---

* Ernst Gennat (1880–1939) gilt wegen seiner Erfolge und der von ihm eingeführten Neuerungen als die große Legende der Berliner Kriminalpolizei. Wegen seiner beachtlichen Körperfülle erhielt er die Spitznamen »Buddha der Kriminalisten« und »Der volle Ernst«.

»Schön wäre es«, sagte Jessica Schamp. »Dann brauchten wir nur noch einen Marker dafür und hätten potenzielle Mörder sofort erkannt, wenn wir sie in die Magnetresonanztomographie-Röhre schieben.«

Mannhardt sah Gunnar Schneeganß und Jessica Schamp prüfend an. »All dem entnehme ich, dass es im Augenblick keinen realen Mörder gibt, den ihr zur Strecke bringen könnt?«

»Leider nicht.«

Mannhardt hatte da einen sensationellen Vorschlag für sie. »Bringt doch selber einen um, dann habt ihr Arbeit genug. Ihr dürft den Täter nur nicht finden.«

Schneeganß lachte. »Geht leider auch nicht, denn dann treten ja der altbewährte Hansjürgen Mannhardt und sein Enkel Orlando auf den Plan und sorgen dafür, dass wir hinter Gitter kommen. Und weil es eine Feier so ungemein schmückt, unseren Ernst Gennat II. dabei zu haben, möchte ich Sie, verehrter Kollege Mannhardt, gern bei meinem nächsten Geburtstag dabei haben. Schriftliche Einladung mit Zeit und Ort folgt per E-Mail. Du kommst doch?«

»Sicher, aber nur, wenn wir bei dir im Garten feiern und nicht ganz im Schnee.«

»Versprochen!«

Damit standen die beiden auf, verabschiedeten sich und eilten in ihren Seminarraum zurück, während sich Mannhardt auf den Weg zum S-Bahnhof machte. Er musste kein Hellseher sein, sondern nur normaler Berliner, um zu wissen, was ihm dort vom Zugzielanzeiger verkündet wurde: *Zug fällt aus!* Gründe dafür gab es eine Menge: Signal- und Weichenstörungen, Notarzteinsätze, Polizeieinsätze, technische Pannen in den überalterten Zügen, umgestürzte Bäume auf den Gleisen und eine unterbrochene Stromzuführung durch Kabeldiebstähle. Bei jeder Fahrt mit der S-Bahn hoffte er auf ein Wunder, und diesmal geschah es tatsächlich: Pünktlich rollte ein Zug der S5 in den Bahnhof. Und nicht genug damit, an der Tür, die er benutzen wollte, klebte kein roter Zettel mit der Aufschrift »Türstörung«. Beglückt stieg er ein und rauschte am Bahnhof Friedrichsfelde vorbei Richtung Innenstadt. Beim Vietnamesen im Bahnhof Friedrichstraße war er »High Noon« mit seinem Enkel Orlando verabredet, der nun schon einige Jahre lang mit heißem Bemühen Jura studierte. Er freute sich schon auf den Tag, da Orlando als Strafrichter oder Staatsanwalt im Kriminalgericht Moabit agieren würde. Das war sozusagen die Fortsetzung seiner Karriere mit anderen Mitteln, vor allem auf einer viel höheren Gehaltsstufe und im höheren Dienst.

Der Enkel kam, und nach einer herzlichen Umarmung gingen sie in den Innenhof des Restaurants, wo sie – und das mitten in Berlin – eine wohltuende ländliche Stille umgab.

»Nun?«, fragte Mannhardt, als sie Platz genommen hatten. »Wie war es im Seminar deutsche und internationale Strafrechtspflege?«

Orlando lachte. »Ich habe heute Vormittag nicht das Strafrecht gepflegt, sondern unsere Oleandersträucher im Vorgarten!«

»Wie …?« Mannhardt vermochte ihm beim besten Willen nicht zu folgen.

Orlando atmete tief durch. »Nun, lieber Großvater, ich habe mich entschlossen, nicht auf das 2. Staatsexamen zuzusteuern, sondern den ganzen juristischen Krempel hinzuschmeißen und etwas anderes zu studieren: Tourismusmanagement. Seit ich in der ARD immer ›Sehnsucht nach Meer‹ sehe, will ich das. Um die ganze Welt reisen und nicht in irgendeinem Gerichtsgebäude Schimmel ansetzen.«

Mannhardt fiel aus allen Wolken und hatte, so sehr war er von dieser Mitteilung erschüttert, Tränen in den Augen. Wieder war ein Traum zerplatzt. Wie konnte der Junge ihm das antun! Er fand keine Worte dafür. »Und wie willst du das finanzieren?«, brachte er schließlich hervor.

»Ich habe mit Martin Nehmer zusammen ein Restaurant aufgemacht. Oben am Volkspark am Weinbergsweg. Es heißt auch ›Im fröhlichen Weinberg‹, angelehnt an das Zuckmayer-Stück. Du weißt, Rotweine waren schon immer meine Leidenschaft. Die kaufe ich bei ausgewählten Winzern ein, Martin ist für die Weißweine und den Rosé verantwortlich. Also weine nicht, weil dein Enkel nicht Richter oder Staatsanwalt wird.«

»Okay.« Mannhardt versuchte, Gelassenheit an den Tag zu legen. »Gehe ich also in den Weinberg, wenn ich dich sehen will, und nicht ins Kriminalgericht. Und Martin Nehmer schreibt dann einen Roman über Erich Weinert.«

Der Schriftsteller Martin Nehmer war einer von Orlandos guten alten Freunden. Sie hatten, das wusste Mannhardt, zusammen Abitur gemacht, dann hatten beide an der Freien Universität Berlin studiert, Orlando Jura und Martin Germanistik. Im Hauptberuf war Nehmer Lektor bei einem mittelständischen Verlag, schrieb aber daneben auch Romane und Theaterstücke. Mit seinem Horrorroman »ICE-Eskalation« hatte er einiges Aufsehen erregt, und zur Premiere seiner Revue »Fontane Reloaded« war auch Mannhardt eingeladen gewesen.

»Und noch etwas …« Orlando zögerte etwas, seinen Großvater bei diesem Treffen noch mit einer zweiten Neuigkeit zu überraschen, von der er annehmen musste, dass sie ihm als alten SPD-Genossen gar nicht schmeckte. »Ich war neulich bei einer Versammlung der GD … und bin eingetreten.«

»Ober, zahlen bitte!«, rief Mannhardt.

Hansjürgen Mannhardt brauchte einige Tage und Nächte, um das zu verdauen, was ihm sein Enkel da beim Vietnamesen mitgeteilt hatte, und Heike hatte alle Mühe, ihn vom Bruch mit Orlando abzuhalten.

»Du, der Junge ist Mitte 20 und kann selbst über seinen Lebensweg entscheiden.«

»Ja schon, aber wenn das offensichtlich ein Irrweg ist.«

Heike lachte. »Ich denke, du hängst neuerdings der Prädestinationslehre an: Gott hat unser Schicksal vorherbestimmt, und wir spielen nur das, was er in seinem Drehbuch für uns festgelegt hat. Und in Orlandos Drehbuch steht vielleicht wirklich, dass er Tourismusmanagement studiert und mit einer ›Grand Lady‹ über die Weltmeere fährt.«

»Na schön«, brummte Mannhardt. »Und in meinem Drehbuch steht dann wohl, dass wir zu diesem Armleuchter von Schneeganß zur Geburtstagsfeier gehen werden.«

Heike nickte. »Ja, so ist es.«

»Und woher willst du das wissen?«

Sie umarmte und küsste ihn lange. »Daher.«

Und so konnte Mannhardt nicht anders, als mit ihr die »Weltreise« von Tegel nach Rudow anzutreten, »Bad Rudow« wie er immer lästerte. Dabei konnte er Menschen wie Gunnar Schneeganß nicht ausstehen, die bei jeder Gelegenheit darauf aus waren, sich selbst zu inszenieren. Mannhardt hatte genügend in Heikes psychologischen Fachzeitschriften geblättert, um zu wissen, wozu die Selbstinszenierung gut war: das Ansehen bei anderen Menschen zu erhöhen und damit an Einfluss zu gewinnen. Darum hieß das Ganze auch auf Englisch *Impression Management*. Mannhardt hatte es in der Selbstinszenierung nie zu einer besseren Note als einer Vier minus gebracht – und daher bei der Kripo auch nicht die Karriere gemacht, die er aufgrund seiner Kompetenz und seiner Erfolge hätte machen können. Kriminaldirektor Mannhardt. Ja denkste. Er musste nicht extra mit Heike darüber sprechen, um sich darüber klar zu sein, warum er Schneeganß nicht sonderlich mochte.

»Nur gut, dass wir bei seiner Ein-Mann-Show nicht noch extra Eintritt bezahlen müssen«, sagte er, als sie zu Heikes Wagen gingen. »Eine Flasche Rotwein und ein Science-Fiction-Roman sind ja schon Kosten genug. Und wenn ich schon bei der Verfilmung seines Lebens – Titel ›Ich bin der Größte‹ – dabei sein muss, dann will ich auch meine Gage als Statist bar auf die Hand ausgezahlt bekommen.«

»Du sollest ihm ein wenig Empathie entgegenbringen«, mahnte ihn Heike. »Der Mann hat kein leichtes Leben gehabt.«

»Ich weiß, ich weiß«, beeilte sich Mannhardt zu versichern und zählte alles auf, was er von Gunnar Schneeganß wusste. »Verkorkste Kindheit und Jugend in einem verslumten Schöneberger Kiez. Vater Alkoholiker, andauernd arbeitslos, schlägt auf alles ein, was in seiner Nähe ist, wenn ihn die große Wut überkommt. Seine Mutter flüchtet sich immer wieder in ein Frauenhaus, und ihn steckt das Jugendamt in ein Heim. In der Schule verprügeln ihn die Klassenkameraden mit Migrationshintergrund.«

»Und trotzdem wird er kein Krimineller, sondern Kriminalbeamter«, triumphierte Heike.

»Tja, Wunder gibt es immer wieder. Jedenfalls geht er nach Abschluss der Hauptschule zur Polizei, fällt durch seinen hohen Intelligenzquotienten und sein Allgemeinwissen auf, ist ungemein sportlich und wird überall glänzend beurteilt. So hangelt er sich von Besoldungsgruppe zu Besoldungsgruppe weiter nach oben, wird Mitglied in der Polizeigewerkschaft und der SPD und baut sich damit ein ansehnliches Netzwerk auf. Schließlich, nachdem er in der Abendschule das Abitur gemacht hat, schickt man ihn als Kommissaranwärter zum Studium an die damalige Fachhochschule für Verwaltung und Recht. Nach drei Jahren hat er es geschafft, ist nun Beamter des gehobenen Dienstes und kommt zur Kripo, wo ihn ein gewisser Hansjürgen Mannhardt unter seine Fittiche nimmt.«

»Dann ist er also sozusagen auch dein Produkt, und du kannst stolz auf ihn sein«, zog Heike das Fazit.

»Ist das kein Drama, wenn der Sohn den Vater in den Schatten stellt?«, brummte Mannhardt.

Heike wechselte lieber das Thema. »Und was ist mit dieser – wie heißt sie?«

»Jessica Schamp.«

»Ist das dein Typ? Muss ich da eifersüchtig sein?«

Mannhardt lachte. »Mein Typ ist sie schon, unheimlich sportlich, war mal eine der besten deutschen Stabhochspringerinnen, ist aber bekennende Lesbe. Pech für einen so ausgemachten Macho wie Gunnar Schneeganß! Sie kommt aus der untergegangenen DDR, was man ihr noch immer deutlich anmerkt. ›Kommst du mit, einen Goldbroiler essen?‹«

Das und vieles mehr erörterten sie auf der »Weltreise« von Tegel nach Rudow. 31,9 km, 32 Minuten hatte der Routenplaner von Google Maps Mannhardt verraten. Über die Autobahnen A111, A100 und A113 bis zur Ausfahrt Stubenrauchstraße, dann weiter durch Rudow bis zur Krokusstraße.

»Eigentlich hätte er in Rudow am Geflügelsteig wohnen müssen«, sagte Mannhardt. »So gockelhaft, wie er sich immer gibt.«

»Hörst du endlich auf, so zu hetzten!«, rief Heike, nicht ohne später in ihr Tagebuch zu schreiben:

Wie viele Aufsteiger auch neigte der Kriminalkommissar Gunnar Schneeganß dazu, sich für den Größten zu halten, für ein einzigartiges Exemplar der Gattung Homo Sapiens. Bei jeder Handlung inszenierte er sich: immer schnoddrig, immer witzig, immer Alphatier. Prächtig gestylt war er, gab ständig den Macho, wenn auch selbstironisch, und glaubte, ein legitimer Erbe des großen Ernst Gennat zu sein.

Die Frau des Hauses empfing sie, als sie am Gartentor geklingelt hatten. Silke Schneeganß war Physiotherapeutin von Beruf und hatte das Anwesen von ihrem ersten Mann »geerbt«, als der vor ihr nach München geflohen war.

»Willkommen zur großen Party! Mein Mann lässt sich entschuldigen, er steht gerade am Grill.«

Mannhardt lachte. »Ah, heute also ›Grill den Schneeganß‹ statt ›Grill den Henssler‹! Sind die TV-Kameras schon alle aufgebaut?«

»Nur die Überwachungskameras, falls sich ein gefasster Mörder an Gunnar rächen will.«

Es fing also lustig an, und so sollte es auch weitergehen. Mannhardt kam zwischen einem Deutschlehrer und einer Schneeganß' Nachbarin zur Linken zu sitzen.

Der Lehrer erzählte vom letzten Aufsatz, den er

hatte schreiben lassen. »Thema: ›Gehe auf das tragische Element in Shakespeares Stück *Romeo und Julia* ein.‹ Schreibt eine Schülerin: ›Tragisch ist, dass sie noch kein WattsApp hatten, dann wäre das Drama nicht passiert.‹«

Die Nachbarin war eine urberliner Type, wie sie langsam am Aussterben war: die Klaffke. Sie berichtete ausführlich von ihrem letzten Arztbesuch. »Ick huste ma die Lunge aus'm Hals, und als ick nu bei meine Ärztin bin, da sajt ma die Sprechstundenjehülfin, det ick 'ne Stunde warten muss. Da war ick vielleicht uff hundat. ›a) bin ick ville zu schlapp, um det auszuhalten, und b) stecke ick doch mit meim Husten alle andern an. Also: Ick will sofort rin bei Frau Doktor!‹ Na, da kuscht die ooch. Aba Scheiße! Ick krieje jejen meine Lungenentzündung 'n Antibiotikum vaschriem, und et wird ooch bessa mit die, aba dafür fange ick mir 'n mächtijen Scheidenpilz ein.«

Betretenes Schweigen ringsum, nur Mannhardt prustete los. »Da habe ich bei meiner Lungenentzündung noch mal Glück gehabt.«

»Ich hab doch schon immer geahnt, dass der liebe Kollege Mannhardt auf eine Geschlechtsumwandlung aus war«, kommentierte Schneeganß das Ganze.

Er hatte seinen Grill zwar angeworfen, für die Zubereitung der Speisen aber einen Mietkoch bestellt. Der stand nun hilflos am glühenden Grill.

»Unser Fahrer hatte einen Unfall und musste ins Krankenhaus eingeliefert werden. Der Chef will sehen, dass er so schnell wie möglich einen Ersatzmann findet. Ich bitte um Ihr Verständnis und um Entschuldigung.«

»Wird jemacht, Herr Hunga!«, rief die Nachbarin mit dem Scheidenpilz.

»Woher wissen Sie denn, dass der Hunger heißt?«, wollte Heike wissen.

»Na, weil Hunga doch der beste Koch is.«

»Tärä!«, machte Schneeganß und klatschte in die Hände. »Tusch!«

Und das schien das Signal für den Überraschungsgast des Abends zu sein, denn in diesem Augenblick erschien ein Mann am Gartentor und schrie über den Zaun: »Der ›High Society Service‹!«

Schneeganß eilte nach vorn und bekam sich dann gar nicht mehr ein, als er erkannt hatte, wer da vor ihm stand. »Mensch, der Simon Kesseling!«

»Ja, danke. Ich habe so schnell keinen Ersatz für meinen erkrankten Fahrer finden können, und da bin ich selber gekommen.«

Er ließ es sich auch nicht nehmen, seine Platten selbst zum Grill und zum Buffet zu tragen, allen Gästen die Hand zu schütteln und ein wenig Reklame für seine Partei zu machen.

»›Glückliches Deutschland‹! Immer daran denken und uns wählen.«

DREI

Friedenau, Bezirk Charlottenburg-Wilmersdorf, war noch immer im guten Sinne bürgerlich, und es war für Genießer der Hochkultur so spannend, dass sich Tessa Wisotzki mit Stadtführungen ihren Lebensunterhalt verdienen konnte.

Auch heute wieder führte sie eine Gruppe von Touristen durch ihr Friedenau. Zu ihrer *Kultur-Tour* gestartet wurde am U-Bahn-Eingang vor der Kirche »Zum guten Hirten« auf dem Friedrich-Wilhelm-Platz.

»Herzlichen Dank, dass Sie alle zum Rundgang durch Friedenau gekommen sind, zu meiner Kultur-Tour. Mein Name ist Tessa Wisotzki, ich bin Kulturjournalistin, und ich darf Sie heute durch meinen Kiez führen. Friedenau hat immer wieder Künstler, Literaten, Wissenschaftler und Politiker angelockt, und wir werden nacheinander die Stätten ihres Schaffens besuchen. Ich selbst wohne einen Steinwurf von hier entfernt in der Schmargendorfer Straße – gleich drüben hinter der Kirche. Sie verdankt ihren Namen einem ehemaligen Bauerndorf, ist nicht einmal einen halben Kilometer lang, führt vom Friedrich-Wilhelm-Platz, auf dem wir gerade stehen, zur Rheinstraße und ist mit ihren Villen, Gründerzeithäusern, Vorgärten und Bäumen alles andere als eine typische Berliner Großstadtstraße. Dementsprechend lautete eine Werbehymne aus den 1890er-Jahren auch wie folgt: *Feldalleen und Blütenduft / vor der Weltstadt Tor, / schöne Häuser, frische Luft, / alles find'st du vor. / Drum willst du behaglich leben / billig, gut und schlau, / lass den weisen Rat dir geben: / Zieh nach Friedenau!* Aber die Schmargendorfer Straße ist ja der Endpunkt unserer Wanderung, starten wollen wir in beziehungsweise mit der Bundes-, früher Kaiserallee, wo wir dicht beieinander gleich an zwei Häusern stehen bleiben werden, in denen prominente Berliner gewohnt haben.«

Gemeint waren die Bundesallee 74, wo Friedrich Luft, und die Bundesallee 68, wo Georg Hermann gewohnt hatten.

»Friedrich Luft, ist als ›Stimme der Kritik‹ Berlins bekanntester Theaterkritiker gewesen und hatte jeden Sonntag um 11.45 Uhr seine Sendung im RIAS, die er nach einer Viertelstunde immer mit denselben Worten abgeschlossen hat: ›*Wie immer – gleiche Zeit, gleiche Stelle, gleiche Welle. Herzlich auf Wiederhören.*‹ Hat noch jemand eine Frage?«

Das war nicht der Fall, und so konnte sie schnell zu Georg Hermann kommen. »Das ist einer meiner Lieblingsschriftsteller, und die beiden Bücher über eine jüdische Familie im alten Berlin kann ich Ihnen nur wärmstens ans Herz legen: ›Jettchen Gebert‹ und ›Henriette Jacoby‹. Lesenswert ist auch ›Kubinke‹, die Geschichte eines Berliner Frisörs. Ermordet worden ist er 1943 im KZ Auschwitz-Birkenau.«

»Wer? Der Hermann oder der Kubinke?«, kam es aus den hinteren Reihen.

Tessa Wisotzki verzog das Gesicht. Comedians dieser Art fürchtete sie bei jeder ihrer Führungen. Sie wollte schon unwirsch reagieren, da ging ihr auf, dass sie sich ja nicht eben präzise ausgedrückt hatte. »Georg Hermann natürlich als Jude. Und das Thema ist wohl zu ernst, um darüber Scherze zu machen.« Sie machte eine kleine Pause, um ihre Worte besser wirken zu lassen, konterkarierte sich aber in der nächsten Sekunde selber. »Und gleich werden wir alle auf dem Friedhof landen.« Das aufbrandende Gelächter ließ sie aufstöhnen. Offensichtlich war das heute nicht ihr Tag. Schnell fuhr sie fort: »Ich meine den Friedhof an der Stubenrauchstraße.«

»Rauchen in der Stube, pfui!«, ließ sich der Comedian erneut vernehmen.

Sie schaffte es, ernst zu bleiben. »Ernst von Stubenrauch war Landrat des früher hier angrenzenden Kreises Teltow.«

Nach einem kleinen Marsch durch die Mainauer Straße kamen sie zu den Gräbern von Ferruccio Busoni, Marlene Dietrich, Helmut Newton und Paul Zech. Marlene Dietrich kannten alle, aber zu den anderen Dreien musste sie einiges sagen. »Ferruccio Busoni war ein italienischer Pianist und Komponist, Helmut Newton ein herausragender Fotograf und Paul Zech …«

»… ein Trinker!«, kam der Kommentar ihres Freundes.

Tessa Wisotzki nahm diesmal den Ball dankend auf. »Mit dieser Assoziation liegen Sie gar nicht so falsch, denn Paul Zech hat ›Die lasterhaften Balladen und Lieder des François Villon‹ nachgedichtet.«

»Mein Vater dichtet immer etwas ab, der ist nämlich Klempner. Aber eine Frage, Frau Tessa Wisotzki, kann man auch etwas *vordichten*?«

»Ja, ich kann das zum Beispiel, wenn ich jetzt reime: Voraus geht mein Blick / Auf die allerschönste Lyrik. / Ob Tessa oder Silke, / Wir alle lieben unseren Rilke. Das bezieht sich darauf, dass wir jetzt zur Rheingaustraße 8 pilgern, wo Rainer Maria Rilke einige Zeit beheimatet war.« Dort angekommen trug sie dann Verse des großen Lyrikers vor: »*Ich lebe mein Leben in wachsenden Ringen, / die sich über die Dinge zieh'n. / Ich werde den letzten vielleicht nicht vollbringen, / aber versuchen will ich ihn.*«

Anhaltender Beifall dankte es ihr, und frohgemut zog sie weiter zur Stubenrauchstraße 5, wo im kleinen Georg-Hermann-Garten eine Stele an den Schriftsteller erinnerte.

Von der Stubenrauch- bogen sie dann in die Odenwaldstraße ein, um zum Haus Büsingstraße 16 zu gelangen, wo Hannah Höch gewohnt hatte. »Unsere berühmte Grafikerin und Collagekünstlerin des Dadaismus.«

Das war das Stichwort für den Amateur-Comedian, der sofort mit Frank Zander zu singen begann: »Da Da Da *ich lieb dich nicht du liebst mich nicht aha aha aha*!«

Tessa Wisotzki klatschte in die Hände. »Danke, danke, wir lieben Sie alle und sammeln nachher auch für Sie.«

Um die nächsten beiden Prominenten abzuhaken, hatten sie ein gehöriges Stück zu laufen. Sie kreuzten zuerst die Bundesallee, um dann über die Rönneberg- und Dickhardt- zur Saarstraße zu gelangen, wo im Mietshaus mit der Nummer 14 der deutsch-tschechische Philosoph und sozialdemokratische Politiker Karl Kautsky gewohnt hatte.

»Bestimmt ein komischer Kauz«, kam nicht unerwartet der Zwischenruf ihres *Freundes.*

»1880 erschienen, war ›Der Einfluss der Volksvermehrung auf den Fortschritt der Gesellschaft‹ seine erste bedeutende Veröffentlichung«, fügte Tessa Wisotzki hinzu.

Ein älterer Herr lachte. »Ich lese doch lieber -ky als Kautsky.«

Tessa Wisotzki schüttelte sich. »Ich hasse Kriminalromane! So etwas Seichtes, alles Trivialliteratur. Also schnell weiter zum nächsten Politiker, zu unserem Bundespräsidenten Theodor Heuss, der von 1918 bis 1930 Stadtverordneter hier in Schöneberg gewesen ist und mit seiner Frau in der Fregestraße 80 gewohnt hat.«

»Hören Sie mir mit dem auf!«, rief der -ky-Leser. »Der hat Hitlers Ermächtigungsgesetzen zugestimmt und ist für mich einer von dessen Steigbügelhaltern.«

Darauf wusste Tessa Wisotzki nicht anders zu reagieren als mit dem Vaterunser. »*Und vergib uns unsere Schuld, wie auch wir vergeben unsern Schuldigern.*«

Nun schwiegen erst einmal alle, und sie konnte kurz die nächsten Anlaufpunkte abhaken, die alle dicht beieinanderlagen: Hähnelstraße 9 → Kurt Hiller, deutscher Schriftsteller und pazifistischer Publizist aus jüdischer Familie; Sentastraße 5 → Helene Stöcker, deutsche Frauenrechtlerin und Sexualreformerin; Elsastraße 2 → Walter Trier, Illustrator der Kinderbücher von Erich Kästner.

Länger stehen blieb Tessa Wisotzki dagegen vor dem Haus Sarrazinstraße 8.

»Wie schön, dass Berlin dem Theo Sarrazin schon zu Lebzeiten eine Straße gewidmet hat«, fand ein Herr aus Oberschleißheim.

Tessa Wisotzki korrigierte ihn lächelnd. »Gemeint ist hier ein anderer, nämlich der Bauingenieur und Kommunalpolitiker Otto Sarrazin, 1842 bis 1921, der hier in Friedenau Gemeindeverordneter war. Und gewohnt hat in der Sarrazinstraße 8 der Schriftsteller Max Frisch. ›Stiller‹, ›Homo faber‹, ›Mein Name sei Gantenbein‹.«

»Ich kenne nur: frisch gestrichen«, bekannte der selbst ernannte Humorist.

»Ich nur: frisch-fromm-fröhlich-frei!«, rief ein älterer Turner, der viel über Friedrich Ludwig Jahn, den deutschen *Turnvater*, gelesen hatte.

Tessa Wisotzki kam sich vor wie in ihrer Schulklasse kurz vor dem Abitur und eilte weiter zur Albestraße 3. »Hier war der Komponist und Dirigent Max Bruch zeitweilig zu Hause.«

»Ach ja, der mit der Bruchlandung!«

Tessa Wisotzki hörte schon gar nicht mehr hin, sondern eilte weiter zur Niedstraße, die das Highlight ihres

»Kulturrundganges« war, denn hier galt es, sich gleich vor fünf Stars der Kreativszene zu verbeugen:

»In der Niedstraße 5 hat Erich Kästner eine Zweitwohnung bei seiner Sekretärin Elfriede Mechnig gehabt, Niedstraße 13 hat sich Günter Grass 1963 eine verwinkelte Villa mit Dachatelier und großem Garten gekauft und bis 1996 auch dort gewohnt, und die Niedstraße 14 steht für Magnus Enzensberger und Uwe Johnson und Karl Schmidt-Rottluff.«

»Rottluff ist heute ein Stadtteil von Chemnitz«, wusste eine leicht sächselnde Dame. »Also müsste der Mann eigentlich Schmidt-Chemnitz heißen.«

»Und in der DDR wäre er der Schmidt-Karl-Marx-Stadt gewesen«, fügte der Amateur-Comedian hinzu.

»Und noch etwas: Hier in der Niedstraße 14 hat sich 1967 die Kommune 1 gegründet – und zwar in der leer stehenden Wohnung von Hans Magnus Enzensberger und in der Wohnung von Uwe Johnson, der sich zu dieser Zeit gerade in New York aufgehalten hat.«

Tessa Wisotzki führte ihre Gruppe nun über die Handjerystraße zum Renee-Sintenis-Platz und bog dort westwärts in die Schmargendorfer Straße ein.

»Hier bin ich zu Hause, wie ich Ihnen gleich am Anfang schon gesagt habe, und darf Ihnen den Wohnort meines letzten Promis zeigen, obwohl ich seine Werke nicht einmal lesen würde, wenn man mir eine geladene Pistole an die Schläfe hielte: der Krimischreiber Randolf Rockenfeld. Zum Glück ist er weithin vergessen. Oder kennt ihn noch jemand?«

»Ich kenne nur Siegfried Rockendorf, den Koch«,

meldete sich der Mann aus Oberschleißheim. »Und der ist an einem Stück Fleisch erstickt. Bolus-Tod.«

Tessa Wisotzki lachte. »Dann passen Sie bitte schön auf, wenn Sie jetzt ins Restaurant gehen.«

Damit war sie am Ende ihrer Kräfte wie ihres Rundgangs und geleitete die Gruppe zurück zum Friedrich-Wilhelm-Platz.

»Ich sage herzlichen Dank für Ihre Aufmerksamkeit und Ihre Geduld – und Ihr vorab gezahltes Honorar natürlich auch.« Hier musste sie für einen Augenblick schweigen, weil man ihr Beifall klatschte und ebenfalls Dank zollte. »Sie können hier wieder in die U9 steigen und Richtung Zoo fahren, aber auch nur die eine Station bis zum Bahnhof Bundesplatz und dort die Ringbahn nehmen. Ich hoffe, mein/unser Friedenau bleibt Ihnen in guter Erinnerung.«

»Ja, aber jetzt: Friede *now*!«

Klar, dass ihr ganz spezieller Freund das letzte Wort haben wollte. Sollte er. Tessa Wisotzki wandte sich von ihrer Gruppe ab, winkte noch einmal mit professioneller Herzlichkeit und strebte dann ihrer Wohnung entgegen. Da hörte sie einen Schuss. Nanu, hatte einer von den Knalltüten noch einen Polenböller von Silvester übrig behalten? Unsinn, da war der Simon Kesseling wieder dabei, ein Feuerwerk für seinen »High Society«-Partyservice auszuprobieren. Viele wünschten sich das als Abschluss und Höhepunkt ihrer Feier.

Doch als sie an seiner prächtigen Villa aus den Gründerjahren vorbeikam, sah sie keine Knallfrösche und abgebrannten Raketen am Boden liegen, sondern Kesseling selber. In einer Blutlache. Gleichzeitig sah und hörte sie einen Motorradfahrer in Richtung Handjerystraße davonrasen.

VIER

Gunnar Schneeganß und Jessica Schamp hatten noch im Büro gesessen und längst überfällige Protokolle geschrieben, als sie der Koordinator aller Berliner Mordkommissionen angerufen und zur Schmargendorfer Straße geschickt hatte. »Mann erschossen im Vorgarten.« Nun saßen sie im Dienstwagen und jagten Richtung Süden. Ein schneller Blick auf Google Maps hatte ihnen gezeigt, dass es von der Keithstraße bis zum Friedrich-Wilhelm-Platz 4,6 Kilometer weit war, für die man elf Minuten brauchen würde, wählte man die Route über die Nürnberger und die Spichernstraße sowie die Bundesallee.

»Hoffentlich war es ein Suizid«, sagte Schneeganß. »Damit hätten wir am wenigsten Arbeit.«

»Wer in Friedenau wohnt, begeht keinen Selbstmord«, hielt Jessica Schamp entgegen. »Wer da wohnt, ist zu glücklich dazu.«

»Es darf gelacht werden!«, rief Schneeganß. »Bei euch in Ostberlin, im schönen Schmöckwitz, wer hat denn da Selbstmord begangen?« Er sah seine Kollegin prüfend an.

»Na, der Müller.«

»Wie? Unser Regierender Bürgermeister?«

»Nein, der Vincenz Müller aus Oberbayern, Generalleutnant erst der Wehrmacht und dann der Nationalen Volksarmee der DDR.«

»Richtig, Frau Schamp!«

»Danke, Herr Professor Schneeganß. Aber die große Frage ist doch die, ob es einen Zusammenhang zwischen Wohnort und Suizidrate gibt. Haben Sie darüber schon etwas veröffentlicht?«

»Haha! Aber es gibt eine Studie aus dem Ruhrgebiet, die den Zusammenhang zwischen Lärm in sozial schwächeren Stadtteilen und depressiven Symptomen zeigt und ...« Schneeganß brach hier ab, denn um von der Spichernstraße in die Bundesallee zu gelangen, musste man einen namenlosen Platz mit einer Art Kreisverkehr bewältigen, und das erforderte die ganze Aufmerksamkeit eines Autofahrers.

»Hier auf dem Rasen laufen immer Kaninchen herum«, sagte Jessica Schamp. »Wenn wir Glück haben, sehen wir eins.«

Schneeganß lachte. »Du kannst es ja schießen und dann für mich kochen. Ich esse bei unserm Griechen gern geschmortes Kaninchen, Kouneli-Stifado.«

Sie kamen auf die Bundesallee, die in gerader Linie vom Ranke- zum Walther-Schreiber-Platz führte, abgesehen einmal von einem kleinen Knick am Volkspark Wilmersdorf.

Kurz vor Erreichen ihres Ziels fluchte Schneeganß, denn von der Bundesallee beziehungsweise dem Friedrich-Wilhelm-Platz konnte man nicht in die Schmargendorfer

Straße abbiegen, denn die war, offenbar zur Verkehrsberuhigung, mit einem breiten Bürgersteig abgeriegelt. So musste er einen weiten Bogen nach Süden machen, um über die Schmiljan- und die Handjerystraße an den Tatort zu gelangen. Dort war schon alles mit weiß-roten Flatterbändern abgesperrt, und es hatten sich so viele Schaulustige eingefunden, dass sie Mühe hatten, zu den Kolleginnen und Kollegen vorzudringen, die mit dem »Ersten Angriff« und der Spurensicherung befasst waren.

»Simon Kesseling von der Partei ›Glückliches Deutschland‹«, informierte sie der erste Kollege, der ihnen über den Weg lief.

»Gott, mein Caterer!«, rief Schneeganß ungewohnt emotional.

»Kugel in den Brustraum links, muss sofort tot gewesen sein«, fügte Doktor Viellechner hinzu, der Gerichtsmediziner, mit dem sie es meistens zu tun hatten.

»Glückliches Deutschland«, murmelte Jessica Schamp.

»Klar«, höhnte Schneeganß. »Bei euch in der DDR hätte es so etwas ja nie gegeben. Auf Gerald Götting und Wilhelm Külz hat keiner geschossen. Zum Erschießen hatte man die Flüchtlinge an Mauer und Stacheldraht.«

»Kinder!«, rief Doktor Viellechner. »Die Wende war vor einem Vierteljahrhundert.«

Schneeganß beruhigte sich wieder. »Entschuldigung, einmal West-Berliner – immer West-Berliner. Das sind so unsere posttraumatischen Störungen. Aber zu Simon Kesseling. Wer könnte es auf ihn abgesehen gehabt haben?« Er wandte sich an die Kollegen vor Ort. »Gibt es irgendwen mit zweckdienlichen Beobachtungen?«

»Nein, nur die Dame dahinten am Zaun, eine Nachbarin, die Kesseling tot aufgefunden hat. Tessa Wisotzki ihr Name. Eine Kulturjournalistin.«

»O Gott!« Wenn Schneeganß Frauen nicht ausstehen konnte, dann solche mit diesem Beruf.

»Ich habe schon einiges von ihr gehört und gelesen«, sagte Jessica Schamp. »Und sie veranstaltet immer Kulturrundgänge durch Friedenau.«

Sie gingen zu Tessa Wisotzki hinüber und stellten sich vor.

Jessica Schamp begann ihr Gespräch mit einer einleitenden Frage: »Sie haben Simon Kesseling also entdeckt?«

»Ja, als ich vom Rundgang mit meiner Gruppe zurückgekommen bin.«

Schneeganß wagte nicht, ihr ins Gesicht zu sehen, weil sie zu sehr einer Deutschlehrerin ähnelte, die ihn öfter mit einer Fünf bestraft hatte. »Wie gut kannten Sie denn Herrn Kesseling?«

Tessa Wisotzki empfand die Frage als zu persönlich. »Wir waren nur Nachbarn. Guten Tag und guten Weg.«

»Schade.«

Jessica Schamp versuchte, so sachlich wie möglich zu sein. »Haben Sie, als Sie nach Hause gekommen sind, irgendeine Beobachtung gemacht, die uns bei der Suche nach dem Täter weiterhelfen könnte?«

Tessa Wisotzki nickte. »Ja, ein Motorradfahrer ist Richtung Hauptstraße davongerast.«

»Können Sie ihn und die Maschine vielleicht näher beschreiben?«, hakte Schneeganß nach.

»Fragen Sie mich nach dem Spielfilm ›Ex Machina‹, ist von Alex Garland aus dem Jahr 2015, da kann ich Ihnen eine Antwort geben, aber nicht, welche Motorradmarke der mögliche Täter benutzt hat. Er sah aus wie hundert andere: schwarze Lederkleidung, Helm auf dem Kopf.«

»Und das Kennzeichen?«

»Keine Ahnung. Das war auch schon zu klein, als dass ich es hätte lesen können.«

Gunnar Schneeganß und Jessica Schamp bedankten sich bei Tessa Wisotzki und zogen sich zu einer kleinen Beratung zurück.

»Fällt dir noch was ein, was wir machen könnten?«, fragte sie ihn.

Schneeganß repetierte den Paragraf 163 Abs. 1 der Strafprozessordnung: »*Die Behörden und Beamten des Polizeidienstes haben Straftaten zu erforschen und alle keinen Aufschub gestattenden Anordnungen zu treffen, um die Verdunkelung der Sache zu verhüten.* – Was sagt uns das?«

»Dass wir erst einmal nach Hause fahren können.«

»So ist es. Abwarten und Grauburgunder trinken. Morgen ist auch noch ein Tag.«

*

Simona Nawrocki hatte das Schild mit einem dicken schwarzen Filzstift geschrieben und hängte es nun draußen in der Greifenhagener Straße an die Tür des Partyservice »High Society«:

SIMON KESSELING †
HABEN HEUTE WEGEN EINEM TODESFALL
GESCHLOSSEN

Da hielten auch die Fußgänger, die den Genitiv liebten, einen Augenblick inne, dachten an den ermordeten Inhaber des PHS und kommentierten, waren sie nicht allein unterwegs, das Geschehene:

»Schade um ihn, der hatte wirklich das Zeug, Deutschland glücklich zu machen.«

»Endlich mal wieder eine charismatische Führungspersönlichkeit unter Deutschlands Politikern – und nun das!«

»Der hätte sie alle in den Sack gesteckt, einschließlich der Merkel.«

»Das war sicherlich ein ausländischer Geheimdienst, der verhindern wollte, dass Kesseling bei der nächsten Wahl Bundeskanzler wird.«

»Vielleicht der IS wegen der Sache mit dem Asylantenbordell.«

»Simon Kesseling, wir haben dich geliebt!«

»Die Greifenhagener Straße soll Simon-Kesseling-Straße heißen.«

So und so ähnlich konnte man es auch in viel Facebook-Einträgen und bei Bloggern nachlesen. Titus Wrist, der inzwischen wieder genesene enge Mitarbeiter Kesselings, druckte alles aus, was er über seinen verstorbenen Chef finden konnte.

Simona Nawrocki schluchzte noch immer. »Wir wollten heiraten, wenn er einen Sitz im Bundestag ergattert hatte. Und drei Kinder wollten wir haben. Gott, er war meine große Liebe!«

Doktor Rietzel kam vorbei, um zu kondolieren. »Du Arme du!« Er umarmte sie lange und suchte sie zu trösten, obwohl er wusste, dass es keinen Trost für sie gab. »Ganz Deutschland trauert um ihn, aber dich trifft es am härtesten.«

»Die Partei darf nicht auch noch sterben, mach du weiter, werde sein Nachfolger!«, flehte sie ihn an. »Dann lebt er weiter. Die Leute werden ›Glückliches Deutschland‹ wählen, weil sie ihn so gemocht haben.«

Doktor Rietzel überlegte einen Augenblick. »Hm … Das sieht so aus, als wäre ich ein Erbschleicher.«

»Rainer, du musst es machen!«

»Warten wir erst einmal ab, was die nächsten Tage bringen werden.«

»Wir müssen eine große Protestdemo starten!«, rief Titus Wrist. »Vom Zoo, vom Hardenbergplatz, die Bundesallee hinunter bis zum Friedrich-Wilhelm-Platz und seiner Villa in der Schmargendorfer Straße.«

*

Orlando Mannhardt und sein Freund Martin Nehmer saßen im »Café Mila« in der Grolmanstraße und redeten über ihre persönlichen Probleme wie über das, was die Welt bewegte.

»Woran schreibst du gerade?«, wollte Orlando wissen, weil er längst gecheckt hatte, dass Schriftsteller nichts mehr liebten als diese Frage.

Doch Martin Nehmer verzog nur das Gesicht. »Woran ich arbeite? An nichts. Ich habe keinen Stoff.«

Orlando lachte. »Ein Süchtiger ohne Stoff ist wirklich arm dran.« Dass der Freund »schreibsüchtig« war, stand für ihn außer Frage. »Denke doch mal an Karl Valentins berühmten Ausspruch: ›*Es ist schon alles gesagt, nur noch nicht von allen.*‹ Mögen auch x Leute schon ein Buch über Friedrich den Großen geschrieben haben, du aber noch nicht. Also: ran an den Alten Fritz!«

»So unrecht magst du ja nicht haben«, gab Martin Nehmer zu. »Aber Friedrich der Große? Ich habe zu wenig Ahnung vom alten Preußen.«

Orlando rang die Hände. »Dann nimm den Grolman hier, von der Grolmanstraße. Das ist ein preußischer General gewesen, und der hat bestimmt ein aufregendes Leben geführt.«

Martin Nehmer wehrte ab. »Gott, wer liest denn das hinterher? Und weil es keiner liest, wird es auch keiner drucken wollen.«

Orlando lachte. »Dann nimm mein Leben als Vorlage: Hoffnungsvoller Jurist, Enkel des berühmten Kriminalkommissars Hansjürgen Mannhardt, Spitzname Ernst Gennat II., hängt seine Juristenkarriere an den Nagel und will Tourismusmanager werden. Interessant ist auch sein Freund Martin Nehmer, mit dem er öfter im ›Café Mila‹ sitzt.«

»Ja, ja, ich weiß: Jedes Leben ist ein Roman.«

»Wir werden sowieso bald als Totschläger festgenommen werden«, schloss Orlando ihre Debatte.

»Wieso das?«

»Weil wir beide etwas totgeschlagen haben: die Zeit.«

Martin Nehmer protestierte gegen diese Aussage. »Falsch! Wir tun etwas zur Erhaltung eines wichtigen Teils unseres abendländischen Wertekanons: der Kaffeehauskultur. Denken wir nur an Wien, wo man den Begriff *Kaffeehausliteraten* geprägt hat, weil viele Schriftsteller ihre Werke im Kaffeehaus geschrieben haben, etwa Hermann Broch, Hugo von Hofmannsthal, Karl Kraus, Robert Musil, Joseph Roth, Franz Werfel …«

»Und erst bei uns in Berlin, keine zwei Kilometer entfernt, im ›Romanischen Café‹!«, fiel ihm Orlando ins Wort. »Martin, du solltest hier im ›Café Mila‹ dein nächstes Werk schreiben. Schon das allein bringt dich ins Feuilleton und ins Kulturradio.«

»Keine schlechte Idee«, musste Martin Nehmer zugeben. »Nur löst das mein großes Problem nicht: Worüber soll ich denn was schreiben?«

»Das spielt doch gar keine Rolle, Hauptsache es wird ein E-Book.«

»Warte ich also ab, bis du mit der ›Aida‹ über die Weltmeere fährst, und schreibe dann meinen Roman ›Orlando, der Kreuzfahrer‹.«

»Wir hätten gern gezahlt!«

Sie verließen das Café in Richtung U-Bahnhof Kurfürstendamm, um dort in die U9 zu steigen und nach Hause zu fahren. Als sie die Joachimsthaler Straße erreicht hatten, sahen sie vom Zoo her einen Protestzug näherkommen.

»Wieder eine neue Bürgerbewegung«, vermutete Martin Nehmer. »Helmpflicht für Fußgänger, damit sie keine Kopfverletzungen davontragen, wenn sie auf dem Bürgersteig von Radfahrern angefahren werden.«

»Nee, du!« Orlando hatte die besseren Augen und konnte die Schrift auf den hochgehaltenen Transparenten schon lesen. »Glückliches Deutschland. Es geht um den ermordeten Simon Kesseling. Mensch, da laufe ich mit, den hab ich auch gut gefunden. Und generell …«

»Okay, ich bin auch dabei.«

Als sie sich in den Demonstrationszug eingereiht hatten, entdeckte Martin Nehmer dort einen älteren Kollegen.

»Hallo, der Randolf Rockenfeld! Da ist wohl einer dabei, Stoff für seinen neuen Krimi zu sammeln.«

FÜNF

Gunnar Schneeganß und Jessica Schamp wäre es lieber gewesen, bei Simon Kesseling hätte es sich um einen x-beliebigen Bürger gehandelt und nicht einen Mann, der für die Medien so interessant war, denn das erhöhte den Druck auf sie, den Täter umgehend zu fassen um ein Vielfaches. »Am besten schon eine Stunde vor dem Mord«, fand Schneeganß. 15 Stunden nach der Tat hatten er und sein Team noch nicht allzu viel herausgefunden. Eigentlich nur, dass ein in schwarzes Leder gekleideter Motorradfahrer als Täter infrage kam. Die Fahndung nach ihm war eingeleitet worden, man bat um zweckdienliche Hinweise.

»Da hat man es bei einigen Morden der IS-Leute leichter«, murmelte Jessica Schamp. »In diesen Fällen brüsten sich die Täter mit den Verbrechen, die sie begangen haben, und drehen Videos mit ihren Gesichtern.«

»Das wird es bei uns und sozusagen privaten Morden auch bald geben«, spann Schneeganß den Gedanken weiter. »Du bist ein gesellschaftliches Nichts, keiner nimmt dich wahr, aber begehst du einen Mord, stehst du plötzlich im Mittelpunkt und bist in allen Medien. Ich bin im Fernsehen, also bin ich. Das ist ihre zweite, ihre eigentliche Geburt. Und Serientäter wie Fritz Haarmann sind auf Ewigkeiten im kollektiven Gedächtnis der Deutschen verankert. Mehr kann ein Mensch nicht wollen.«

Jessica Schamp klatschte Beifall. »Meine Damen und Herren, in der Sendung ›Moderne Kriminalphilosophie‹ hörten Sie einen Kommentar von Professor Gunnar Schneeganß, Berlin.«

»Danke, danke. Also warten wir, bis sich Kesselings Mörder outet. Schade nur, dass unsere Oberen in ihrem Denken noch nicht so weit sind und *action* von uns erwarten.«

Jessica Schamp stand auf. »Ja, zum Beispiel, dass wir uns einmal in seiner Firma umhören.«

»Gut, also auf zum Partyservice ›High Society‹.« Er klickte, um die optimale Route zu finden, Google Maps an und las der Kollegin vor, was da angezeigt wurde. »9,8 Kilometer, 23 Minuten. Keithstraße bis Stülerstraße nehmen – Tiergartenstraße und B96 bis Schulzendorfer Straße nehmen – Schulzendorfer Straße bis Neue Hochstraße folgen – Hochstraße, Behmstraße und Schivelbeiner Straße bis Greifenhagener Straße nehmen.« Er stockte. »Wer soll sich das denn merken! Kannst du das mal bitte mit deinem Smartphone abfotografieren.«

Jessica Schamp tat es, und sie setzten sich in ihren Dienstwagen, um durch Straßen zu fahren, von denen sie in ihrem Leben noch nie etwas gehört hatten.

In der Schivelbeiner Straße erinnerte sich Schneeganß an eine Episode aus seiner Schulzeit. »Da mussten wir einen Aufsatz mit dem Thema schreiben ›War Wilhelm Busch ein Antisemit?‹ – und dies anhand von Versen aus ›Plisch und Plum‹. Mal sehen, ob ich die noch zusammenbekomme … Ja: *Kurz die Hose, lang der Rock, / Krumm die Nase und der Stock, / Augen schwarz und Seele grau / Hut nach hinten, Miene schlau – / so ist Schmulchen Schievelbeiner. / (Schöner ist doch unsereiner!)*.«

Jessica Schamp wollte das nicht kommentieren, sondern stellte nur richtig, dass die Schivelbeiner Straße nach einer Kreisstadt benannt worden sei, in der sie als Schulkind einmal gewesen sei. »Świdwin.«

»Wie?«

»*Schivelbein* – als das noch deutsch gewesen ist.«

Schneeganß lachte. »Wer weiß denn so was schon? Und vielleicht kam Schmulchen Schievelbeiner wirklich aus Schivelbein.«

Damit erreichten sie das Ladenlokal der PHS und stiegen aus.

»Auch Greifenhagen liegt in Westpommern, Polen, und heißt heute Gryfino«, sagte Jessica Schamp.

»Hör' endlich auf, mit deinem Wissen zu protzen! Was heißt denn Schneeganß auf Polnisch?«

»Snowgoose.«

»Haha!«

Sie traten in den Vorraum des Partyservice und wurden von einem jungen Mann empfangen, der eine gewisse Ähnlichkeit mit Toni Kroos hatte. »Was kann ich für Sie tun?«

»Uns einiges über Simon Kesseling erzählen.« Schneeganß stellte sich und seine Kollegin vor und präsentierte seine Dienstmarke. »Und Sie sind bitte?«

»Der Titus Wrist, hier das Mädchen für alles. Ich kaufe ein, helfe bei der Zubereitung der Buffets und liefere aus. Wir machen Menschen glücklich, so unsere Werbung.« Er reichte Schneeganß einen Flyer.

»Hm, danke. Aber wenn der PHS alle Menschen so glücklich macht, wie kann da einer auf die Idee kommen, den Chef zu erschießen?«

Titus Wrist hatte sofort eine Antwort parat. »Man wird Simon Kesseling nicht als Chef des PHS erschossen haben, sondern als Führer der Partei ›Glückliches Deutschland‹.«

Da konnte Jessica Schamp nur lächeln. »Wir haben auch schon Untergebene gehabt, die ihre Chefs erschossen haben. Um selbst an die Spitze zu kommen, um sich für erlittene Demütigungen zu rächen …«

Titus Wrist war zusammengezuckt. »Soll das heißen, dass Sie mich …?«

»Es ist unsere Pflicht, auch Sie … Um alle Eventualitäten auszuschließen …« Nach dieser Einleitung, die seine Emotionen abbauen sollte, kam Schneeganß zur entscheidenden Frage. »Wo waren Sie gestern zwischen 17.00 und 19.00 Uhr?«

»Schon zu Hause.«

»Allein?«

Titus Wrist druckste ein wenig herum. »Ja, leider. Aber der Chef war ja auch schon nach Hause gefahren, weil hier nichts los war, und Simona auch.«

»Wer ist das?«, hakte Schneeganß nach.

»Die … die … Eigentlich ist sie ein Model, aber sie hat auch ein bisschen Betriebswirtschaftslehre studiert und ist bei uns die Geschäftsführerin, wenn Herr Kesseling wieder einmal für seine Partei unterwegs ist … unterwegs war … Dann besorgt sie auch das Live Cooking und … und sie und der Chef waren ein Paar.«

Jessica Schamp hatte den Notizblock gezückt. »Bitte, wie heißt diese Simona mit Nachnamen und wo steckt sie jetzt?«

»Also …« Titus Wrist schien nun sichtlich verwirrt zu sein. »Simona … ja …«

»Simona Jahr?«

»Nein, Simona Nawrocki. Und sie wohnt … Moment bitte …« Er musste einige Sekunden überlegen, bis er die genaue Adresse beisammenhatte. »Genau gegenüber der Kirche, in der … in der … ja, Detmolder Straße 16. Da ist ein Optiker an der Ecke.«

»Gut, danke. Und haben Sie irgendeinen Verdacht, wer Kesseling …?«

»Nein, ich möchte keinen ins Gerede bringen.«

»Okay. Unter Umständen werden wir noch einmal auf Sie zurückkommen, Herr Twist.«

»Wrist!«

»Ah ja.«

»Du hast es gut, du hast was zu tun«, hörte Heike Hunholz ihren Lebensgefährten maulen. »An sich wollten wir ja heute zusammen einen Ausflug nach Neuruppin und Rheinsberg machen, und nun ziehst du mit deinem Aufnahmegerät wieder alleine los.«

»Tut mir leid, aber ich habe mehreren Redaktionen angeboten, etwas über die brisantesten Fälle des Ersten Kriminalhauptkommissars Hansjürgen Mannhardt zu machen, doch keiner hat angebissen.«

»Ja, weil alle Welt nur die fiktiven Fälle haben will und den Leuten ›true crime‹ zu langweilig ist.«

Heike Hunholz lachte. »Ja, und wenn, dann gehen sie in die Polizeihistorische Sammlung. Ich kann ja mal den Vorschlag machen, dass sie dich als Wachsfigur dort aufstellen.«

»Warum mich nach meinem Ableben nicht ausstopfen und als Mumie präsentieren.«

Heike Hunholz küsste ihn. »Gut, du! Das wäre dann auch der Spruch des Tages: Der Humor stirbt zuletzt.«

Mannhardt musste da noch einen draufsetzen. »Was sage ich immer: besser Humor als Tumor.«

»Den Rumor gibt es auch noch«, fügte Heike Hunholz hinzu. »Den Lärm, die Unruhe.«

»Ja, manchmal rumort es bei mir auch in den Gedärmen, und dann …«

»Bitte erst, wenn ich aus dem Haus bin!«, rief Heike Hunholz, spürbar erschrocken.

»Wohin zieht es dich denn heute?«, wollte Mannhardt wissen.

»Zuerst zu dem Doktor Rietzel, der ja Kesselings Nachfolger bei den Glücksbringern sein wird, und dann zu einem Krimischreiber namens Randolf Rockenfeld.«

»Ah, der lebt auch noch? Früher habe ich mal etwas von ihm gelesen, bis ich dann bei der Kripo gelandet bin, siehe ›true crime‹. Na, dann viel intellektuellen Spaß bei beiden!« Damit hielt er die Tür auf.

Heike Hunholz musste zuerst in die Knesebeckstraße, wo die GD ihr Büro hatte. Um diese Zeit mit dem Auto von Tegel in die Innenstadt zu kommen, war nicht einfach, denn 10.000e von Pendlern aus dem Speckgürtel um Berlin herum wollten das auch. Wenn sie keinen Riesenumweg über den Wedding machen wollte, musste sie die Autobahn nehmen. Von der Ausfahrt Knobelsdorffstraße ging es dann die Kantstraße hinauf bis zum Savignyplatz, wo die Knesebeckstraße ihren Anfang nahm. Auf der A111 und der A100 ging es teilweise nur im Schritttempo voran, sodass sie sich langweilte, das Radio einschaltete und nach einem Sender suchte, der ihrer morgendlichen Müdigkeit angepasst war. Das Info-Radio vom rbb hatte zwar journalistisch hervorragend gemachte Beiträge zu bieten, nervte aber durch seine saublöden Werbeeinblendungen und die dauernden Wiederholungen. Der Deutschlandfunk war ihr zu dieser Stunde zu sophisticated, und außerdem lief sie Gefahr, sich selbst zu hören, was sie nicht »abkonnte«, wie man in ihrer Bremer Heimat sagte. Bei einigen anderen Sendern gab es nur das Thema »Das Attentat auf Simon Kesseling«, sodass sie schlussendlich bei Radio Paradiso hängen blieb und sich an einigen romantischen Balladen erfreute. So kam sie schließlich zur Knesebeckstraße, wo die Suche nach einem Parkplatz noch einmal zehn Minuten dauerte, sodass aus den 25 Minuten, die ihr ihre Navi-App genannt hatte, fast eine Stunde wurde, bis sie am Hauptquartier der Partei »Glückliches

Deutschland« angelangt war. Doktor Rietzel begrüßte sie trotz ihrer Verspätung mit ausgesuchter Höflichkeit und nahm ihre Entschuldigung lächelnd an. Sie bedankte sich und fügte hinzu, dass Deutschland glücklicher sein würde, wenn man in bestimmten Regionen in der Hälfte der Zeit von A nach B käme.

»Liebe Heike Hunholz, der S-Bahnhof Savignyplatz ist nur an die 300 Meter von hier entfernt.«

»Lieber Doktor Rietzel, so kann nur einer sprechen, der nie S-Bahn fährt und die Ansage nicht kennt: *Zug fällt aus*. Eine Weichen- oder Signalstörung, ein Polizei- oder Notarzteinsatz. Und kommt der Zug wirklich, ist er zu kurz und überfüllt, weil man zu wenig Wagen hat.«

»Nun, wie sagt der Volksmund: Wer am meisten jammert, fühlt sich oft am wohlsten. Und für die Berliner trifft das ganz besonders zu.«

Nach diesem Gesprächseinstieg führte sie Doktor Rietzel in sein Büro, und sie packte ihr Aufnahmegerät aus, um mit dem Interview zu beginnen.

»Herr Doktor Rietzel, wie ist Ihre Partei ›Glückliches Deutschland‹ nach dem Tod von Simon Kesseling aufgestellt, kann es ohne ihn überhaupt weitergehen?«

»Nun, es ist ein schwerer Verlust für uns, weil wir mit Max Weber davon ausgehen, dass es auch in einer Demokratie charismatische Herrschaftsfiguren geben muss, wenn sie funktionieren soll und so ein Leader – ich vermeide das Wort *Führer* bewusst – war unser Simon Kesseling ganz sicher. Aber – und das ist jetzt für uns entscheidend – was sagt eine alte Volksweisheit: Kein Mensch ist unersetzlich.«

»Und wer wird Simon Kesseling bei Ihnen ersetzen?«, kam sofort die Nachfrage.

Doktor Rietzel wich ihr aus. »Das wird sich finden.«

»Könnten Sie es sein?«

»Alles ist möglich.«

Heike Hunholz wurde schlagartig klar, warum Doktor Rietzel nicht spontan mit Ja hatte antworten können. Weil er damit bei den Gegnern seiner Partei sofort eine ganz bestimmte Reaktion ausgelöst hätte: Klar, der hat den Kesseling umgebracht, um selber an die Spitze zu kommen. Sie stellte noch ein paar unverfängliche Fragen zum Programm der Partei nach Kesseling und bedankte sich dann bei Doktor Rietzel für die Zeit, die er sich für dieses Gespräch genommen hatte.

»Aber gern, denn wie heißt es doch bei André Gide: *Wer andere glücklich macht, wird selber glücklich.*«

Auf dem Weg zurück zu ihrem Wagen fragte sich Heike Hunholz dann, ob Rainer Rietzel wirklich das Format hatte, Simon Kesseling zu ersetzen. Intellektuell ja, das garantierte den Wählern schon das *Doktor* vor seinem Namen, vom Aussehen auch, da hätte er in jeder TV-Serie mitspielen können, aber vom Charisma, von seiner Aura her waren sicher Abstriche zu machen. Jetzt dachte sie genau das, was Hansjürgen Mannhardt auch gedacht hätte: Bei parteiinternen Wahlen wäre er immer hinter Kesseling gelandet, also musste er ihn umbringen, um selbst die Nummer 1 zu werden. Zugleich schalt sie sich wegen dieses Verdachts: Gott, du bist zu lange mit ihm zusammen und denkst schon wie eine von der Kripo!

Weiter ging es nach Kreuzberg in die Bergmannstraße zu Randolf Rockenfeld. Ihr Redakteur hatte sie gebeten, etwas über das »SYNDIKAT« zu machen, die Vereinigung fast aller, die deutschsprachige Kriminalromane schrieben. »Und da fang mal mit Rocky Rockenfeld an. Wir haben schon mit ihm telefoniert. Das war bei denen ein Mann der ersten Stunde. Jetzt muss er einiges über 70 sein.«

Die 70 plus sieht man ihm auch an, dachte Heike Hunholz, als sie bei Randolf Rockenfeld geklingelt und er ihr die Tür geöffnet hatte. Sie war etwas außer Atem. Hinterhaus, vierter Stock, nicht unbedingt nobel. Und seine kleine Wohnung sah so verkramt aus, dass sie unwillkürlich an einen Mann mit Messie-Syndrom erinnert wurde.

Er schien ihre Gedanken erraten zu haben. »Ich war ja mal Bestsellerautor, und damals hätte ich mir auch eine Villa leisten können, aber heute …« Damit zeigte er auf ein Zitat, das eingerahmt bei ihm im Flur hing:

Nicht mehr nötig heute,
unsere Bücher zu verbrennen,
man ignoriert sie.
Wolfgang Bittner

Der Name des Lyrikers, von dem diese Sentenz stammte, ließ Heike Hunholz sofort an eine Verbitterungsstörung denken, unter der Randolf Rockenfeld zu leiden schien.

»Bei nur etwa 300 realen Morden bei uns hat es 2016 auf dem deutschen Markt 3.500 Krimis gegeben«, fügte er ergänzend hinzu. »So der ›stern‹ 2/2017. Da muss man ja als Einzelner zwangsläufig untergehen.«

Heike Hunholz wollte ihn nun nicht dadurch reizen, dass sie fröhlich lächelte, sondern gab sich kühl bis griesgrämig.

»Mein Sender hat mich geschickt, um ein Feature über das ›SYNDIKAT‹ zu machen.«

Randolf Rockenfeld verzog das Gesicht. »Ich dachte, weil ich bald meinen 75. Geburtstag feiere.«

»Das können wir gleich mit erledigen, ist ja dann ein Aufwasch.«

Randolf Rockenfeld blickte noch böser. »*Aufwasch*, was für ein Unwort. Klingt wie Abwasch.«

Heike Hunholz ließ sich nicht beirren. Sie war Menschen gewohnt, die sich hinter einem Schutzschild verstecken. »Sie werden es hören, Herr Rockenfeld, es wird eine gute Sendung werden. Mein oberstes Prinzip ist: Lasse einen Interviewpartner nie schlecht aussehen, sondern sehe zu, dass er glänzen kann.«

»Na, dann kommen Sie mal in meine gute Stube und halten mir das Mikrofon vor die triefende Nase.«

Das mit der triefenden Nase stimmte, das mit der guten Stube weniger, denn Heike Hunholz hatte das Gefühl, sich in einem Trödelladen zu befinden. Aber einem, in dem es nur billiges Zeug gab und nichts, was bei »Bares für Rares« eine Chance gehabt hätte.

Bald waren das Aufnahmegerät eingestellt und das Mikrofon aufgebaut. Es Randolf Rockenfeld direkt vor die Nase zu halten, mochte sie nicht.

»Randolf Rockenfeld, Rocky Rockenfeld, Sie

sind ein Urgestein des deutschen Kriminalromans … Warum haben Sie sich gerade diesem Genre zugewendet?«

»Weil ich keine Gedichte zustande gebracht habe. Und warum schreibt jemand Kriminalromane? Aus zwei Gründen tut er das: einmal, um mit seinen Ängsten fertig zu werden. Andere werden ermordet, ich nicht. So nach dem Prinzip: *O heiliger Sankt Florian, verschon mein Haus, zünd' andre an.* Und zum anderen schreibt man Kriminalromane, um seine Aggressionen zu kanalisieren und abzubauen. Ich lasse fiktiv andere Menschen Leute umbringen, die ich nicht mag.«

»Und gibt es da nicht auch noch einen dritten Grund?«, hakte Heike Hunholz nach. »Nämlich den, dass sich Kriminalromane viel besser verkaufen als Lyrik und Belletristik mit Hochkulturanspruch.«

»Gott, das war einmal, als wir in der alten Bundesrepublik im ›SYNDIKAT‹ zwei Dutzend Kolleginnen und Kollegen waren, dann kam nach der Wende ein großer Schwung aus der Ex-DDR dazu, und heute sind da wohl über 600 Krimischreiberinnen und -schreiber im ›SYNDIKAT‹. Und der Kuchen für uns war ohnedies immer klein, denken Sie an die hochgejubelten Autorinnen und Autoren aus den USA, aus England, Italien, Frankreich, Belgien und den Niederlanden – und zuletzt vor allem Schweden.«

»Aber Sie klagen nicht nur, Sie schreiben weiter?«

»Ja, Schreiben ist ja nun einmal die beste Therapie im hohen Alter. Sie wissen doch: Wer schreibt, der bleibt – am Leben.«

Das war ein schönes Schlusswort, und Heike Hunholz bedankte sich artig.

Gunnar Schneeganß und Jessica Schamp hielten sich im Fall Simon Kesseling an die Maxime ihrer Urgroßeltern: Gut Ding will Weile haben, und sahen sich mit dieser Sicht dadurch bestätigt, dass es immer mehr Ratgeber auf dem Markt gab, in denen Entschleunigung empfohlen wurde, um Stress zu bewältigen und ein glückliches Leben zu führen.

»Gerade wo es um den Kopf der Partei ›Glückliches Deutschland‹ geht, sollten wir unser eigenes Glück darin finden, nicht überstürzt zu handeln«, sagte Gunnar Schneeganß, als sie auf ihrer Fahrt zu Simona Nawrocki über existenzphilosophische Grundfragen diskutierten und zur Wiederentdeckung des Segens der Langsamkeit gekommen waren.

Jessica Schamp konnte das noch ergänzen. »Es soll ja sogar einen ›Verein zur Verzögerung der Zeit‹ geben, gegründet von einem österreichischen Professor namens Peter Heintel.«

»Ich kenne nur Heintje«, sagte Schneeganß und fing sofort an zu singen. »*Mama, du sollst doch nicht um deinen Jungen weinen …*«

»Simon Kesseling hat keine Mama mehr«, nahm Jessica Schamp diese Vorlage an. »Seine Mutter ist letztes Jahr gestorben, und sein Vater lebt in London.«

Schneeganß gab sich lakonisch. »Sehr schön, zwei Tatverdächtige weniger.«

An der Ausfahrt Detmolder Straße verließen sie die

Stadtautobahn, kamen nach ein paar 100 Metern zur Kreuzung der Detmolder mit der Blissestraße und sahen links vorn die Kirche, von der Titus Wrist gesprochen hatte.

»Was für ein Betbunker!«, rief Schneeganß.

Ein Stückchen weiter, wo die Koblenzer die Detmolder Straße kreuzte, sahen sie auch das Geschäft des Optikers, in dessen Wohnblock Simona Nawrocki zu finden sein sollte. Das war also schnell geklärt, länger dauerte die Suche nach einem Parkplatz. Endlich standen sie unten am Hauseingang vor dem Klingelbrett mit dem Namen *Nawrocki*, und Schneeganß drückte auf den entsprechenden Knopf.

Lange Sekunden vergingen. »Sie wird Selbstmord begangen haben«, sagte Jessica Schamp. »Weil sie nicht länger leben wollte und konnte ohne Simon Kesseling.«

Schneeganß stöhnte auf. »Das Leben ist kein Kriminalroman und keine TV-Serie.«

Endlich meldete sich Simona Nawrocki. »Wer ist denn da?«

»Die Kriminalpolizei!«, schnauzte Schneeganß.

Das »Wer denn sonst, du blöde Kuh!«, verkniff er sich.

»Oh my God!«

Zugleich schnarrte der Türöffner, und sie konnten in den Hausflur treten.

»Wie die schon spricht!«, sagte Schneeganß, als sie die Treppe nach oben stiegen. »Ich möchte wetten, dass sie diesen aufgebrezelten, aber saublöden Moderatorinnen und Showmasterinnen der privaten Fernsehsender bis hin zur Karikatur ähnlich.«

»Du mit deinen Vorurteilen!«, tadelte ihn Jessica Schamp.

Das »Mann, wie kann man nur so primitiv sein!«, verkniff sie sich, musste dann aber, als sie Simona Nawrocki gegenüberstanden, zugeben, dass beide recht hatten. Er, was das Äußere der Frau und ihre nach der Art des »Promi Dinners« eingerichtete Wohnung betraf, sie, was den Intelligenzquotienten und die Hochsprache anging.

»Sicher, ich hätte mir denken können, dass Sie mich nach möglichen Feinden fragen werden«, entschuldigte sich Simona Nawrocki, nachdem sie alle drei Platz genommen hatten, für ihr »Oh my God!«. »Aber ich habe die ganze Nacht nicht schlafen können und war schon wegen meiner Kreislaufstörungen und meiner Herzattacke beim Arzt nebenan.«

Jessica Schamp hob, um sie zu beruhigen, die Hände wie eine Pfarrerin, wenn sie ihren Gemeindemitgliedern nach dem Vaterunser den Segen erteilte. »Wir werden uns auch ganz kurz fassen. Ihren Schmerz können wir natürlich verstehen.«

Simona Nawrocki begann zu schluchzen. »Simon war meine große Liebe … und wir hatten für die Zukunft so viel vor … wenn er erst im Bundestag gesessen … oder gar Minister gewesen wäre … Ein glückliches Deutschland wollte er schaffen … und es hat ihm nur Unglück gebracht!«

Hier setzte Schneeganß an. »Wenn Sie uns nur ein paar Namen nennen können. Wer könnte dann Ihrer Meinung nach als Täter infrage kommen?« Als er das

Zögern der Nawrocki bemerkte, fügte er hinzu, dass ihre Angaben natürlich streng geheim bleiben würden.

»Hm …« Sie musste nachdenken. »Da ist zuerst der Kevin Krüger. Simon war vor meiner Zeit einmal irgendwie bi, und da war er mit Kevin liiert. Und der war außer sich, als sich Simon dann für mich entschieden hat. Er hat die Trennung nicht überwinden können und Simon immer wieder gestalkt.«

»Das gäbe schon ein schönes Motiv«, murmelte Jessica Schamp und notierte sich den ersten Namen: Kevin Krüger.

Der zweite war dann Doktor Rietzel.

»Er war immer neidisch auf Simon und hätte zu gerne selber die erste Geige gespielt«, gab Simona Nawrocki zu Protokoll. »Und zwischen beiden hat es auch ein großes Geheimnis gegeben, hinter das ich aber nie gekommen bin.«

Schneeganß nickte. »Okay, und hatte Ihr Freund denn weiter gute Freunde?«

Simona Nawrocki lachte. »Sie kennen das doch: Feind, Todfeind, Parteifreund.«

»Ich meine außerhalb der GD.«

»Eigentlich gar keinen«, antwortete Simona Nawrocki, ohne zu zögern. »Da blieb neben Parteiarbeit und Partyservice keine Zeit zu.« Plötzlich stockte sie und schlug sich mit der flachen Hand gegen die Stirn. »Doch klar, bei einem Klassentreffen ist er auf einen alten Kumpel gestoßen, den … den … Thorben, Thorben Lucka.«

Auch diesen Namen notierte sich Jessica Schamp, um

dann zu fragen, ob es bei Kesseling vielleicht auch eine Frau mit Rachegelüsten gegeben habe.

»Klar, dieses Kulturmäuschen da!«, rief Simona Nawrocki. »Diese Tessa Wisotzki, seine Nachbarin. Die war nicht nur scharf darauf, mit ihm ins Bett zu gehen, sondern hatte auch gehofft, dass sie bei Simon mal Staatssekretärin werden könnte, wenn der erst mal in Berlin Senator oder im Bund Minister geworden war.«

Sie plauderten noch ein paar Minuten mit Simona Nawrocki, wünschten ihr dann gute Besserung, und dass sie bald über den Verlust ihres Geliebten hinwegkommen möge, und traten die Rückfahrt Richtung Keithstraße an.

Jessica Schamp sah auf ihren Notizblock. »Kevin Krüger, Doktor Rainer Rietzel, Thorben Lucka und Tessa Wisotzki. Da haben wir in den nächsten Tagen einiges zu tun.«

»Ja, und unsere Oberen werden auf Beschleunigung drängen.«

SECHS

Auf der Fahrt zur Trauerfeier von Simon Kesseling rätselten Gunnar Schneeganß und Jessica Schamp, warum der *rising star* der deutschen Parteienlandschaft nicht auf einem der Berliner Friedhöfe beigesetzt wurde, sondern ausgerechnet in Friedenau.

»Weil Marlene Dietrich und Helmut Newton dort liegen«, mutmaßte Jessica Schamp.

Schneeganß wollte das nicht glauben. »Hat er die Dietrich beim Live Cooking zu Gast gehabt? Hat der Newton seine Buffets fotografiert? Nein! Also …«

»Beide haben das getan, was er den Menschen mit seiner Partei versprochen hat: Sie haben sie glücklich gemacht«, erklärte ihm Jessica Schamp.

Schneeganß ließ sich auch davon nicht überzeugen. »Ein richtiger Promi gehört in Berlin auf den Dorotheenstädtischen Friedhof, siehe Bertold Brecht und Helene Weigel, Herbert Marcuse, Fritz Teufel, Hanns Eisler, Anna Seghers, die Familie Borsig, Johannes Rau, Karl-Friedrich Schinkel, Christa Wolf und Heinrich Mann, oder aber auf den Waldfriedhof Zehlendorf – wie etwa Willy Brandt, Helmut Käutner, Hildegard Knef und Bubi Scholz.«

Jessica Schamp lachte. »Du kennst dich ja bestens aus. Was treibt dich auf die Friedhöfe? Der Gedanke daran, wo du dermal einst wohl ruhen wirst oder ein geheimer nekrophiler Trieb?«

»Haha! Nein, bei jeder Beerdigung eines Mordopfers sollte immer jemand von der Kriminalpolizei dabei sein, weil wir hoffen, dass auch der Mörder oder die Mörderin in der Friedhofskapelle sitzt, um die Tat so richtig auszukosten, und sich dabei verrät.«

»Das ist doch schierer Aberglaube, das ist doch ein Ammenmärchen!«, rief Jessica Schamp. »Nenne mir einmal eine belastbare wissenschaftliche Studie, die das beweist.«

»Nenne mir einmal eine belastbare wissenschaftliche Studie, warum du überhaupt auf der Welt bist – und noch dazu in diesem Jahrhundert«, konterte Schneeganß.

Jessica Schamp seufzte. »Ich hätte Philosophie und nicht Kriminologie studieren sollen.«

»Die Kombination von beiden hatten wir doch schon mal, kann ich erinnern: Moderne Kriminalphilosophie, begründet von Professor Gunnar …? Wie hieß der Mann noch mal?«

»Keine Ahnung. Aber um die Diskussion zu beenden: Simon Kesseling hatte ja keine nahen Verwandten, die das hätten regeln können, und so wird ihm das zuständige Amt den Friedhof zugewiesen haben, der seinem Wohnort am nächsten liegt, und das ist wohl der in der Stubenrauchstraße.«

Als sie dort ankamen, war die Trauerhalle schon restlos überfüllt, aber die Zeremonie wurde mittels zweier großer Lautsprecher nach draußen übertragen.

»Herr, unser Gott«, hörten sie einen Pfarrer sagen, »ausgelöscht wurde hier ein Leben von fremder Hand – durch eine Pistolenkugel. Herr, wir sind fassungslos, können nicht begreifen, was Menschen dazu treibt, einen anderen Menschen zu töten. Ach, das ist die tiefe Tragik des Simon Kesseling: Er wollte den Menschen in Deutschland Glück bringen – und hat dadurch das Unglück auf sich gezogen. Herr, lass du uns, die wir den Sarg mit den sterblichen Überresten von Simon Kesseling vor Augen haben, nicht maßlos werden in unserem Zorn, damit nicht der Gedanke an Rache die Herrschaft über uns antritt.«

Schneeganß, mit Jessica Schamp im Schlepp, drängte sich nach vorn zum ausgelegten Kondolenzbuch.

»Während ich mich eintrage und danach die Seiten umblättere, fotografierst du mit deinem Smartphone alles ab«, flüsterte er ihr zu. »Dann haben wir gleich die Namen aller Trauergäste und müssen nicht extra zu Otto Berg fahren.«

Nachdem das erledigt war, musterten sie alle, die sich vor der Friedhofskapelle versammelt hatten, es verhielt sich aber niemand irgendwie auffällig.

»Wäre ja auch ein Wunder gewesen«, murmelte Jessica Schamp.

Als dann der Sarg zum ausgehobenen Grab getragen wurde, konnten sie auch in die Gesichter der Trauergäste sehen, die in der Kapelle Platz gefunden hatten. Neben dem Regierenden Bürgermeister und etlichen

Senatoren und Senatorinnen erkannten sie Titus Wrist, Simona Nawrocki und Tessa Wisotzki.

Was Doktor Rainer Rietzel am Grab von Simon Kesseling murmelte, als er seine drei Blumen auf den Sarg warf, hörten Gunnar Schneeganß und Jessica Schamp aber nicht. »So viele Schlagzeilen wären dein großes Glück gewesen. Nun kennen dich alle.« Vom Hype um Simon Kesseling wollte auch Tessa Wisotzki profitieren und hatte in verschiedenen Berliner Tageszeitungen inseriert:

Mit dem Reisebus
zu Simon Kesselings Orten in Berlin
Eine kundige Führung garantiert Tessa Wisotzki

Als Treffpunkt war der Fußgängersteg am östlichen Ende des S- und U-Bahnhofs Schönhauser Allee angegeben, und es waren so viele Kesseling-Fans gekommen, dass sie einige wieder nach Hause schicken und auf das nächste Wochenende vertrösten musste, da nicht mehr als 42 Leute in ihren angemieteten Bus passten.

»Ich heiße Sie alle herzlich willkommen, meine verehrten Damen und Herren! Wir wollen mit einer Schweigeminute beginnen und in stiller Trauer Simon Kesselings gedenken.«

Alle falteten die Hände und senkten die Köpfe.

»Danke. Und nun wollen wir uns zu Fuß zum Sitz seiner Firma hier in der Greifenhagener Straße begeben, dem ›High Society‹ Partyservice. Dort steht dann auch unser Bus bereit.«

Sie marschierten los, und am angegebenen Ort angekommen, verlor sie nur ein paar Worte, um dann Titus Wrist vor die Tür zu bitten.

»Nach dem Ableben von Simon Kesseling führt Herr Wrist die Geschäfte erst einmal weiter. Soweit ich informiert bin, kommt als Erbin nur Simon Kesselings Frau infrage, die er noch in diesem Jahr heiraten wollte: Simona Nawrocki. Sie werden ihr Bild in den Zeitungen gesehen haben. Ich bin ja seit Jahren eine Nachbarin des Verstorbenen gewesen, und wir haben oft über seine persönlichen Verhältnisse gesprochen. Herr Wrist wird Ihnen nun einiges über das Entstehen des PHS erzählen, das ein *Kind* Simon Kesselings ist.«

Titus Wrist tat das zu ihrer Zufriedenheit, und sie führte ihre Gruppe nun zum bereitstehenden Bus. Bis alle eingestiegen waren, dauerte es eine geraume Weile. Sie folgte als Letzte und griff sofort zum Mikrofon.

»Meine Damen und Herren, liebe Gäste, unser nächstes Ziel wird die Zentrale der Partei ›Glückliches Deutschland‹ sein, dem nächsten *Kind* unseres Simon Kesseling, und wir starten nun zu einer kleinen Stadtrundfahrt, bei denen unsere Gäste aus den anderen Bundesländern durch Gegenden kommen werden, die ihnen bislang fremd geblieben sind. Wir starten hier von der Greifenhagener Straße in Richtung Südwesten, also der Gethsemanestraße, kommen auf die Schönhauser Allee mit ihrem Hochbahnviadukt, biegen ab in die Kastanienallee und fahren auf dieser bis zur Veteranenstraße. Dann folgen die Invalidenstraße, die B96, Tiergartenstraße, Budapester und Kantstraße, bis wir den Savignyplatz erreicht haben, den die Knesebeckstraße kreuzt.«

Damit legte sie ihr Mikrofon beiseite und bedeutete dem Fahrer, dass es nun losgehen könne.

Der tat erstaunt. »Machen wa keenen Abstecher zur Mordkommission, damit wa ma hören können, ob se den Mörda von dem Kesseling da schon jefasst ham?«

»Nein, machen wir nicht.« Dass der Mann so berlinerte, widerte sie an, und sie hatte keine Lust, des Längeren mit ihm zu diskutieren.

Nach rund einer halben Stunde hatten sie ihr nächstes Ziel erreicht, und vor dem Aussteigen griff Tessa Wisotzki noch einmal zum Mikrofon.

»Wir haben nun das Hauptquartier der Partei ›Glückliches Deutschland‹ erreicht, und gleich wird sie Doktor Rainer Rietzel begrüßen, der mutmaßliche Nachfolger unseres Simon Kesseling.«

So geschah es dann auch, und Rietzel führte sie ins Konferenzzimmer, wo er in ein paar knappen Sätzen die Partei und sich vorstellte. Zum Schluss bekamen alle ein kleines Geschenk überreicht, ein vierblättriges grünes Kleeblatt aus dünnem Plastik mit einem großen GD in der Mitte.

»Es möge Ihnen Glück bringen und Sie bei der nächsten Wahl bewegen, uns sozusagen Ihr Kreuz zu schenken.«

Wieder zurück am Bus informierte Tessa Wisotzki ihre Gruppe über die nächsten Ziele.

»Simon Kesseling – Stationen seines Lebens. Wir haben sozusagen mittendrin begonnen und wenden uns jetzt den Anfängen zu: Der Stätte seiner Geburt, dem Mietshaus in Berlin-Schöneberg, in dem er Kindheit und Jugend verbracht hat, und den Schulen, in die er gegangen ist, angefangen von der Grundschule bis hin zur Universität, mit dem Gymnasium dazwischen. Im Prinzip wäre das alles fußläufig zu erreichen, aber wir wollen ja dem Berlin-Marathon im September keine Konkurrenz machen.«

Sie steuerten nun das Sankt-Gertrauden-Krankenhaus in der Paretzer Straße an, und Tessa Wisotzki informierte die Businsassen über alles Wissenswerte. »Gelegen ist es in Wilmersdorf, und 1930 nach Plänen des Architekten Hermann Bunning als Platz für die aus Königsberg vergraulten Katharinenschwestern erbaut worden. Seinen Namen hat es Gertrud von Nivelles zu verdanken, auch Gertraud, Gertraudt, Gertrude oder Geretrudis. Im Krieg war es Lazarett, heute ist es mit seinen 19 Fachabteilungen und -bereichen und 364 Betten Lehrkrankenhaus der Charité. Und hier hat nun, um es kurz zu machen, unser Simon Kesseling am 3. März 1975 das Licht der Welt erblickt.«

Im Bus wurde anhaltend Beifall geklatscht, und schließlich erhoben sich alle, damit die mitreisenden Journalisten etwas von »Standing Ovations« schreiben konnten.

»Wir fahren nun ein paar Kilometer weiter nach Schöneberg«, fuhr Tessa Wisotzki fort, als der Fahrer den Bus erneute startete. »Zuerst geht es zur Eisenacher Straße, wo er als Kind und junger Mann mit seinen Eltern wohnte, dann zu seiner Grundschule am Barbarossaplatz und schließlich zum Robert-Blum-Gymnasium in der Kolonnenstraße. Den Barbarossa werden alle kennen: Friedrich I., der Rotbart aus dem Adelsgeschlecht der Staufer, von 1155 bis 1190 Kaiser des Römisch-Deutschen Reiches, ertrunken im Fluss Saleph. Weniger bekannt dürfte Ihnen Robert Blum sein.«

»Norbert Blüm«, verbesserte sie ein Witzbold.

»Nein, nicht unser ›Eure Rente ist sicher‹-Minister, sondern R-o-b-e-r-t B-l-u-m!«

»Ja: ›Erschossen wie Robert Blum‹ hat mein Vater immer gesagt!«, rief eine ältere Dame.

»Richtig!« Tessa Wisotzki freute sich. »Robert Blum aus Köln, 1807 bis 1848, war Politiker, Publizist, Verleger und Dichter und ist nicht nur während der Revolution von 1848 als Abgeordneter in die Frankfurter Paulskirche eingezogen, sondern hat auch, als die Revolution zu scheitern drohte, am Oktoberaufstand 1848 teilgenommen und das demokratisch-liberale Wien gegen die kaiserlich-österreichischen Truppen verteidigen wollen. Aber dieser Aufstand ist gescheitert, und Robert Blum anschließend hingerichtet worden. Er hat Simon Kesseling maßgeblich beeinflusst, und mit Robert Blum als Vorbild hat er schon in der 10. Klasse beschlossen, in die Politik zu gehen.«

»Und ist ja quasi auch hingerichtet worden, erschossen wie Robert Blum«, fügte die ältere Dame hinzu, die die alte Redewendung gekannt hatte.

»Nun, über diese Parallele kann man lange streiten«, lautete Tessa Wisotzkis Kommentar. »Eher würde mir eine andere Parallele in den Sinn kommen, nämlich Walther Rathenau, der ja am 24. Juni 1922 in Berlin-Grunewald von Terroristen der rechtsradikalen Organisation Condor mit fünf Schüssen getötet worden ist. Aber dies nur nebenbei, wir fahren jetzt weiter zum Campus der Freien Universität in Dahlem, wo Simon Kesseling nach dem Abitur Volkswirtschaftslehre und Politologie studiert hat.«

Auf der Kolonnenstraße starteten sie nun Richtung Naumannstraße, erreichten nach ein paar 100 Metern die Feurigstraße, dann Albert- und die Ebersstraße und kamen so zur A103. Auf der Autobahn ging es dann nach Steglitz, und auf Höhe des Schlossparktheaters nahmen sie die Ausfahrt zur B1, hier die Straße Unter den Eichen. Auf der rollten sie Richtung Dahlem, bogen rechts in die Boetticherstraße ab und erreichten am Corrensplatz die Garystraße.

»Hier sind wir nun mitten auf dem Campus der Freien Universität. Einige 100 Meter vor dem Henry-Ford-Bau haben wir mit der Adresse Garystraße 21 den Fachbereich Wirtschaftswissenschaft. Über die blaugrauen Basaltplatten ist Simon Kesseling Hunderte von Malen geschritten und hat seinen Bachelor und Master gemacht. Letzteres mit einer Arbeit zum Thema ›Politische Maßnahmen zur Bekämpfung der Armut in prekären Arbeitsverhältnissen‹. Wir finden das auch im Grundsatzprogramm der Partei ›Glückliches Deutschland‹ wieder.«

»Das hat er von der SPD geklaut!«, kam es aus den mittleren Reihen. »Das größtmögliche Glück für die größtmögliche Zahl.«

Das mochte Tessa Wisotzki nicht kommentieren, denn sie hielt es eher mit den Grünen und den Linken, und kam, als sie die Ecke Gary- und Ihnestraße erreichten, lieber zum »zweiten Standbein von Simon Kesseling«, wie sie das nannte, der Politologie.

»Hier in diesem kastenförmigen Gebäude, dem Otto-Suhr-Institut, hat er viele Stunden verbracht, denn er hing irgendwie dem Glauben an, den Beruf des Politikers könne man quasi mit dem Studium der Politologie erlernen.«

Kam der nächste Zwischenruf. »Das macht man doch mit der Ochsentour in einer der gestandenen Parteien.«

»Es sei denn, man gründet eine eigene Partei und steigt auf, wenn sie aufsteigt, das heißt, über die Fünf-Prozent-Hürde kommt, und das hätte die GD mit Simon Kesseling spielend geschafft. Ohne ihn, da bin ich mir unsicher.«

»Ja, kein Christentum ohne Christus!«, rief der Witzbold von vorhin.

Tessa Wisotzki ignorierte den Zwischenruf, zumal sie durch ihren geplanten Programmablauf gezwungen war, ernst zu werden, ja mehr noch, tiefe Trauer in ihrer Stimme mitschwingen zu lassen. »Wir fahren nun in Richtung Friedrich-Wilhelm-Platz, wo Simon Kesseling in der Schmargendorfer Straße in einer bescheidenen Gründerzeitvilla gewohnt hat und in deren Garten er erschossen worden ist.«

Als sie in Friedenau angekommen und aus dem Bus ausgestiegen waren, entzündeten etliche Gruppenmitglieder Teelichter und auch größere Kerzen und platzierten sie um das Gartentor herum. Andere überlegten, ob sie ihre mitgebrachten Blumen schon hier oder erst am Grab Kesselings niederlegen sollten.

Nach etwa zehn Minuten ging es weiter zum Friedhof an der Stubenrauchstraße, und am frischen Grab von Simon Kesseling verharrten alle mit gefalteten Händen eine geraume Weile.

»Damit wären wir am Ende unserer Simon-Kesseling-Gedenktour«, sagte Tessa Wisotzki, als sich alle wieder etwas lockerer gaben. »Ich zeige Ihnen noch den Weg zum U- und S-Bahnhof Bundesallee, von wo aus Sie schnell in der Innenstadt sein können.«

»Wie denn?«, fragte der Witzbold. »Ich denke, zum Schluss kommt noch einer von der Kripo und erzählt uns, wer der Mörder unseres Halbgottes ist?«

Da konnte Tessa Wisotzki nur traurig lächeln. »Das weiß wohl nur Simon Kesseling, und vielleicht nicht einmal er.«

*

Gunnar Schneeganß und Jessica Schamp waren dabei, die Kondolenzliste durchzugehen, die vor der Friedhofskapelle ausgelegt worden war. Ein Großteil der Namen sagte ihnen nichts, einmal abgesehen vom Regierenden Bürgermeister und einigen Politikern.

»Dass der Müller da war, finde ich ja nobel«, bekannte Jessica Schamp.

»Ach, ich liebe den Müller!«, rief Schneeganß und verdrehte die Augen.

»Wie denn das?«, staunte seine Kollegin. »Du warst zwar mal in der SPD, weil das für deine Karriere förderlich war, aber jetzt wählst du doch immer CDU, wenn nicht gar AfD.«

Schneeganß lachte. »Ich meine doch nicht den Michael Müller von der Berliner SPD, sondern den Thomas Müller von Bayern München.«

»Als echter Berliner liebt man einen Spieler von Hertha und keinen von den Bayern!« Jessica Schamp gab sich empört.

»Gut, liebe ich eben Hanne Sobek.«

Jessica Schamp machte eine hilflose Geste. »Der Mann ist doch schon lange tot, und es war 1931, als er mit Hertha BSC Deutscher Meister geworden ist.«

Schneeganß stöhnte auf. »Zum letzten Mal – und das ist es ja.«

»Gehen wir lieber die Kondolenzliste durch und sehen, wer ein Motiv gehabt haben könnte.«

Es wurden sechs Personen, über die sie sich unterhielten, vier Männer und zwei Frauen.

»Titus Wrist …«

»Den kennen wir ja schon von unserem Besuch in der Greifenhagener Straße her«, sagte Jessica Schamp. »Warum sollte er Kesseling …?«

Schneeganß musste nicht lange überlegen. »Weil er nun Chef dieser Cateringfirma ist und hoffen kann, bald ein reicher Mann zu sein. Ich möchte dich nur daran erinnern, dass er kein belastbares Alibi hat.«

»Schön, behalten wir ihn im Auge.«

»Simona Nawrocki …«

»Da kann ich beim besten Willen kein Motiv erkennen.« Jessica Schamp zuckte mit den Schultern. »Sie hat Kesseling geliebt, die beiden wollten heiraten …«

»Und wenn sie nun gemeinsame Sache mit diesem Titus Wrist gemacht hat?«, gab Schneeganß zu bedenken. »Vielleicht waren die heimlich ein Paar und mussten Kesseling aus dem Weg schaffen, um an ihre Ziele zu gelangen. Eiskalt.«

»Du, Gunnar, das Leben ist keine *soap*!«

»Manchmal schon … Und so, wie ich diese Simona von unserem Besuch in der Detmolder Straße her in Erinnerung habe, traue ich ihr einiges zu.«

Jessica Schamp konnte darauf nur mit Spott reagieren. »Ja, und sie hat Kesseling nur erschossen, um von dir vernommen zu werden und dir nahe zu sein.«

»Der Nächste bitte!«

»Randolf Rockenfeld …«

»Der Krimischreiber. Ein Nachbar von Simon Kesseling, hat ihn immer sehr geschätzt. Stand jedenfalls in der ›Morgenpost‹.« Jessica Schamp konnte bei ihm kein Tatmotiv erkennen.

Schneeganß lachte. »Doch, doch, der hat in seinem langen Leben mindestens schon 50 Morde begangen … am Schreibtisch.«

»Kevin Krüger …«

»Den hat doch die Simona Nawrocki erwähnt, der soll Kesseling gestalkt haben.« Jessica Schamp erinnerte nun an den Fall des Piraten-Politikers Gerwald Claus-Brunner. Der sollte den 29-jährigen Jan L. gestalkt, getötet und die Leiche mit einer Sackkarre durch Berlin transportiert haben. »Vielleicht hat das dieser Kevin Krüger mit Kesseling auch getan.«

»Eine Sackkarre haben wir zwar am Tatort in der Schmargendorfer Straße nicht gefunden, aber dennoch sollten wir uns diesen Herrn Krüger einmal vorknöpfen«, entschied Schneeganß.

»Tessa Wisotzki …«

»Wie soll sie ihn erschossen haben, sie war doch mit ihrer Gruppe in Frohnau unterwegs«, sagte Jessica Schamp.

»Vielleicht hat sie ihn erschießen lassen«, entgegnete ihr Schneeganß. »Von diesem Mann auf dem Motorrad beispielsweise, der kurz nach der Tat davongerast ist.«

»Und ihr Motiv?«

»Sie kann ihn geliebt und er sie abgewiesen haben, und sie profitiert von seinem Ableben, siehe die vollen Busse bei ihrem Simon-Kesseling-Kult.« Schneeganß fand immer mehr Gefallen an dieser Spur. »So ein Zufall, dass Kesseling gerade in dem Augenblick tot in seinem Vorgarten gelegen hat, als sie mit ihrer Gruppe dort vorbeikommt. Eine herrliche Inszenierung!«

»Ganz abwegig ist das nicht«, musste Jessica Schamp zugeben. »Wir sollten sie auf alle Fälle im Auge behalten.«

»Doktor Rainer Rietzel …«

»Der könnte ganz sicher ein Motiv gehabt haben«, begann Jessica Schamp auch beim letzten Namen auf ihrer Liste die Diskussion. »Die Nachfolge von Simon Kesseling. Nach dem erfolgreichen Attentat kommt die GD ganz sicher über fünf Prozent, und Rietzel kann in den Bundestag einziehen und eine große Karriere starten.«

»Klingt logisch. Auch ihn müssen wir unter die Lupe nehmen. Nun, was sagt unser Ernst Gennat II. immer, obwohl sein Englisch saumäßig ist: Further research is needed.«

SIEBEN

Hansjürgen Mannhardt ging die Treppe zum U-Bahnhof Alt-Tegel hinunter, da schlich ein dunkel gekleideter Mann, der eine schwarze Kapuze weit über den Kopf gezogen hatte, hinter ihm her, zog ein dolchartiges Messer aus dem Mantel und jagte es ihm in den Rücken. Im Fallen stieß er einen fürchterlichen Todesschrei aus.

Sofort stand Heike neben seinem Bett. Seit er fürchterlich schnarchte, schliefen sie in getrennten Zimmern.

»Hajü, was ist, hast du einen Herzinfarkt erlitten?«

»Nein, ich bin nur ermordet worden.« Er richtete sich auf, um ihr alles zu erklären.

»Papa, was ist mit dir? Soll ich die Feuerwehr holen? Musst du ins Krankenhaus?«

»Nein, nein, danke, es war nur ein Albtraum.«

»Wieder mal einer«, ergänzte Heike und fügte, als ihr Sohn das Zimmer wieder verlassen hatte, noch hinzu, dass er dringend zum Psychologen müsste.

Mannhardt schaltete auf Abwehr. »Warum nicht gleich zum Psychiater oder in die Karl-Bonhoeffer-Nervenklinik?« Er ahmte ihre Stimme und ihren Tonfall nach. »Frau Schniepelschnurz, wir mussten meinen Lebensgefährten leider in die Nervenklinik bringen, posttraumatische Belastungsstörungen als Folge einer Déformation professionnelle.«

Heike blieb geduldig. »Gott, Hajü …!«

»Hör auf mit dem Hajü! Ich spiele ja auch nicht mehr mit dem Hottehü.«

»Entschuldige.« Sie hatte sich das mit dem Hajü in den letzten Tagen angewöhnt, weil ihr Hansjürgen zu lang war und ihre neue Nachbarin immer Hajo zu ihrem Hansjoachim sagte. »Ich meine es wirklich gut mit dir, du musst etwas gegen deine Angststörungen unternehmen, ehe sie körperliche Schäden anrichten. Ich habe mal ein Feature darüber gemacht und noch eine Liste mit Psychologinnen in der Schublade. Mit einer habe ich mich sogar ein wenig angefreundet, mit der … mit der … Sonja Pessin. Irgendwo in Reinickendorf. Die rufe ich mal an, und wenn du sonst erst 2020 einen Termin bekommst, bei Sonja geht es sicher noch heute Nachmittag. Du gehst aber auch wirklich hin. Versprochen?«

»Ja, versprochen …«

Vorerst aber ließ er ein immer helles Licht über sich leuchten: die Pflicht. Und die hieß an diesem Vormittag: 9.00 – 11.00 Uhr, Vorlesung an der Hochschule für Wirtschaft und Recht, Thema heute »Der perfekte Mord«. Also *the same procedure as every week:* Fahrt mit U- und S-Bahn nach Friedrichsfelde, Dauer 47 Minuten plus eine Viertelstunde Fußweg zu und von den Bahnhöfen.

»Der Flug von Berlin nach Prag dauert nur 50 Minuten«, klagte er Heike gegenüber.

»Aber was willst du in Prag?«

Er überlegte kurz. »Na, mir mal den Prager Fenstersturz ansehen. Quatsch, der war ja schon vor rund 400 Jahren.«

Als er dann den Hörsaal betrat, war er wieder froh und glücklich. Kam er bei Familienfeiern kaum zu Wort, weil Heike und Orlando mit ihren Wortbeiträgen immer schneller waren, so galt hier die Regel: Es spricht nur einer, und das bin ich.

»›Ein perfekter Mord‹ ist nicht nur ein amerikanischer Film aus dem Jahre 1998«, begann er, nachdem er all seine Lieben begrüßt hatte, »sondern auch Thema unserer heutigen Lehrveranstaltung. Ich habe Ihnen etwas mitgebracht, was Sie bitte selbst einmal lesen sollten, weil das ein sehr guter Einstieg in das Thema ist. Michael Tsokos kennen Sie ja alle aus den Medien, Professor an der Charité und Leiter der Rechtsmedizin.« Damit verteilte er einen kleinen Text, den er vorher in einem Copyshop vervielfältigt hatte:

Kölner Stadtanzeiger, Interview mit Michael Tsokos am 7.6.2009

Viele Experten schätzen, dass mindestens jeder zweite Mord unentdeckt bleibt. Ist diese Einschätzung richtig?
TSOKOS: Mord ist eine juristische Definition. Ich spreche eher von Tötungsdelikten. Ich glaube nicht nur, dass jede zweite Tötung unentdeckt bleibt, sondern bin sogar der Meinung, dass nur jede vierte Tötung überhaupt entdeckt wird.

Dann laufen viele Mörder frei herum?
TSOKOS: Ja. Das sind aber keine Serienmörder. Es geht um Einmal-Mörder, um einen, der im Affekt seine Großtante erdrosselt oder dem Opa ein Kissen aufs Gesicht gehalten hat. Oder einer war mit seinem Kumpel einen trinken, hat sich mit ihm geprügelt und ihn liegen gelassen.

Gibt es den perfekten Mord?
TSOKOS: Es gibt sogar mehrere perfekte Mordmethoden. Das fängt damit an, dass sie erst gar keine Leiche haben. Dann ist es schwer nachzuweisen, dass die Person überhaupt tot ist, oder woran sie gestorben ist. Es gibt auch bestimmte Methoden, die sehr spurenarm ablaufen, da kann ich natürlich nicht näher darauf eingehen. Und nicht zuletzt gibt es die Möglichkeit, dass der leichenschauende Arzt getäuscht wird.

Einen Profi täuschen, wie geht das?
TSOKOS: Da kommt der Hausarzt, und die Familie sitzt zusammen. Da gibt es nicht immer eine richtige Leichenschau. Mitunter genügt es, den Eindruck zu erwecken, der Verstorbene sei ohnehin herzkrank gewesen. Wenn dann rein äußerlich nichts auffällig ist – und trotz einer Gewalt gegen den Hals einfach nur der Kragen hoch geschlossen wurde – dann geht der Fall auch nicht an die Polizei. Die Familie des Verstorbenen soll ja möglicherweise weiter zu dem Arzt in die Praxis kommen. Jeder Zweifel würde da stören.

Quelle: http://www.ksta.de/13002830 ©2017

Als er sich sicher sein konnte, dass alle alles gelesen hatten, setzte er wieder ein.

»Der Münchner Rechtsmediziner Wolfgang Eisenmenger bestätigt Tsokos, indem er sagt, dass in Deutschland jährlich mindestens 1.200 Tötungsdelikte unentdeckt bleiben, bei etwa 500 entdeckten Morden. Er führt das vor allem darauf zurück, dass aus Kostengründen viel zu wenig obduziert wird. Nur bei einem Prozent aller Todesfälle würden Sektionen vorgenommen, denn eine gerichtlich angeordnete Sektion koste den Staat 195 Euro pro sezierendem Arzt.«

Es kam der erste Zwischenruf. »Letzte Woche haben wir etwas über die forensische Entomologie gehört, die Untersuchung von Insekten am Tatort, und da hieß es, dass es beinahe unmöglich sei, Spuren zu fälschen. Und Tötungsdelikte hinterlassen immer Spuren.«

Mannhardt lachte. »Ja, sicher kann man anhand von Fliegenmaden in den Nasenlöchern des Ermordeten alles beweisen und vor allem mit der DNA, aber – siehe Tsokos – man muss die Leiche erst einmal gefunden und auf dem Obduktionstisch liegen haben. Die kriminologischen Elemente in unseren TV-Krimiserien sorgen dafür, dass die Leute glauben, infolge der Fortschritte in den Naturwissenschaften und der Medizin sei alles nachweisbar. Das ist der sogenannte CSI-Effekt.«

Eine Studentin meldete sich zu Wort und kam mit einem ergänzenden Zitat von Richard Zehner vom Institut für Rechtsmedizin der Universität Frankfurt/Main. *»Zuerst kommen die Schmeißfliegen, dann die Fleischfliegen, die Käsefliegen und am Ende die Käfer.«*

»Und dennoch gibt es eine Vielzahl von unaufgeklärten Fällen und unentdeckten Verbrechen.« Mannhardt hatte das »LEXIKON der ungesühnten Morde« von Hans-Dieter Otto mitgebracht und hielt es in die Höhe. »Bitte selber nachlesen. Hinten auf dem Cover steht auch eine schöne Sentenz von Alfred Hitchcock. »*Natürlich hat es perfekte Morde gegeben, sonst wüssten wir ja von ihnen.* Und noch etwas, das zum Thema gehört: Von der Berufsgruppe, die auf den perfekten Mord spezialisiert ist, wissen wir kaum etwas Belastbares: von den Auftragskillern. Weder ihre Vorgehensweise noch ihre Psyche sind wissenschaftlich untersucht worden, sieht man einmal von einer Studie des Kriminologischen Instituts der Universität Birmingham unter Leitung von David Wilson ab. Danach gibt es viel weniger Auftragsmorde, als uns Film und Fernsehen glauben machen wollen, von 1974 bis 2013 sind gerade einmal 27 Auftragskiller überführt worden, wobei der Durchschnittspreis für die Auslöschung eines menschlichen Lebens etwa 18.400 Euro betragen hat.«

»Was Sie betrifft, wenn Sie uns eine Fünf geben, können wir uns das nicht leisten«, kam es vom Fenster her.

»Wenn Sie das wirklich planen würden, dann hätten Sie mit dieser Bemerkung schon den ersten Fehler begangen, das heißt, eine Spur gelegt, der der sehr verehrte Kollege Schneeganß ganz sicher mit Freude nachgehen würde.«

Nach dem Ende seiner Lehrveranstaltung zeigte sich wieder einmal, wie sehr Verlass auf den Volksmund war, denn bei dem hieß es: »*Wenn man vom Teufel spricht, ist er nicht weit«*, und so traf er auf dem Weg zur S-Bahn Gunnar Schneeganß, der gerade zu seiner Lehrveranstaltung eilte. Sie blieben stehen, begrüßten sich kurz und tauschten ein paar Worte aus.

»Seid ihr im Fall Simon Kesseling schon weitergekommen?«, wollte Mannhardt wissen.

Schneeganß machte eine hilflose Geste. »Wir wissen nur, dass wir nichts wissen.«

Mannhardt zog die »Kriminalchronik des Dritten Reiches, Band II, 1938-1945«, von Wolfgang Krüger aus seiner Aktentasche. »Hier, das musst du mal lesen, da heißt ein Kapitel ›Den Mörder trieb es zum Tatort zurück‹, Seite 153 folgende. Das spielt in der Nähe von Frankfurt am Main, und einen Mörder namens Kurt Franke treibt es zum Tatort zurück, weil er den unwiderstehlichen Drang verspürt zu sehen, was inzwischen mit der Leiche geschehen ist. Baut euch also in der Schmargendorfer Straße auf und wartet auf den Täter.«

Schneeganß konnte dem nicht ganz folgen. »Kesseling liegt doch schon längst auf dem Friedenauer Friedhof.«

»Na, dann gehst du mit Jessica eben dorthin.«

*

Schlagzeilen hatte bis jetzt immer nur der an die fünf Kilometer entfernte Große Stechlinsee gemacht, nicht aber der still ruhende Roofensee. Das sollte sich aber in diesem Sommer ändern.

Der Waldpark am Roofensee bot viele an Schweden erinnernde Ferienhäuser, und eines von ihnen hatte die Familie Glasbrenner gemietet, die mit Vater, Mutter, drei Kindern und den Großeltern aus Berlin angereist war.

Während seine Frau mit ihren Eltern beim Zubereiten des Mittagessens war und die Kinder draußen Ball spielten, saß Gerhard Glasbrenner hinter dem Haus und las, wie anders auch an diesem Ort, in Theodor Fontanes »Der Stechlin«:

Im Norden der Grafschaft Ruppin, hart an der mecklenburgischen Grenze, zieht sich von dem Städtchen Gransee bis nach Rheinsberg hin (und noch darüber hinaus) eine mehrere Meilen lange Seenkette durch eine menschenarme, nur hie und da mit ein paar Dörfern, sonst aber ausschließlich mit Förstereien, Glas- und Teeröfen besetzte Waldung. Einer der Seen, die diese Seenkette bilden, heißt »der Stechlin«. Zwischen flachen, nur an einer einzigen Stelle steil und kaiartig ansteigenden Ufern liegt er da, rundum von alten Buchen eingefaßt, deren Zweige, von ihrer eignen Schwere nach unten gezogen, den See mit ihrer Spitze berühren. Hie und da wächst ein weniges von Schilf und Binsen auf, aber kein Kahn zieht seine Furchen, kein Vogel singt, und nur selten, daß ein Habicht drüber hinfliegt und seinen Schatten auf die Spiegelfläche wirft. Alles still hier. Und doch, von Zeit zu Zeit wird es an ebendieser Stelle lebendig. Das ist, wenn es weit draußen in der Welt, sei's auf Island, sei's auf Java zu rollen und zu grollen beginnt oder gar der Aschenregen der hawaiischen Vulkane bis weit auf die Südsee hinausgetrieben wird. Dann regt sich's auch hier …

»Gerhard, kommst du bitte essen!«

Unwillig legte er seinen Fontane beiseite. Er las das Buch nicht nur aus literarischer Lust, sondern weil er Deutschlehrer war und in den nächsten Wochen einen Aufsatz zum Thema »Welch aktuelles Gedankengut steckt in Fontanes Roman ›Der Stechlin‹?« schreiben lassen wollte. Er hatte sich schon eine Reihe von Notizen über Textpassagen gemacht, wo seine Schülerinnen und Schüler im Leistungskurs Deutsch ansetzen konnten:

Fontane über Dubslav von Stechlin, den Major außer Dienst: »*Er hörte gern eine freie Meinung, je drastischer und extremer, desto besser. Daß sich diese Meinung mit der seinigen deckte, lag ihm fern zu wünschen.*«

Zu Tante Adelheid aus dem Kloster Wutz: »*Was … den Verkehr mit ihr so schwer machte, das war die tiefe Prosa ihrer Natur, das märkische Enge, das Misstrauen gegen alles, was die Welt der Schönheit oder gar der Freiheit auch nur streifte.*«

Armgard: »*… wer immer unzufrieden ist, der taugt nichts. Immer Unzufriedene sind dünkelhaft und boshaft dazu, und während sie sich über andere lustig machen, lassen sie selbst viel zu wünschen übrig.*«

Melusine: »*Sich abschließen heißt sich einmauern, und sich einmauern ist Tod.*«

Doktor Pusch: »*Wer ängstlich abwägt, sagt gar nichts. Nur die scharfe Zeichnung, die schon die Karikatur streift, macht eine Wirkung.*«

Superintendent Koseleger: »*Unglücklich sind immer nur die Halben.*«

Pastor Lorenzen über den alten Stechlin: »*Er war das Beste, was wir sein können, ein Mann und ein Kind.*«

»Gerhard, kommst du endlich essen – oder brauchst du eine Sondereinladung!«, kam der Schrei aus dem Küchenfenster.

»Ja, ich brauche eine!«

»Hier hast du sie!«

Seine Frau schüttete die Schüssel mit den angefallenen Kartoffelschalen über ihn aus. Die Kinder hatten das gesehen und lachten mehr als bei jedem Comedian. Er musste also gelassen bleiben, denn wenn er sich jetzt wie Rumpelstilzchen aufführte, war zu fürchten, dass sein Großer das filmte und ins Internet stellte, und seine Schülerinnen und Schüler sich dann alles bei »YouTube« ansahen.

Da seine Familie außer ihm und seinem Schwiegervater aus Vegetariern bestand, gab es eine vegetarische Lasagne. Gott, wie gern hätte er ein Stück gebratenen Zander auf dem Teller gehabt! Wozu war man in einer Gegend, wo ein See an den anderen stieß. Aber so war das nun einmal: Mehrheit siegt, Einzahl fliegt.

So war es auch nach dem Essen, als er mit all seinen Lieben einen ausgedehnten Spaziergang machen wollte und ihnen vorlas, was im Flyer des Tourismusbüros geschrieben stand. »Um den Roofensee verläuft ein sechs Kilometer langer Rundweg. Doppelt so lang ist der Moorerlebnispfad, der darüber hinaus in das den

See umgebende Waldgebiet führt. Teilweise überschneiden sich die beiden Wege.«

»Nach dem Essen soll man ruh'n oder tausend Schritte tun«, sagte sein Schwiegervater. »Und ich bin für den ersten Teil.«

Das waren alle anderen auch, und so zog Gerhard Glasbrenner alleine los.

Die Viertelstunden vergingen. Er hatte gerade die Nordwestspitze des Roofensees umrundet und steuerte auf den Naturcampingplatz zu, da verspürte er einen heftigen Harndrang. Wegen der Nähe der Camper wagte er es nicht, direkt am Weg stehen zu bleiben und gegen den erstbesten Baum zu pinkeln, sondern machte lieber ein paar Schritte in den Wald und ins Unterholz hinein.

Sekunden später schrie er auf, denn direkt vor seiner Nase baumelte ein Mann. Er hatte sich an einem ausreichend starken Ast aufgehängt.

Glasbrenner sprang zurück und bemerkte gar nicht, wie nass seine Hose vorn neben dem Schlitz geworden war. Schnell hatte er sein Handy herausgerissen und 110 gewählt. Hoffentlich gab es kein Funkloch. Nein, die Verbindung kam zustande.

»Hier am Roofensee hängt ein Toter an einer Eiche. Kommen Sie sofort!«

Es dauerte eine Weile, bis er dem Beamten seinen genauen Standort genannt hatte, und dann sollten etwa 20 Minuten vergehen, bis Polizei und Notarzt aus Fürstenberg/Havel eingetroffen waren. Zeit genug, sich in die Sonne zu setzen und die nasse Hose trocken zu lassen.

Dann ging alles so zu, wie er es aus den Fernsehkrimis kannte, die er sich ansehen musste, um mit seinen Schülern und seinen großen Kindern mitreden zu können.

Der Mann, der am Ast baumelte, mochte an die 40 Jahre alt sein. Dass er tot war, hatte der Notarzt schnell feststellen können, als man ihn abgeschnitten und auf den Boden gelegt hatte.

Als der Gerichtsmediziner eintraf, kritisierte er diese Aktion. »Ich hätte den Toten lieber noch am Baum hängen sehen. Wegen der Höhe seiner Füße über dem Boden.« Er kniete sich nieder, um den Toten zu untersuchen. »Schon leichte Totenflecken im Gesicht, aber in den Achselhöhlen noch Körperwärme. Lange kann er noch nicht gehangen haben.«

Ein junger Mann von der zuständigen Mordkommission sah ihn fragend an. »Meinen Sie, dass er sich nicht selbst aufgehängt hat, sondern ihn ein anderer erst getötet hat und dann …?«

Ein älterer Kriminalkommissar lachte. »Vielleicht hat er vorher eine Todsünde begangen, und der Herr hat ihn heimgeholt mit dem Lasso.«

Der Gerichtsmediziner blieb ernst. »Eine exakte Klärung der Frage, ob ein suizidales Erhängen vorliegt oder die Leiche zur Vortäuschung einer Selbsttötung aufgehängt wurde, ist nur durch eine Sektion möglich. Was ihr auf alle Fälle tun müsst: seine Hände sorgfältig nach Spuren von Fasern absuchen, weil er, ist er wirklich ein Selbstmörder, mit dem Strangwerkzeug hantiert haben muss.«

Inzwischen hatte der jüngere Beamte in die Innentasche der hellen Sommerjacke des Toten gegriffen.

»Hier ist die Unfallschutzkarte des Mannes. Er heißt … Thorben Lucka.«

*

Hansjürgen Mannhardt hatte sich dem Wunsch seiner Lebensgefährtin fügen müssen und war mit einem »Dein Wille geschehe!« zu der von ihr empfohlenen Psychologin gefahren, obwohl er diesem Berufsstand gegenüber erhebliche Vorurteile hatte. »Warum sind sie Psychologen geworden? Um sich selbst therapieren zu können.« Bei Sonja Siebert sah er sich in seiner Meinung bestärkt, denn sie war in einem solchen Maße adipös, dass sie beim Wettkampf um die dickste Frau der Welt alle Chancen gehabt hätte, Siegerin zu werden. Diese Frau wäre in seinen jüngeren Jahren ein einziger Albtraum für ihn gewesen.

»Heike hat mir verraten, dass Sie unter berufsbedingten Albträumen leiden«, begann die Psychologin ihren Dialog. »Erzählen Sie mal …«

Mannhardt tat es, und Sonja Siebert lobte ihn für seine detaillierte Darstellung.

»Das ist gut, denn Sie müssen sich an die erlebten Gefühle gewöhnen. Für die nächste Sitzung schlage ich vor, dass Sie ein Albtraumdrehbuch schreiben, damit ich die IRT anwenden kann, die *imagery rehearsal therapy.* Wir spielen dann hier bei mir die einzelnen Szenen immer wieder durch, und Sie tun das zu Hause allein jeden Tag eine Viertelstunde, sodass alles furchtbar langweilig für Sie wird und Sie der entsprechende Traum nicht mehr belastet. Das wird sehr schnell zur Linderung Ihrer Albtraumproblematik führen.«

Wieder zurück in seiner Wohnung machte sich Mannhardt sofort daran, sein Albtraumdrehbuch zu schreiben:

Jemand jagt mir auf einem U-Bahnhof ein Messer in den Rücken.

Jemand stößt mich auf einem S-Bahnhof vor einen einfahrenden Zug.

Jemand schüttet mir in einem Restaurant Gift in mein Glas Bier, während ich auf die Toilette gehe.

Ein Taucher zieht mich beim Schwimmen in einem See unter Wasser, sodass ich ertrinke.

Jemand erschießt mich beim Spazierengehen.

Jemand übergießt mich mit Benzin und steckt meine Kleidung in Brand, während ich auf einer Parkbank eingeschlafen bin.

Jemand überfährt mich mit seinem Auto, als ich an der Haltestelle auf einen Bus warte.

Jemand setzt meine Türklinke unter Strom, sodass ich einen tödlichen Schlag erleide.

Jemand bindet mich bei 20 Grad minus im Wald an einen Baum, sodass ich erfriere.

Jemand schlägt mich nieder und hängt mich dann an einem Balken auf, sodass es wie ein Selbstmord aussieht.

ACHT

Gunnar Schneeganß und Jessica Schamp waren auf der Suche nach dem Mörder von Simon Kesseling immer noch nicht vorangekommen und trösteten sich mit der chilenischen Weisheit: *Alles kommt zu dem, der warten kann.* Um sich die Wartezeit zu verkürzen, hatte sich Schneeganß eine Dartscheibe gekauft und ordnungsgemäß an der Wand hinter seinem Schreibtisch befestigt: Höhe Mitte Bullseye 1,73 m, Mindestwurfentfernung 2,37 m.

Er sah zu Jessica Schamp hinüber. »Wie wär's mit einer Runde *Around the Clock*?«

»Was denn: Dienst rund um die Uhr?«

»Nein, das ist eine Variante beim Dartspiel. Du musst versuchen, nacheinander im Uhrzeigersinn, beginnend bei der 1, alle Zahlen einmal zu treffen, egal ob Single-, Double- oder Treble-Segment. Wer als Erster mit einem Pfeil die 20 trifft, der hat gewonnen. Bist du gut, dann kannst du in einer Runde gleich drei Zahlen abhaken, bist du schlecht, bleibst du Runde für Runde an derselben Zahl hängen.«

»Wie du das erklärst, du bist der geborene Hochschuldozent«, lästerte Jessica Schamp.

»Und der Champion.«

Sie waren gerade rechts oben bei der 13 angekommen, da wurde gegen ihre Tür geklopft. Schneeganß wartete mit seinem »Ja, herein bitte!«, bis sie ihre Pfeile unter herumliegenden Akten versteckt hatten. Es stand dann ein hagerer Mann von etwa 40 Jahren vor ihnen, dem man an seiner Berufskleidung ablesen konnte, dass er Fensterputzer war.

»Oh, Sie wollen bei uns …?«, rief Jessica Schamp. »Es wird ja auch mal Zeit, unsere Scheiben sind ja schon so schmutzig, dass es wie Milchglas aussieht.«

»Nee, ick bin nur hier, weil ick nebenan inna Bayreuther 'ne Fassade … Drackenstedt mein Name, Arne Drackenstedt.«

Schneeganß fixierte ihn wie einen »armen Irren«: »Und was verschafft uns die Ehre Ihres Besuches?«

»Na, weil ick heute morjen bei mir inne Fehlerstraße 'n Todesschreck bekomm' hab': Steht doch da der Simon Kesseling vor mir!«

»Auferstanden von den Toten«, kommentierte Schneeganß diese Mitteilung. »Klar, so lange nach Jesus war das ja wieder mal fällig.«

Drackenstedt lachte. »Det is jut, nee, aba … Ick war Anhänga vom dem Kesseling und seine Partei und ooch mal bei eena Vasammlung von det ›Jlückliche Deutschland‹ … Also: Der Mann, den ick meine, der wohnt bei mir zwee Häusa weiter und heißt Ruben Röderland. Und der hat 'ne unheimliche Ähnlichkeit mit dem Kesseling. Aba keena will wat mit diesem Ruben Röderland zu tun haben, weil er mal als Kindaschända jesessen hat.«

Jessica Schamp hatte als Erste begriffen, warum der Mann zu ihnen gekommen war. »Und Sie meinen nun, dass da eine Verwechslung vorgelegen hat: Da wollte sich jemand an diesem Röderland rächen und ihn erschießen, hat aber aus Versehen, den Kesseling erwischt. Wegen der Ähnlichkeit.«

Drackenstedt strahlte. »Sie ham et uff'n Punkt jebracht.«

Jessica Schamp ließ sich noch einige Daten geben, bedankte sich bei Drackenstedt und hielt ihm höflich die Tür auf.

»Der ist aus der Karl-Bonhoeffer-Nervenklinik entwichen«, sagte Schneeganß, als der Fensterputzer wieder draußen war. »Soll ich da mal anrufen?«

Jessica Schamp nahm die Sache ernster, nachdem sie einen Blick auf den Stadtplan geworfen hatte. »Es klingt nach Komödie, aber die Fehlerstraße liegt nur ein paar 100 Meter von der Schmargendorfer Straße entfernt, und vielleicht hat der Täter wirklich die beiden Männer verwechselt, also diesen – wie hieß er? – Ruben Röderland für Simon Kesseling gehalten. Doppelgänger soll es ja immer wieder mal geben.«

»Ach, geh!«, rief Schneeganß und drückte es in der Sprache Horst Seehofers aus. »Dös is doch a Schmarrn!«

*

Orlando brauchte dringend Geld zur Finanzierung seines Studiums und hatte da eine Idee, die er gern mit seinem Großvater besprechen wollte.

»Du, Opa Hajü, hast du in der Zeitung gelesen, in der Abendschau gesehen und im Radio gehört, was dieses Kulturmäuschen da, diese Tessa Wisotzki, für einen Erfolg mit ihrer Simon-Kesseling-Gedenk-Tour durch Berlin gehabt hat?«

»Ja, habe ich.«

»Und du weißt ja auch, dass immer eine Menge Leute zu Krimifahrten auf einem Dampfer kommen oder zu einem Krimi-Diner eilen, wo der Täter zu erraten ist …«

»Ja, und worauf willst du hinaus?«

»Dass wir mit dir als Fachmann und mir als Moderator eine Krimi-Bustour durch die Stadt anbieten sollten. ›Die spektakulärsten Morde und Mörder in Berlin‹ Du suchst die Tatorte aus, ich plane die Route, und Heike organisiert den Bus, lässt den Flyer drucken und holt bei den Behörden alles ein, was einzuholen ist.«

»Hm …«

»Bitte rede nicht so viel, Logorrhö bei einem Verwandten ist was Schlimmes.«

»Ich zögere nur etwas, weil … Hast du mal alles durchgerechnet? Was kostet uns der Bus mit Fahrer, was der Flyer, was kann man den Leuten an Geld abnehmen?«

»So viel wie für eine Theaterkarte schon, und da habe ich letztens im Schlossparktheater für einen Platz in Reihe 25 genau 23 Euro bezahlt. Wenn wir bei den reichen Touristen 25 Euro nehmen, dann bekommen wir bei 40 Plätzen im Bus 1.000 Euro zusammen.«

»Besprechen wir das alles mit Heike, das ist bei uns die große Macherin.«

Und in der Tat schaffte die es mit ihren Beziehungen, alles, was die Organisation betraf, in so kurzer Zeit zu handeln, dass sie ihr großes Unternehmen umgehend starten konnten. Und wenn sie wirklich nicht alle Genehmigungen beisammen hatte und vielleicht auch die eine oder andere Prüfung als Stadtführerin hätte ablegen müssen, so hatte sie nichts zu befürchten, denn wegen der »kaputtgesparten« Berliner Verwaltung gab es eh niemanden, der das kontrolliert hätte. Auch wenn ihr Bus da hielt, wo er an sich nicht hätte halten dürfen, da war niemand, der ihr Einhalt gebot.

Start und Ziel sollte der Bahnhof Zoologischer Garten sein, genauer gesagt der Hardenbergplatz. Und zur festgesetzten Stunde hatten sich auch an die 30 Interessenten eingefunden. Heike begrüßte alle mit Handschlag und stellte ihnen Mannhardt und Orlando als die beiden Experten vor, die ihnen an 13 ausgewählten Tatorten die prominentesten Mörder und Ermordeten vorstellen würden. »Pardon, ich bitte meine Geschlechtsgenossinnen um Verzeihung: Es ist auch eine Frau dabei, die gemordet hat.«

»Und über die Frauen, die ermordet worden sind, redet wohl wieder keiner«, kam der Vorwurf einer Frau mittleren Alters, der man die bekennende Feministin deutlich ansah.

»Doch«, gab ihr Mannhardt zu verstehen. »Bei unserer neunten Station reden wir gleich über acht ermordete Frauen.«

»Bei der achten könnten es sogar an die 100 gewesen sein«, ergänzte Orlando. »Aber unser erstes Opfer ist ein Mann, und ermordet worden ist er von einem Polizisten. Wer wohl?«

»Benno Ohnesorg!«, rief ein jüngerer Mann. Politologie, zehntes Semester, schätze Mannhardt.

»So ist es! Wir bitten einzusteigen.«

Vom Hardenbergplatz zur Krumme Straße 66/67, dem Eckhaus an der Schillerstraße, waren es nur ein paar Minuten Fahrt über die Straße des 17. Juni und die Bismarckstraße, dann konnte Orlando ihrer Gruppe erzählen, unter welchen bis heute nicht ganz geklärten Umständen der aus Hannover stammende 26-jährige Student Benno Ohnesorg am 2. Juni 1967 beim West-Berlin-Besuch des persischen Schahs hier von dem Polizisten Karl-Heinz Kurras, einem gut getarnten inoffiziellen Mitarbeiter der Stasi, erschossen worden war.

Bis zur zweiten Station, dem nahe der Fasanenstraße gelegenen Mietshaus Kantstraße 154a, war es nur ein Katzensprung, und Mannhardt übernahm es, der Gruppe die Krankenschwester Elisabeth Kusian vorzustellen.

»Auch sie kommt nicht aus Berlin, sondern aus einem Dorf bei Schmölln in Thüringen, wo sie 1914 zur Welt gekommen ist. Gearbeitet hat sie als Schwester im Krankenhaus, ermordet hat sie 1949 einen Mann und eine Frau.«

»Ah, *mercy killing*!«, rief der vermeintliche Politologiestudent.

Mannhardt schüttelte den Kopf. »Nein, nein, sie hat keine sterbenskranken Patienten aus Barmherzigkeit getötet, sondern zwei kerngesunde Menschen aus Habgier. Sie brauchte Geld für ihre Drogen, damals Pervitin und Morphin, und für das Leben mit ihrem Geliebten – einem Kriminalbeamten. Sie hatte chirurgische Grundkenntnisse und zerteilte ihre Leichen kunstvoll. Und dann machte sie es ganz besonders schlau: Einen Teil des Körpers legte sie auf Ruinengrundstücken in West-Berlin ab und den anderen Teil in Ost-Berlin, da sie wusste, dass nach der Spaltung Berlins die Polizeidienststellen beider Stadthälften nicht miteinander kommunizieren durften. Doch sie hatte ihre Rechnung ohne den Gerichtsmediziner Waldemar Weimann gemacht. Der war zwar West-Berliner, stand aber auch in Ost-Berlin am Obduktionstisch, weil der DDR alle eigenen Gerichtsmediziner Richtung Westen abhandengekommen waren. Und Weimann merkte schnell, was zusammengehörte, der Arm vom Fundort Ernst-Reuter-Platz, West, zum Rumpf vom Alexanderplatz, Ost. 1951 wurde Elisabeth Kusian dann vom Kriminalgericht Moabit zu zweimal lebenslanger Haft verurteilt, starb aber sieben Jahre später an Krebs.«

Darüber wurde noch lebhaft diskutiert, bis Heike Hunholz dann das Mikrofon ergriff.

»Die nächsten Morde sind alle politisch bedingt, und darum übernehme ich sie, da ich von Beruf Journalistin bin. Wir fahren zunächst zum Breitscheidplatz, der Stätte auf unserer Tour, die uns ganz besonders berühren und traurig stimmen wird, denn Sie wissen ja alle, was sich hier am Abend des 19. Dezember 2016 ereignet hat, als der IS-Attentäter Anis Amri aus Tunesien mit einem gestohlenen polnischen Sattelzug in eine Menschenmenge gerast ist, die fröhlich am Weihnachtsmarkt feierte. Dabei starben zwölf Menschen und 56 wurden verletzt. Wir werden dort an der Gedächtniskirche zu einer Gedenkminute aussteigen.«

Das tat man dann auch, und als alle wieder im Bus saßen, herrschte erst ein bedrücktes Schweigen, dann griff Heike Hunholz wieder zum Mikrofon.

»Ich danke Ihnen. Und nun? Nun tun wir das, was uns unsere Politiker nach solchen IS-Attentaten immer wieder raten: unser gewohntes Leben fortzusetzen. Und darum geht es jetzt weiter zur Budapester Straße 35, wo früher das Hotel »Eden« gestanden hat. Dorthin wurden am 15. Januar 1919 Rosa Luxemburg und Karl Liebknecht verschleppt, die untergetauchten Führer des Spartakusbundes. Beide wurden anschließend erschossen, Rosa Luxemburg am heutigen Katharina-Heimroth-Ufer in den Landwehrkanal geworfen.«

»Und mit dem Spottlied ›*Es schwimmt eine Leiche im Landwehrkanal*‹ wurde die ermordete Rosa Luxemburg nach ihrem Tode noch posthum verhöhnt«, fügte Mannhardt hinzu. »Das wurde in Berlin ein *Gassenhauer*, wie man damals sagte.«

»Vom Landwehrkanal fahren wir dann über die Potsdamer Straße, den Leipziger Platz und die Charlottenstraße zur Zimmerstraße, wo damals die Mauer gestanden hat. Hier haben DDR-Grenzschützer am Nachmittag des 17. August 1962 den 18-jährigen Peter Fechter erschossen, als er über die Mauer klettern und nach West-Berlin flüchten wollte. Er fiel auf Ost-Berliner Boden zurück, und lag eine Stunde im Todesstreifen, ohne dass sich jemand um ihn kümmerte.«

Dieses Bild war auch über 20 Jahre später noch so erschütternd, dass Heike Hunholz erst einmal schwieg, und es wiederum zu einer Art Gedenkminute kam.

»Von der Zimmerstraße geht es dann über die Leipziger Straße, die Grunerstraße und den Alexanderplatz zum Rosa-Luxemburg-Platz, dem früheren Bülowplatz«, fuhr sie dann fort, »wo ein Mann gemordet hat, den sie bestimmt kennen, weil er mit seinem ›*Ich liebe euch doch alle*‹ in die Geschichtsbücher eingegangen ist: Erich Mielke. Er gehörte zum sogenannten Parteiselbstschutz, einer paramilitärisch organisierten und bewaffneten Gruppe der KPD, und hat am 9. August 1931 auf besagtem Bülowplatz zusammen mit einem Genossen die Polizeioffiziere Paul Anlauf und Franz Lenck erschossen. Danach ist er in die Sowjetunion geflohen.«

Da sie schon ein wenig müde war und irgendwie den Faden verloren hatte, kam nun wieder Orlando zu Wort.

»Vom Rosa-Luxemburg-Platz werden wir über die Mollstraße und den Straußberger Platz zur Karl-Marx-Allee fahren, an dieser Stelle früher die Große Frankfurter Straße. Auch dort ist der Mörder ein KPD-Mann: Albrecht Höhler, Mitglied des ›Roten Frontkämpferbundes‹. Am 14. Januar 1930 klingelt er in der Großen Frankfurter Straße bei Horst Wessel, geboren in Bielefeld und Sturmführer der SA, bekannt geworden mit dem Lied: ›*Die Fahne hoch! / Die Reihen fest geschlossen! SA marschiert / Mit ruhig festem Schritt*‹. Als Wessel Höhler die Tür öffnet, schießt der ihn in den Kopf. Die Nazis haben nun ihren Märtyrer – und der damalige

Bülowplatz – heute, wie wir eben gehört haben: Rosa-Luxemburg-Platz – wird zum Horst-Wessel-Platz.«

Es wurde in der Gruppe noch diskutiert, ob die Ermordung Horst Wessels als Tyrannenmord verstanden werden konnte und damit irgendwie legitim war, dann wurden die Orte zu den Punkten 5 und 6 auf Orlandos Liste angefahren, und danach bekam Hansjürgen Mannhardt das Mikrofon gereicht, weil es nun wieder um ganz gewöhnliche Morde ging, wenn auch verübt von den drei berühmtesten beziehungsweise berüchtigtsten Berliner Serientätern.

Zuerst ging es von der Karl-Marx-Allee über die Koppen- und Andreasstraße zum Ostbahnhof.

»Das war früher der Schlesische Bahnhof«, begann Mannhardt seine Ausführungen. »Und hier beginnt auch gleich die Lange Straße. Wo Sie heute Neubauten sehen, standen früher alte Berliner Mietshäuser, und im Haus mit der Nummer 88/89 hatte der »Wurstmaxe« Carl Großmann, Sohn eines Lumpensammlers aus Neuruppin, eine Wohnküche gemietet. Dorthin lockte er mit seinem Geld in den chaotischen Zeiten gleich nach dem Ersten Weltkrieg junge, arbeitslose und herumstreunende Frauen, indem er ihnen eine Stelle als Hauswirtschafterin anbot. Drei von ihnen hat er nachweislich getötet, zerstückelt und die Leichenteile in die umliegenden Gewässer geworfen. Da Großmann eine Lehre als Fleischer begonnen hatte, ging in Berlin das Gerücht um, er habe seine Opfer auch zu Würsten verarbeitet und am eigenen Stand und an umliegende Restaurants verkauft. Heinrich Zille, der mit seinen Eltern eine Weile in dieser Gegend gewohnt hatte, kam immer wieder hierher, um alte Erinnerungen aufzufrischen, und aß gern seine Bockwurst – bis … Sie ahnen es. Großmann erhängte sich nach seiner Festnahme in seiner Zelle, sodass es nie zu einem Prozess gekommen ist. Die Kripo hat ihm 23 ungeklärte Morde zugerechnet, die Boulevardpresse an die 100, so viele Frauen waren in der fraglichen Zeit im Raum Berlin spurlos verschwunden.«

Von der Lange Straße fuhren sie nun über die Karl-Marx-Allee, die Straße Am Tierpark und die Treskowallee nach Karlshorst, um vor dem Jugendstilhaus Dorotheastraße 24 zu halten.

»Wenden wir uns nun dem Mann zu, der als ›Der S-Bahnmörder‹ Berliner Kriminalgeschichte geschrieben hat«, begann Mannhardt. »Paul Ogorzow, geboren 1912 in Muntowen, Kreis Sensburg, also ein Ostpreuße. Auch er kein Sohn dieser Stadt, dafür aber hier 1941 mit dem Fallbeil hingerichtet, nachdem er 32 Notzuchtverbrechen, acht Morde und sechs Mordversuche auf dem Konto hatte. Er war nur schwer zu fassen, selbst von der damals wohl besten Kriminalpolizei der Welt, weil er so ungemein bürgerlich war und eine Uniform trug, die eines Reichsbahners. Zudem war er in der NSDAP und in der SA und wusste von daher immer, wann es eine Razzia geben würde. Er war ein eher hässlicher Mensch, hatte aber eine wohlhabende Frau abbekommen, da die vorher mit einem jüdischen Zahnarzt liiert gewesen war und nun Angst hatte, in Ravensbrück zu landen. Als Frau Ogorzow war sie vor jeder Verfolgung sicher, zumal sie beide auch bald ein gemeinsames Kind hatten. Obwohl verheiratet, blieb Ogorzows pathologische Gier nach Sex unbefriedigt. Die Lust am Töten kam hinzu. Zwischen 1939 und 1941 überfiel er also in der Nähe seines Wohnortes und Arbeitsplatzes im Bahnbetriebswerk Rummelsburg 31 Frauen und vergewaltigte sie, und ermordete zwischen dem 4. Oktober 1940 und dem 2. Juli 1941 acht von ihnen. Von seinen acht Opfern warf er fünf im Streckenabschnitt Rummelsburg – Rahnsdorf aus der fahrenden S-Bahn, die anderen Frauen tötete er in einer Laubenkolonie in der Nähe der S-Bahnstrecke, wobei ihm die im Krieg wegen der Bombenangriffe angeordnete Verdunkelung zugutekam. Schließlich fasste man ihn doch, und Arthur Nebe konnte aufatmen.«

Der vermeintliche Politologiestudent strebte wiederum nach der Aufmerksamkeit aller, indem er Mannhardt eine Frage stellte, die das Thema einer Habilitationsschrift hätte sein können: »Warum haben die Menschen ein so hohes Interesse an erfolgreichen Serientätern und sorgen dafür, dass sie irgendwie unsterblich werden?«

Mannhardt sah sich ein wenig überfordert und begnügte sich erst einmal mit der Antwort, dass sie das personifizierte Böse seien. »Das alte Muster: Hier das Gute mit unserem Gottvater an der Spitze, dort das Böse mit dem Teufel.«

Orlando hatte mit einer Frage nach der Faszination gerechnet, die Mörder auf andere Menschen ausübte, und sich einen Satz von Stephan Harbort notiert, den er nun vorlas. »*Gewalt ist immer ein ambivalentes Konstrukt: abstoßend und anziehend. Serientäter – egal, ob real oder fiktiv – fungieren auch als Türöffner, sie führen uns in Regionen, die tabu sind. Und gerade dieser Aspekt ist so verlockend! Nicht wenige werden fragen: Wie ist so ein Mensch? Was geht in ihm vor? Warum macht der das? Und nicht zuletzt: Wie viel von dem steckt auch in mir?*«

Das reichte erst einmal für den Augenblick, und sie fuhren nun von Karlshorst über Baumschulenweg ins südöstliche Neukölln, wo wiederum Mannhardt das Mikrofon ergriff.

»Hier in der Silbersteinstraße kann ich Ihnen nun endlich einen Serienmörder vorstellen, der ein echter Berliner ist, nämlich Thomas Rung, geboren am 3. Januar 1961 in West-Berlin. Seine Sozialisation ist so, wie sie sein muss, will man eine kriminelle Karriere einschlagen: Unterschichtenfamilie mit sieben Kindern, die Mutter macht sich davon, als Thomas zwei Jahre alt ist, Heimerziehung, Sonderschule. Schon während der Schulzeit wird er auffällig durch Einbrüche und Körperverletzungen. Vorstrafen wegen verschiedener Delikte. Zwischen 1983 und 1995 tötet er sechs Frauen und einen Mann, vergewaltigt, erwürgt, ertränkt oder erstickt sie. Zwei seiner Opfer – seine 77-jährige Vermieterin und eine 22-jährige Studentin – werden 1983 in der Silbersteinstraße umgebracht. Darum unser Halt hier. Meine Kollegen und ich konnten lange Zeit keinen Zusammenhang zwischen den einzelnen Taten herstellen und sie einem Einzelnen zurechnen, sodass er erst 1995 festgenommen werden kann. Ein Jahr später wird er zu lebenslanger Freiheitsstrafe mit anschließender Sicherungsverwahrung verurteilt. In der Justizvollzugsanstalt Tegel misshandelt er einen Mithäftling und verletzt einen anderen lebensgefährlich, sodass weitere Strafen dazukommen. Und da sich die Berliner Haftanstalten weigern, ihn in ihren Mauern zu beherbergen, wird er in die Justizvollzugsanstalt Celle verbracht, wo er noch heute einsitzt.«

Von der Silbersteinstraße ging es nun über die Autobahn, den Grazer und den Munsterdamm zur Albrechtstraße 72 C, wo die »Steglitzer Schülertragödie« ihren Anfang genommen hatte. Sie den Teilnehmern ihrer Rundfahrt zu erklären, war nun die Aufgabe von Heike Hunholz.

»Der Sachverhalt ist kompliziert«, begann sie, »und vielleicht haben Sie auch schon einen der drei Filme gesehen, die mit diesem Stoff als Grundlage gedreht worden sind, zuletzt 2003: ›Was nützt die Liebe in Gedanken‹. Ausführlich geschildert hat den Fall schon 1962 der berühmte Strafverteidiger Erich Frey in seinem Buch ›Ich beantrage Freispruch‹. Also …« Heike Hunholz wusste einen Moment nicht so richtig, wie sie fortfahren sollte. »Das Ganze ist unheimlich komplex, aber ich fange mal so an: Die Oberschüler Paul Krantz und Günther Scheller aus Berlin-Steglitz, 18 und 19 Jahre alt, betrinken sich im Sommerhaus ihrer Eltern draußen in Mahlow und schließen einen Selbstmordpakt, wie sie das nennen: Scheller soll seinen Freund Hans Stephan erschießen, in den er unglücklich verliebt ist. Krantz soll anschließend Günther Scheller und dessen Schwester Hildegard erschießen, zu der er intime Beziehungen unterhält, und dann sich selbst. Wir hätten also insgesamt vier Tote. Theoretisch. In Wirklichkeit aber … Günther Scheller erschießt zwar am 28. Juni 1927 hier in der Wohnung seiner Eltern in der Albrechtstraße 72 C seinen Freund Hans Stephan und begeht anschließend Selbstmord, Paul Krantz aber führt die geplante Tat nicht aus und wird anschließend vor Gericht freigesprochen, weil ihm der berühmte Gutachter Magnus Hirschfeld ›geistige Frühreife und körperliche Unreife‹ bescheinigt.«

Alle im Bus waren nun, als es auf der Autobahn, der Knobelsdorffstraße und der Platanenallee zum nächsten Tatort ging, damit beschäftigt, das Gehörte zu verstehen und zu verarbeiten. Im Stadtteil Westend angekommen, war dann wieder einmal Orlando mit einer Erklärung zum Tatort an der Reihe.

»Wir kommen nun zu drei Fällen, die in die Kategorie politische Morde fallen, und wollen hier vor dem Hause Bayernallee 10 mit Günter von Drenkmann, geboren am 9. November 1910 in Berlin und am 10. November 1974 als Präsident des Kammergerichts Berlin von Terroristen der ›Bewegung 2. Juni‹ bei einem Entführungsversuch getötet, beginnen. Es war die Rache dafür, dass er mitgeholfen hatte, das RAF-Mitglied Holger Meins ins Gefängnis zu bringen, wo dieser kurz auch nach einem Hungerstreik verstorben war.«

Über die Reichsstraße, den Theodor-Heuss-Platz, die Masurenallee und die Halenseestraße kamen sie nun zur Ecke Koenigsallee/Wallotstraße, der Stelle, wo der Reichsaußenminister Walther Rathenau, geboren am 29. September 1867 in Berlin, am Morgen des 24. Juni 1922 ermordet worden war.

»Er wollte ins Auswärtige Amt in der Wilhelm«, begann Orlando seine Erläuterungen, »und war gerade in den Fond seines offenen NAG-Cabriolets gestiegen, als sie von einem Mercedes überholt wurden, in dem drei Mitglieder der rechtsradikalen ›Organisation Consul‹ saßen. Einer von ihnen feuerte mit einer Maschinenpistole auf Rathenau, ein anderer warf eine Handgranate in den offenen Wagen. Rathenau starb auf der Stelle.«

Wieder schwiegen alle, so auch auf der Fahrt zum letzten Tatort. Über die Koenigsallee, die Onkel-Tom-Straße und den Quermatenweg ging es Richtung Grunewald.

»Am Quermatenweg hat es zwar keinen Mord gegeben, zum Glück nicht, er ist aber doch in die Berliner Kriminalgeschichte eingegangen«, teilte Orlando den anderen während der Fahrt mit, »denn hier ist der hochkarätige Berliner CDU-Politiker Peter Lorenz am 27. Februar 1975 von Terroristen der ›Bewegung 2. Juni‹ entführt worden. Pastor Heinrich Albertz sorgte dann dafür, dass Lorenz wieder freikam.«

Orlando merkte, dass die meisten seiner Krimi-Bustour nun doch schon ziemlich müde aussahen, und beschränkte sich darauf, am letzten Tatort nicht extra anzuhalten oder gar auszusteigen, sondern nur kurz zu erwähnen, dass in der Nacht vom 4. auf den 5. Juni

1974 der 22-jährige Student Ulrich Schmücker im Berliner Grunewald sterbend aufgefunden worden war.

»Ein ›Kommando Schwarzer Juni‹ soll ihn als Verräter hingerichtet haben. Aber nichts Genaues weiß man bis heute nicht so richtig.« Er machte eine kleine Pause, ehe er fortfuhr. »So! Nun aber – teils auf der alten Berliner Rennstrecke, der AVUS,– zurück zum Zoo. Sie waren das beste Publikum, das man sich vorstellen kann – und wir drei hier vorn sagen Ihnen herzlichen Dank!«

Es gab einigen Beifall für Mannhardt, Orlando und Heike Hunholz, und der Enkel und gescheiterte Jurist konnte seinem ersten Semester im neuen Studienfach mit Ruhe entgegen sehen.

*

Gunnar Schneeganß und Jessica Schamp hatten Ruben Röderland gestern nicht zu Hause angetroffen und sich jetzt zum zweiten Mal auf den Weg zu ihm gemacht. Während er am Steuer saß, hielt sie einen Flyer in der Hand und kam aus dem Staunen nicht mehr heraus.

»*Die spektakulärsten Morde und Mörder in Berlin. Die bekannte Berliner Journalistin Heike Hunholz, der pensionierte Erste Kriminalhauptkommissar Hansjürgen Mannhardt, genannt der zweite Ernst Gennat und ebenfalls bereits eine Kultfigur wie sein großes Vorbild der Berliner Kripo, und der smarte Student Orlando führen Sie zu einem Dutzend ausgewählten Tatorten.*«

»Na, hoffentlich sind Mannhardt und sein Enkel mit

ihrem neuen Job so ausgelastet, dass sie nicht mehr versuchen, uns die Show zu stehlen«, meinte Schneeganß.

»Ja«, stimmte Jessica Schamp ihm zu, »zumal wir jetzt in die Fehlerstraße fahren.«

Schneeganß lachte. »Ist die nach unserem Regierenden Bürgermeister benannt? Ah, nee, der hat ja im Wedding schon die Müllerstraße.«

»Gunnar, hör auf!«, begann Jessica Schamp ihn auszuschimpfen. »Der lieben SPD hast du schließlich deine Karriere zu verdanken, und wenn du jetzt über ihn spottest, dann fällt das in die Kategorie grober Undank.«

»Okay! Aber wer war denn nun der Herr Fehler? Hat er die Fehlerquote oder die Fehlerquelle entdeckt?«

»Keine Ahnung.« Jessica Schamp gab Fehlerstraße in ihr Smartphone ein und hatte bald die Antwort. »Fehler, Adolf, geboren 25.5.1828, gestorben 27.3.1903 Friedenau, Eichmeister, Kommunalpolitiker.«

»Das passt ja wunderbar«, kommentierte Schneeganß diese Information. »Adolf – Deutschlands größter Fehler.«

Sie kamen auf der Suche nach einem Parkplatz zu einer grauen und etwas verfallenen Friedhofsmauer.

»Hier ist das also!«, rief Jessica Schamp. »Der Hintereingang des Friedhofs an der Stubenrauchstraße. Da waren wir doch zur Beerdigung von Simon Kesseling. Wollen wir noch einmal kurz zu seinem Grab?«

Schneeganß winkte ab. »Nein danke. Friede seiner Asche.«

»Mensch, du!« Jessica Schamp hatte einen solchen Schreck bekommen, dass sie sich bei Schneeganß festhalten musste. »Da kommt er ja auf uns zu, wiederauferstanden …«

»Ja«, spottete Schneeganß. »Wie Jesus. Aber dieser komische Mensch da, der uns im Büro heim-, ich meine, aufgesucht hat, der hat doch zu Protokoll gegeben, dass dieser Ruben Röderland so aussieht wie Kesseling, also ein echter Doppelgänger ist?«

»Zu Recht, wie man sieht.«

Sie gingen auf den Mann zu, stellten sich vor und erklärten ihm den Grund ihres Kommens.

Ruben Röderland sah zu Boden. »Ich weiß, meine Vergangenheit als Erzieher … Es tut mir alles unendlich leid, das sind dunkle Triebkräfte gewesen … Wie eine Krankheit … Aber ich habe ja meine Strafe abgesessen, und mit einer Therapie und neuen Medikamenten, da … Nur, keiner will mir mehr die Hand geben, von einem neuen Job mal ganz zu schweigen.«

Schneeganß hatte Mühe, mit *diesem Schwein* offen zu kommunizieren, während Jessica Schamp ein gewisses Mitleid empfand und, obwohl in der DDR zum Atheismus erzogen, sofort an das »Vergib uns unsere Schuld« dachte.

»Haben Sie denn von Ihren früheren Opfern Morddrohungen erhalten?«, wollte Schneeganß wissen.

Ruben Röderland zögerte ein wenig mit seiner Antwort, bejahte aber dann die Frage. »Wollen Sie mit mir nach oben und sich die E-Mails ansehen?«

»Nein, nein, danke!«

Jessica Schamp versuchte, ihre Gedanken wieder zu versachlichen, und fragte Ruben Röderland, wo er sich denn zum Zeitpunkt aufgehalten habe, als man Simon Kesseling erschossen hatte.

»Sie werden darüber lachen, was jetzt kommt, aber ich kann es an Eides statt beschwören: Ich wollte zu meiner Therapeutin in der Handjerystraße und nehme dazu den üblichen Weg: Südwestkorso, Görresstraße, Friedrich-Wilhelm-Platz, Schmargendorfer Straße.«

»Danke, das war's dann fürs Erste.«

Schneeganß ekelte sich vor Ruben Röderland und wollte ihn so schnell wie möglich nicht mehr vor Augen haben. Auf dem Weg zurück zu ihrem Wagen sprachen sie dann über die Wahrscheinlichkeit, dass einer Ruben Röderland hatte erschießen wollen und ihn dabei mit Simon Kesseling verwechselte.

»Sie ähneln sich zwar wie ein Ei dem anderen«, begann Schneeganß. »Aber ich würde die Wahrscheinlichkeit mit 1 zu 1000 angeben.«

»Ja, ja«, hielt Jessica Schamp dagegen. »Die Wahrscheinlichkeit, mit einem Flugzeug abzustürzen, liegt bei circa 0,0000007 Prozent, aber dennoch sind 298 Menschen in der Malaysia-Airlines-Maschine zu Tode gekommen. Man kann nie so dumm denken, wie es kommt.«

»Okay, suchen wir nicht nur nach einem, der es auf Simon Kesseling abgesehen hatte, sondern nach einem, bei dem Ruben Röderland auf der Abschussliste gestanden hat.«

NEUN

Gunnar Schneeganß und Jessica Schamp hatten sich die Akten vom Prozess gegen Ruben Röderland kommen lassen und durchforsteten sie nun auf der Suche nach einem Mann, dem zuzutrauen war, sich mit einem Mord zu rächen. Hatten sie den Namen eines Opfers entdeckt, schickten sie sofort E-Mails an unzählige örtliche Bürger-, Einwohnermelde- und Standesämter, um herauszufinden, wo der Betroffene jetzt lebte und welchen Beruf er ausübte. Das war sehr ermüdend und brachte nicht viel, denn der eine war in die USA ausgewandert, der andere Pfarrer geworden und der dritte saß querschnittsgelähmt im Rollstuhl.

»Ich kann nicht mehr!« Jessica Schamp stand auf. »Die Details sind so ekelerregend, dass es mich mehr belastet als der Anblick einer Leiche.«

»Da kann ich dir nur zustimmen. Entspannen wir uns bei einer Runde Darts.«

»Sehr schön, und unser gemeinsamer Freund Hansjürgen Mannhardt würde sagen: besser Darts als Dartsmoor.«

»Dartmoor«, verbessert Schneeganß sie. »Ach, ich muss da an den Thriller ›Der Hund von Baskerville‹

mit der mystischen Stimmung der Dartmoor-Landschaft oder ›Das Wirtshaus von Dartmoor‹ nach Art der Edgar-Wallace-Filme, allerdings gedreht bei uns in Pichelsberg in den Auen der Havel, denken«

»Aber ein Zuchthaus gibt es dort doch auch?«

»Ja, klar, wir haben sogar mal einen Betriebsausflug dorthin gemacht, wobei das Zuchthausgebäude des ›Her Majesty Prison Dartmoor‹ aber aussieht wie ein Silo bei uns im Westhafen, nur viel hässlicher.«

»Na schön, ehe wir auch noch über Darth Vader reden, spielen wir lieber Darts.« Jessica Schamp stand auf und griff sich ihre drei Pfeile. »Nach welchem Muster hätten es denn der Herr heute gerne?«

»Ganz klassisch, wobei wir aber nicht von 501 Punkten ausgehen, weil das zu lange dauern würde, sondern nur von 301. Jeder von uns hat 301 auf dem Zettel stehen, und wir werfen abwechselnd drei Pfeile auf die Scheibe. Die jeweils erreichten Punkte werden von den 301 abgezogen. Wer zuerst genau null Punkte erreicht, hat gewonnen, muss aber zum Beenden ein Double-Feld treffen.«

»Ochen' krasivo«, antwortete Jessica Schamp in ihrem schönsten Schulrussisch. »Sehr schön.«

Es stand 125 zu 212 für Schneeganß, als das Telefon klingelte. Er legte seine Pfeile zur Seite, nahm ab und meldete sich kurz und knapp mit Namen und Dienststelle. »Um was geht es bitte, Herr …?«

»Martfeld, Immo Martfeld, ich rufe an aus Bremen …«

»Na, hoffentlich steigt Werder nicht ab.«

»Nicht, wenn uns Hertha auch beim nächsten Mal wieder gewinnen lässt. Aber Spaß beiseite: Ich rufe an wegen des Mordes an Simon Kesseling.«

»Oh, da bin ich aber gespannt.«

»Ja, meine Frau und ich waren als Touristen in Berlin – und auch auf dem Marlene-Dietrich-Platz vor diesem Musical-Theater. Ich habe einen Berliner gebeten, meine Frau und mich mit dem Smartphone zu fotografieren. Erst heute bin ich dazu gekommen, mir alle Bilder von unserer Reise durch Brandenburg und nach Berlin anzusehen, und wissen Sie, wer da auf dem Marlene-Dietrich-Platz hinter meiner Frau zu sehen ist?«

»Nein, einer von der ›Blue Man Group‹* ?«

»Sie werden es nicht für möglich halten: eine Frau mit einer Pistole in der Hand, die auf irgendwen zielt.«

Schneeganß brauchte ein paar Sekunden, um zu realisieren, was der Bremer da gesagt hatte. Sollte das etwas mit Simon Kesseling zu tun haben, schoss es ihm durch den Kopf? Sollte eine Frau ihn erschossen haben? Diese Tessa Wisotzki vielleicht?

»Hallo, Herr Kommissar Schneeganß, sind Sie noch da?«

»Ja, ich musste Ihre Mitteilung erst einmal kurz verdauen. Herr Martfeld, könnten Sie so nett sein, Ihr Foto auf das Smartphone meiner Kollegin zu überspielen?«

»Selbstverständlich.«

»Herzlichen Dank. Sie wird Ihnen gleich die Nummer durchgeben. Und wenn es um die ausgesetzte Beloh-

* Die Blue Man Group Berlin erfreut die Besucher ihrer Show seit Jahren mit einem einzigartigen Mix aus Konzert, Comedy und faszinierenden technischen Effekten und sorgt für ein großes Entertainment-Erlebnis.

nung von jetzt schon 10.000 Euro geht, sind Sie natürlich dabei.«

Die Aktion glückte, und wenig später ließ das Landeskriminalamt in allen Medien und mit vielen Plakaten nach der Frau mit der gezückten Pistole auf dem Marlene-Dietrich-Platz fahnden.

*

Martin Nehmer liebte es, mindestens alle zwei Jahre in Berlin umzuziehen, um wieder einen neuen Kiez kennenzulernen. Jetzt wohnte er in der Müggelheimer Straße in Köpenick, nur ein paar 100 Meter vom Schloss entfernt.

»Als alter West-Berliner weiß ich viel zu wenig von Ost-Berlin – und darum diesmal Köpenick«, hatte er Orlando am Telefon erklärt.

Orlando hatte gelacht. »Ja, ja, bei Lesungen als *warm up* immer mit dem ›Hauptmann von Köpenick‹ beginnen.«

»Komm mich doch mal besuchen.«

»Ja, gerne, aber das ist ja eine Weltreise«, rief Orlando.

Martin Nehmer suchte ihn zu beruhigen. »Mit der S-Bahn bis Adlershof, dann mit der Straßenbahn, mit der 63, bis Schlossplatz Köpenick.«

Als Orlando dann wirklich dort ausstieg, stand Martin Nehmer schon an der Haltestelle, um ihn abzuholen.

»Hast du Lust zu einem kleinen Gang durch das Schloss, bevor wir zu mir nach Hause gehen?«

»Ja, warum nicht.«

Was beide am meisten interessierte, war das Kriegsgerichtsverfahren gegen Hans Hermann von Katte und Kronprinz Friedrich, das 1730 im Wappensaal des Schlosses Köpenick stattgefunden hatte.

»Der preußische König Friedrich Wilhelm I. hatte gemeinsam mit seinem Sohn eine Reise durch Süddeutschland unternommen, und die wollte Friedrich nutzen, um zu desertieren und von seinem gestrengen und herzlosen Vater loszukommen«, hörten sie eine Dame sagen, die mit ihrer Gruppe zu einem Rundgang durch das Schloss starten wollte. »Aus einer Scheune bei Steinsfurt im Rhein-Main-Gebiet wollte Friedrich am 5. August 1730 nachts um 2.30 Uhr mit dem Stalldiener von Keith und zwei Pferden fliehen. Die Flucht wurde aber vereitelt, denn der Plan war längst verraten worden. In der Festung Wesel erfolgte dann Friedrichs Verhaftung. Hier im Schloss Köpenick wurde Hans Hermann von Katte zum Tode verurteilt, da er seinem Jugendfreund bei der Flucht helfen wollte, und Friedrich auf die Festung Küstrin verbannt.«

Nach dem Rundgang durch das Schloss waren sie beide so ermattet, dass sie sich erst einmal im Schlosscafé mit einer Tasse Tee und einem Stück Torte stärken mussten. Danach gingen sie in Martin Nehmers total verkramte Einzimmerwohnung und machten es sich gemütlich. Bald auch stellte Orlando die Frage, auf die jeder Schriftsteller immer sehnsüchtig wartete.

»An was schreibst du denn gerade?«

Martin Nehmer zögerte mit der Antwort, und Orlando hatte das Gefühl, dass sie ihm ein wenig peinlich sein würde. »An einem Kriminalroman …«

Orlando lachte. »Das war ja zu erwarten, nachdem du mit ›Fontane Reloaded‹, also seinen Kriminalgeschichten, so großen Erfolg hattest. Und dann Köpenick mit dem Hauptmann, mit Katte und vor allem der Köpenicker Blutwoche von 1933, wo die Nazis ja x Gegner ermordet haben. Köpenick steht also irgendwie an.«

»Ja, mag sein, aber auch, dass ich neulich den Kollegen -ky getroffen habe, der ja hier in Köpenick in einer Klinik am grünen Strand der Spree zur Welt gekommen ist, und der hat mir, damit ich mit dem Genre vertraut werde, sein Manuskript gemailt, das er mal für ein Seminar für angehende Krimischreiber verfasst hat. Willst du es sehen?«

»Ja, klar.«

-KY

KRIMI-SEMINAR

1. Die Motivation

(Was treibt mich an, auf was will ich mich einlassen?)

- Bedürfnis, sich anderen mitzuteilen und sie zu beeinflussen
- Bedürfnis, die eigenen Fantasien und Aggressionen auszuleben
- Lust am Gestalten von Sprache
- Lust, einen eigenen Mikrokosmos zu schaffen
- Schreiben als Therapie
- Schreiben als Sucht
- Das Glück des Gedrucktwerdens
- Hoffen auf höhere Aufmerksamkeitswerte und Prominenz
- Hoffen auf Geld

2. Das Handwerkliche

(Was habe ich vor dem Schreiben und beim Schreiben zu beachten?)

2.1 Meine Zielgruppe, mein Publikum

2.2 Meine Ermittler

- private Ermittler oder Kommissare?
- wechselnde oder durchlaufende Ermittler?
- Möglichkeiten der Identifikation mit ihm/ihr
- Finden der Namen

2.3 Die Täterseite

- männlich oder weiblich?
- Motiv
- Herkunft, Sozialisation, Beruf, Umfeld
- Einzel- oder Serientäter?
- Möglichkeiten der Identifikation mit ihm/ihr
- Finden der Namen

2.4 Die Opferseite

- männlich oder weiblich?
- Herkunft, Sozialisation, Beruf, Umfeld
- viktimologische Aspekte
- Möglichkeiten der Identifikation mit ihm/ihr
- Finden der Namen

2.5 »Spiel«- und Tatorte

- regional (Dominanz des Regionalkrimis)
- national
- global
- präzise Ortsangabe oder nicht?
- Größe: Dorf, Klein-, Mittel-, Großstadt, Metropole

2.6 Grundsatzentscheidungen

- Whodunit* oder Thriller?
- True crime oder erfundene MörderInnen?
- Historischer oder Gegenwartskrimi?
- »Vielheitsroman« oder eine einzelne Perspektive (Täter, Opfer, Ermittler, Dritte)
- Ich-Erzählung oder dritte Person?

2.7 Das Milieu

- exotisch oder authentisch?
- angelesene Kenntnisse oder Authentizität?
- Zuordnung zu einem Genre: Psycho-, Gesellschafts-, Medizin-, Wirtschafts-, Weinkrimi usw.?

2.8 Der Titel

- alliterarische Spielerei oder Ein-Wort-Titel?

---

* Whodunit (kurz für *Who has done it?*) steht für das Krimikonzept, bei dem am Anfang eine Tote/ein Toter entdeckt wird und nun von der Kripo oder Privatdetektiven zu ermitteln ist, ob es ein Mord war und wer ihn möglicherweise begangen hat.

2.9 Sprache und Stil

- Hochliteratur oder Umgangssprache? Hochdeutsch oder Dialekt beziehungsweise Mundart?

2.10 Botschaft und Ideologie

- apolitisch oder Sozio-Krimi?
- Crime doesn't pay oder Bewunderung des Verbrechers?
- wie viel Psychologie?

2.11 Gewalt und Grausamkeit

- inwieweit sind sie nötig, inwieweit pathologisch (kriminell)

2.12 Übliches oder Originelles?

- Déjà-vu- oder Aha-Erlebnisse?
- Frage bei Namen, Charakteren, Motiven, Berufen, Milieus, Tatorten: abgenutzt, originell oder albern?

2.13 Die Recherche

- Internet
- Bücher, Bibliotheken, Zeitungen, kriminologische und rechtsmedizinische Standardwerke
- Befragungen

2.14 Der Schreibprozess

- Mein übriges Personal (neben Täter, Opfer und Ermittler): Dialogpartner, Gegenspieler, Verdächtige, Freunde, Randfiguren)

- Ablaufplanung oder Spontanität?
- Choreografie: Spannung und ruhige Passagen
- Chronologisch oder nach Lust und Laune (Filmdrehmuster)?
- Die Qual des ersten Satzes
- Die Kunst des Dialoges (Vermeidung von »Bleiwüsten«)
- Wie viel »Hollywood« ist nötig? Wann geht es in Richtung Groschenroman?

2.15 Die Erzeugung von Spannung und das Legen falscher Fährten

2.16 Kurzgeschichten

2.17 Hör- und Fernsehspiele

3. Das Kommerzielle

(Wie verkaufe ich mich und meine Manuskripte?)

3.1 Agent/in?

3.2 Einstieg über eine Kurzgeschichte (Anthologie)

3.3 Die Suche nach einem Verlag

- Kontaktaufnahme: Plot, Psychogramme, Stilproben

- Standardisierte Kontaktaufnahme am Beispiel des Gmeiner-Verlags

3.4 Vor- und Nachteile eines Pseudonyms

3.5 Lektorinnen/Lektoren
- Hilfe und/oder Fluch?

3.6 Honorare

3.7 Lesungen
- Allein oder mit anderen?

3.8 Selbstvermarktung
- Der Nutzen von Kontakten zu Multiplikatoren
- Der Nutzen von Mehrfachbegabungen
- Wie falle ich auf?

3.9 Die Chancen, groß herauszukommen

3.10 Gefahren und Ängste
- Mit einem Bein im Gerichtssaal
- Für immer in der Schublade Unterhaltungs- beziehungsweise Trivial-Literatur

*

»Für immer in der Schublade Unterhaltungs- beziehungsweise Trivial-Literatur«, wiederholte Orlando den letzten Satz. »Hast du da keine Angst vor?«

»Nein, denn auf meiner Festplatte habe ich auch einen Roman, mit dem ich in Frankfurt den nächsten Deutschen Buchpreis gewinnen werde. In der Laudatio wird es dann heißen: *Martin Nehmer ist ein leuchtendes Beispiel für die Diversität in der Literatur.*«

Orlando klatschte Beifall. »Und? Hast du schon einen Plot?«

»Nein, aber ich überlege die ganze Zeit, ob sich aus dem Fall Simon Kesseling was machen lässt.«

*

Gunnar Schneeganß und Jessica Schamp kamen heute nicht so richtig zum Dartspiel, weil andauernd ihr Telefon klingelte. Dabei glich ein Anruf dem anderen so sehr, als hätten die Leute dasselbe Drehbuch vor sich liegen.

»Es geht um den Mordfall Simon Kesseling. Die Frau da auf den Fahndungsplakaten war ein Mann. Ich habe gesehen, wie er sich auf dem Gang zur U-Bahn die Perücke vom Kopf gerissen hat.«

Jessica Schamp schrieb sich die Namen und Rufnummern aller Anrufer brav auf, und Schneeganß war sich nach einiger Zeit sicher, dass sich so viele Menschen nicht geirrt haben konnten.

»Kann höchstens sein, dass sie eine solche Szene – Mann reißt sich langhaarige Perücke vom Kopf – einmal im Kino oder im Fernsehen gesehen haben und das nun auf unseren Fall übertragen. In ›Manche mögen's heiß‹ laufen ja Tony Curtis und Jack Lemmon pausenlos mit Perücken auf dem Kopf herum.«

Jessica Schamp konnte diese Anmerkung nicht ernst nehmen. »Es waren bei den Anrufern auch jüngere Leute dabei, die ›Manche mögen's heiß‹ bestimmt noch nicht gesehen haben, und solche kollektive Verirrung halte ich für ausgeschlossen.«

»Okay.« Schneeganß gab sich geschlagen. »Damit haben wir ja eine ganz plausible Arbeitshypothese: Der Mann, der Simon Kesseling in der Schmargendorfer Straße erschossen hat, hatte es am Marlene-Dietrich-Platz schon einmal versucht, ist aber dort, warum auch immer, im letzten Augenblick an der Tat gehindert worden. Er flieht und reißt sich auf dem Weg zur U-Bahn die Perücke vom Kopf, vielleicht, weil sie ihm verrutscht war. Wenn dem so ist, dann müssen wir sehen, ob irgendwo eine Überwachungskamera auf dem Marlene-Dietrich-Platz oder bei den Berliner Verkehrsbetrieben den Mann mit der Perücke eingefangen hat.«

»... und nicht schon alles gelöscht worden ist«, ergänzte Jessica Schamp.

Sie beide und ihr gesamtes Team gingen nun ans Werk, und nach vielen Stunden mühsamer Kleinarbeit konnten sie auf dem Videoband eines Ladens in der Alten Potsdamer Straße eine Frau entdecken, die so lief wie ein Mann. Den Technikern des Landeskriminalamtes gelang es dann, das Gesicht der betreffenden Person auf das Maß eines Ein-Euro-Stücks zu vergrößern. Zwar

war es ziemlich verwaschen und verpixelt, aber wohl doch brauchbar.

»Nase, Mund und die dunkle Färbung am Kinn lassen ganz eindeutig auf einen Mann schließen«, befand Schneeganß. »Und die Haare sehen wirklich nach Perücke aus.«

Jessica Schamp relativierte das etwas. »Vielleicht ein ganz harmloser Transvestit, von denen es ja in Berlin nicht wenige gibt.«

»Und der harmlose Transvestit läuft ganz zufällig da herum, wo ein paar 100 Meter weiter eine Frau mit einer Pistole auf Simon Kesseling schießen will«, höhnte Schneeganß.

»Dass er – dass sie auf Simon Kesseling schießen wollte, steht doch überhaupt nicht fest!«, rief Jessica Schamp. »Das deuten wir doch da nur hinein. War Kesseling überhaupt zu dieser Zeit auf dem Marlene-Dietrich-Platz. Ruf' ihn doch mal an im Jenseits und frag' ihn danach.«

»Gute Idee.« Schneeganß griff zum Hörer. »Welche Vorwahl hat das Jenseits?«

»Viermal die Null.«

»Nun mal wieder ernsthaft: Wir nehmen jetzt das Foto mit dem Gesicht des großen Unbekannten und klappern alle die ab, die Simon Kesseling nahegestanden haben. Wo fangen wir an?«

»Ja, bei wem?« Jessica Schamp zählte alle Namen auf, die ihr gerade einfielen. »Titus Wrist, Doktor Rainer Rietzel, Simona Nawrocki und Tessa Wisotzki.«

Schneeganß überlegte kurz. »Am besten, wir fahren zum Partyservice, da haben wir mit Titus Wrist und

Simona Nawrocki gleich zwei, die wir befragen können.«

»Gute Idee!«

Als sie oben in der Greifenhagener Straße angekommen waren und den beiden das Foto mit dem Mann/der Frau aus der Alten Potsdamer Straße zeigten, riefen sie sofort wie aus einem Munde: »Mensch, das ist doch der Thorben Lucka!«

ZEHN

Bei Kevin Krüger hing das schönste Foto von Simon Kesseling nicht nur über dem Bett, er sah sich mit ihm auch immer wieder Hand in Hand durch Berlin bummeln. Und dann flüsterte er: »Verzeih mir, aber ich konnte nicht anders, ich musste dich töten.«

*

Gunnar Schneeganß und Jessica Schamp wollten sich nun endlich die Zeit nehmen, die Spur Thorben Lucka weiterzuverfolgen. Titus Wrist und Simona Nawrocki hatten ihnen noch erzählt, dass er und Simon Kesseling zusammen zur Schule gegangen waren, und es vor Kurzem auch ein Klassentreffen gegeben habe.

»Vielleicht haben sie sich damals immer gezankt und geprügelt«, sagte Jessica Schamp, als sie im Dienstwagen auf dem Weg von der Keith- zur Lachmannstraße waren. »Und: Alte Feindschaft rostet nicht.«

Schneeganß lachte. »Was du da denkst, das gibt es nicht einmal im schlechtesten Fernsehkrimi.«

»Immerhin hat dieser Lucka ein ganz hübsches Vorstrafenregister«, gab Jessica Schamp zu bedenken. »Ich hab mal nachgesehen.«

»Sehr brav, aber zwischen einem Kaufhausdiebstahl und einem Mord gibt es ja doch einen kleinen Unterschied«, stellte Schneeganß fest, während er in Richtung Schöneberger Ufer fuhr.

Jessica Schamp blieb hartnäckig. »Sicher, aber warum steht der Lucka da auf dem Marlene-Dietrich-Platz und zielt auf Kesseling?«

»Dass er auf den gezielt hat, steht doch überhaupt nicht fest!«, rief Schneeganß und drückte auf die Hupe, um seinen Worten Nachdruck zu verschaffen. »Hat uns jemand gesagt, dass Kesseling zum fraglichen Zeitpunkt zum Potsdamer und meinetwegen auch zum Marlene-Dietrich-Platz unterwegs war!?«

»Nein«, musste Jessica Schamp zugeben.

»Na also! Und dann ist das nichts als Spekulation, dass er es auf Kesseling abgesehen hatte.«

Jessica Schamp blieb nun nichts anderes, als zu schweigen. Doch das fiel ihr schwer, weil sie zu gern plauderte. Schon in der Schule hatte ihr eine Lehrerin vorgeworfen, dass ihr »Mundwerk« niemals stillstünde. So bemerkte sie jetzt, dass sie der Name *Lucka* immer an ihr geliebtes *Luckau* erinnere.

»Wie das? Hat dort deine erste große Liebe gewohnt, die …? Wie hieß diese Stabhochspringerin noch mal?«

»Jelena Issinbajewa. Aber die hat nicht in Luckau gewohnt, sondern in Wolgograd. In Luckau hat meine Oma gewohnt, und da war ich in den Sommerferien immer.«

»Der Lucka wohnt aber nicht in der Luckauer-, sondern in der Lachmannstraße«, stellte Schneeganß fest. »Dafür hat meine Frau einen Onkel, der in Leipzig in der Luckaer Straße ein Haus hat.«

»Luckau, Lucka, look a Kanal«, lachte Jessica Schamp.

»Ja, der Landwehrkanal. Aber hör bitte auf zu blödeln, sonst werden wir noch zurückgestuft, wenn uns einer zuhört.«

»Schließlich geht es in die Lachmal-Straße«, verteidigte sich Jessica Schamp.

»Die Lachmannstraße«, stellte Schneeganß richtig.

»Und wer war Lachmann?«

»Keine Ahnung …«

Jessica Schamp suchte die Antwort mithilfe ihres Smartphones. »Lachmann, Karl, geboren 4.3.1793 Braunschweig, gestorben 13.3.1851 Berlin, Altphilologe und Germanist, Herausgeber des Nibelungenliedes.«

Als sie dann in der Lachmannstraße vor dem Hauseingang standen, auf dessen Klingelbrett auch der Name Lucka zu finden war, konnten sie erst einmal ein gewisses Erfolgserlebnis verbuchen.

»Gibt's den also wirklich.«

Es öffnete ihnen aber niemand, so oft sie auch auf den Klingelknopf drückten.

»Herr Lucka, Kriminalpolizei, bitte machen Sie auf, sonst …«

Als auch das nichts half, klingelten sie beim Hausmeister und hörten nach wenigen Sekunden ein unfreundliches »Wat is'n?«

»Entschuldigen Sie die Störung, aber wir suchen Herrn Lucka.«

»Den such ick ooch, den hab ick aba schon 'ne Weile nich mehr jesehn. Wahrscheinlich hatte wieda wat uff'm Kerbholz und is abjetaucht.«

Dasselbe vermuteten auch alle Nachbarn Luckas und die Inhaber der umliegenden Geschäfte und Kneipen, die sie noch befragten, wobei aber eines ganz sicher war, wie Schneeganß am Ende ihres Besuches in der Lachmannstraße feststellte: »Verschwunden ist er an dem Tag, an dem Simon Kesseling erschossen worden ist.«

Jessica Schamp schlug sich mit der flachen Hand gegen die Stirn. »Und da soll es nun keinen Zusammenhang geben!?«

*

»Von wegen *Crime doesn't pay«*«, hatte Orlando zu seinem Freund Martin Nehmer gesagt, denn kurz nach seiner kriminalistischen Bustour mit seinem Großvater und dessen Lebensgefährtin hatte sich über Facebook eine gewisse Emily gemeldet: »Du, ich hab in deinem Bus gesessen, das war grandios!« Er hatte auf der Stelle geantwortet, und schon hatte es das erste Date im »Café Mila« in der Grolmannstraße gegeben. Orlando war verliebt bis über beide Ohren, hin und weg, und nun saßen sie in einem Kahn und ruderten auf dem Neuen See im Tiergarten sozusagen spazieren.

»Nun habe ich gerade einmal zwei Tage Urlaub, und

schon vermisse ich meine Kinder«, klagte Emily, blond und schön wie eine zweite Marilyn Monroe.

»Wie viele sind es denn?«, wollte Orlando wissen.

»15 im Augenblick.«

»Und alle von verschiedenen Vätern?«, hakte er nach.

»Ja …«

»Mein Gott!«, rief Orlando in gespielter Panik, denn er wusste schon, dass sie Erzieherin war.

Emily lachte. »Ich bitte um mildernde Umstände, hohes Gericht, denn die Väter meiner Kinder sind durchwegs unwiderstehlich.«

»Ich werde nie Richter werden«, warf Orlando ein. »Ich werde nach meinem neuen Studium Reiseleiter auf einem Kreuzfahrtschiff. ›Verrückt nach Meer‹.«

»Verrückt nach weniger!«, rief Emily. »Du hast da auf Dauer weniger Geld, als wenn du Staatsanwalt oder Richter bist und einmal eine schöne Pension bekommst, und du hast viel weniger von deiner Familie, wenn du die Hälfte des Jahres nicht zu Hause bist. ›Mama, wer ist der fremde Mann da im Badezimmer?‹ Nee du, ein solcher Mann, der wäre nichts für mich!«

Sie diskutierten noch ein Weilchen, und dann stand für Orlando fest, dass er das mit dem Touristikstudium wieder sein ließ und zu seiner Rechtswissenschaft zurückkehrte. Emily war es wert. »Die oder keine!«

*

Thorben Lucka war und blieb verschwunden. Was Gunnar Schneeganß auch an Fahndungsmaßnahmen in die

Wege leitete, das Ergebnis war jedes Mal: nichts! Dass er in der Nähe von Mirow Spuren hinterlassen hatte, konnten sie nicht wissen, diese Information war auf dem langen Dienstweg zwischen der brandenburgischen und der Berliner Polizei irgendwo verlorengegangen.

»Der wird sicherlich schon in Mexiko bei der Drogenmafia sein«, vermutete Jessica Schamp. »Hier in Berlin soll er ja im Görlitzer Park und in der Hasenheide tätig gewesen sein, und da wird er seine Kontakte geknüpft haben.«

»In der Presse ist auch schon vom mutmaßlichen Mörder von Simon Kesseling zu lesen«, sagte Schneeganß. »Obwohl da auch noch einige andere infrage kommen.«

Jessica Schamp nickte. »Dieser Kevin Krüger zum Beispiel.« Sie las ihm vor, was sie bei ihrem Gespräch mit Simona Nawrocki mitgeschrieben hatte: *»Da ist zuerst der Kevin Krüger. Simon war vor meiner Zeit einmal irgendwie bi, und da war er mit Kevin liiert. Und der war außer sich, als sich Simon dann für mich entschieden hat. Er hat die Trennung nicht überwinden können und Simon immer wieder gestalkt.«*

»Kevin Krüger …? War der nicht auch bei der Beerdigung von Kesseling dabei, steht der Name nicht auch auf der Kondolenzliste?«

Jessica Schamp sah schnell einmal die Seiten durch, die sie mit ihrem Smartphone abfotografiert hatte. »Ja, steht er.«

»Krüger, Krüger?«, sinnierte Schneeganß. »Von denen haben wir sicherlich mehrere Tausend in Berlin. Ich kenne nur Möbel-Krüger. Quatsch, das war ja Möbel-Krieger!«

Sie riefen nun Simona Nawrocki an, und die kannte zwar Kevin Krügers Anschrift nicht, wusste aber, dass er als Ober im Restaurant »House of Orgies« arbeitete, das irgendwo an der Oranienburger Straße liegen musste.

»Die werden ihre Orgien sicherlich erst abends feiern«, sagte Schneeganß. »Können wir uns also Zeit lassen.«

Das alles erinnerte sie an einen Kriminalfall vom September 2016. Da hatte sich der Piraten-Politiker Gerwald Claus-Brunner zum 29-jährigen Jan Mirko L. romantisch hingezogen gefühlt und ihn gestalkt. Jan Mirko L. aber hatte in einer Beziehung mit einer Frau gelebt und von Claus-Brunners Avancen nichts wissen wollen. Kollegen von Schneeganß und Jessica Schamp hatten dann herausgefunden, dass Claus-Brunner am Abend des 15. September 2016 Jan Mirko L. in dessen Wohnung im Wedding durch »stumpfe Gewalt gegen den Oberkörper oder durch Erwürgen« getötet und die Leiche anschließend mithilfe einer Sackkarre in seine Wohnung in Schöneberg gebracht hatte. Dort hatte Claus-Brunner dann Selbstmord begangen, und anhand eines Abschiedsbriefes, den er an sein Wahlkreisbüro geschickt hatte, war man dann in seine Wohnung gefahren und hatte die beiden Leichen gefunden.

»Das hieße also auf unseren Fall übertragen, dass …« Jessica Schamp musste einen Augenblick nachdenken. »Dass Kevin Krüger scharf auf Simon Kesseling gewesen ist, der ihn aber abgewiesen hat. Daraufhin hat er ihn erschossen, einmal aus Rache und dann aus Gründen, die nur ein Psychiater klären kann, vielleicht, um ihn dadurch für immer vereinnahmt zu haben. Fehlt nur noch sein Suizid, um im Tod mit ihm eins zu sein.«

Schneeganß konnte nur lachen, doch das Lachen verging ihm, als sie am frühen Abend im »House of Orgies« nach Kevin Krüger fragten.

»Tut uns leid, aber der hat sich schon ein paar Tage lang hier nicht mehr sehen lassen.«

ELF

Der Labussee lag im Naturraum Neustrelitzer Kleinseenland, das zur Mecklenburgischen Seenplatte gehörte, genauer gesagt neun Kilometer südöstlich von Mirow und zehn Kilometer südwestlich von Wesenberg entfernt. Er zog sich bei einer Breite bis zu 900 Metern über eine Länge von drei Kilometern von West nach Ost, wobei er zum großen Vergnügen der Wassersportler vier ausgeprägte Buchten aufwies. Erreichen konnte man ihn per Boot von Westen her über die Schleuse Diemitz, von Süden vom Canower See über die dortige Schleuse und vom Norden über die Dollbek, ein schmales Fließgewässer, das vom Gobenowsee abging.

Hier nun in der Nähe des Ufers der Dollbek lebte Thorben Lucka seit einigen Tagen. Er war ein harter Hund, und so machte es ihm nichts aus, im Wald zu übernachten. Einen Schlafsack hatte er sich geklaut. Ringsum gab es genügend Zelt- und Campingplätze. Von Berlin bis hierher waren es nur etwas mehr als 100 Kilometer, und die hatte er auf einem gestohlenen Rad mühelos in drei Tagen geschafft. Die Grenze zum Bundesland Brandenburg verlief nicht weit entfernt von hier, aber ehe sich die zuständigen Polizeidienststellen in Berlin, Brandenburg und Mecklenburg-Vorpommern auf der Suche nach ihm kurzgeschlossen hatten, verging sicher eine kleine Ewigkeit.

Er lag auf einer kleinen Lichtung und sah den Wolken hinterher, die Richtung Ostsee zogen. Vieles ging ihm durch den Kopf. War es richtig gewesen, dem Toten am Roofensee seine Unfallschutzkarte ins Jackett zu stecken? Nein. Bei der Kripo hatten sie vielleicht einige Stunden lang gedacht, er hätte sich voller Schuld, weil er Kesseling erschossen hatte, selbst getötet, dann aber herausgefunden, wer der Mann wirklich war, der sich da erhängt hatte, und nun genau gewusst, dass er sich im nördlichen Brandenburg aufhielt und höchstwahrscheinlich nach Mecklenburg-Vorpommern überwechseln würde, Richtung Ostsee und Polen.

Er sah sich schon vor Gericht und erlebte die Verhandlung wie eine Szene aus einer TV-Serie. So würde es im Drehbuch stehen:

1. Bild
Innen/Tag *Gerichtssaal*

Laufende Verhandlung

RICHTER: Sie geben also zu, zum genannten Zeitpunkt bereit gewesen zu sein, als Frau verkleidet auf dem Marlene-Dietrich-Platz Schüsse auf ihren alten Schulfreund Simon Kesseling abzugeben?

LUCKA: Schüsse nicht, hohes Gericht, nur einen Schuss, einen Streifschuss besser gesagt.

RICHTER: Und Sie, beziehungsweise Herr Kesseling und Sie, Sie waren sich da ganz sicher, ihn nur am rechten Oberarm zu treffen – und nicht in den Kopf oder ins Herz?

LUCKA: Ja, waren wir.

RICHTER: Da behaupten Sie also von sich, besser schießen zu können als unsere Biathleten? (Lacht dabei abfällig.)

ANWALT: Wenn Sie gestatten, Herr Doktor Mühlenbeck, hier habe ich das amtliche Ergebnis vom Probeschießen, zu dem mein Mandant auf dem Schießstand der Berliner Polizei in der Kruppstraße gewesen ist. (Geht nach vorn und überreicht dem Vorsitzenden das Papier.)

RICHTER: Danke. (Überfliegt es.) Na gut. Und warum haben Sie von Ihrem Scheinattentat Abstand genommen?

LUCKA: Weil gerade, als ich abdrücken wollte, eine Schar von Fans auf Kesseling zugelaufen ist, und ich keinen von ihnen irgendwie verletzen wollte.

RICHTER: Das ist ja ausgesprochen edel von Ihnen, verwunderlich bei Ihren vielen Vorstrafen … (Blättert in seinen Akten.) Ah ja, dann sind Sie in Richtung U-Bahn davongelaufen und haben sich dabei Ihre Perücke vom Kopf gerissen?

LUCKA: Ja.

RICHTER: Gut, nehmen wir das einmal so zu Protokoll. Aber Sie waren ja scharf auf das Geld, den Lohn, den Sie von Simon Kesseling bekommen sollten, und haben alsbald den zweiten Versuch gestartet, diesmal vor seiner Stadtvilla in der Schmargendorfer Straße in Friedenau ...?

LUCKA: Ja, genau, wie es mit Simon abgesprochen war. Ich habe mir ein Motorrad besorgt. So ein schwarzer Helm ist ja eine ausgezeichnete Tarnung ...

RICHTER: Und diesmal hat es ja dann auch geklappt, Sie konnten auf Kesseling schießen.

LUCKA: Nein, hat es nicht, denn als ich in der Schmargendorfer Straße angekommen bin, hat er schon tot am Boden gelegen, eine große Gruppe von Menschen stand um ihn herum. Da konnte ich dann nur noch Gas geben und davon rasen.

RICHTER: Ihrer Aussage nach müsste also jemand anderes auf Kesseling geschossen haben?

LUCKA: Ja, Feinde hatte er ja genug. Und wenn ich geschossen hätte, dann wäre das ein Streifschuss gewesen und keine tödliche Kugel.

RICHTER: Nun ... (lachend) Auch bei Olympiasiegern und Weltmeistern im Biathlon soll es ja vorkommen, dass sie ab und an die Scheibe nicht treffen.

LUCKA:(Hilflos) Ja, nun ...

RICHTER: Schön und gut, Angeklagter, aber wenn Sie in der Schmargendorfer Straße nicht auf Kesseling geschossen haben, warum haben Sie sich dann nicht der Polizei gestellt, sondern sind auf und davon?

LUCKA: Weil mir mit meinen Vorstrafen ja doch keiner glaubt und ich ein für alle Mal als Krimineller abgestempelt bin. Ich hatte Angst vor der deutschen Justiz, ich wollte nach Polen oder Litauen und dort mit einer fremden Identität ein völlig neues Leben beginnen.

RICHTER: Hören wir nun unsere Sachverständige.

Eine Psychologin betritt den Saal, setzt sich und beginnt mit ihren Ausführungen.

PSYCHOLOGIN: Hohes Gericht, meine sehr verehrten Damen und Herren. Nach ausführlichen Gesprächen mit dem Angeklagten bin ich zu dem Schluss gekommen, dass er seit ihren gemeinsamen Schultagen einen, wie ein Krebsgeschwür ständig wachsenden, Hass gegenüber Simon Kesseling entwickelte, weil der ihn tagtäglich drangsaliert, verprügelt und gedemütigt hat, im wahrsten Sinne des Wortes entmannt hat. Damit war vorprogrammiert, dass der Angeklagte nie ein, wie man so sagt, nützliches Mitglied der menschlichen Gesellschaft werden konnte, er musste ganz einfach scheitern, und eine kriminelle Karriere war die einzige Karriere, die für ihn möglich war. Und das bei einem ungewöhnlich hohen Intelligenzquotienten. Wenn er im Leben gescheitert ist, dann gab es für Thorben Lucka dafür nur einen Grund – und der hieß Simon Kesseling. Als besonders schmerzlich musste er es empfinden, dass Kesseling nun dabei war, ein großer Politstar zu werden. ›Glückliches Deutschland‹! Das hat beim Angeklagten alles wieder aufgewühlt. Und dann kam das Klassentreffen und Simon Kesselings Idee eines Scheinattentats, um noch mehr Schlagzeilen zu haben. Eine wunderbare Gelegenheit für den Angeklagten, sich für all das zu rächen, was er in seiner Kindheit und Jugend erlitten hatte. Und wenn er die Tat jetzt abstreitet, dann ist das nichts als Verdrängung.

2. Bild
Innen/Tag *Gerichtssaal*

Der Richter und die Geschworenen betreten den Saal. Alle erheben sich. Es kommt zur Urteilsverkündung.

RICHTER: Im Namen des Volkes ergeht folgendes Urteil: Der Angeklagte Thorben Lucka aus Berlin wird nach Paragraf 211 des Strafgesetzbuches wegen Mordes mit lebenslanger Freiheitsstrafe bestraft.

Diese Bilder gingen Thorben Lucka nicht mehr aus dem Kopf. Immer wieder sah er denselben Film. »Scheiß Kopfkino!« Alles war fürchterlich verwirrend, da konnte er Realität und Wahnvorstellung nicht mehr auseinanderhalten, und mehr und mehr fand er, dass er reif fürs Irrenhaus war.

Ameisen krochen über seine ausgestreckten nackten Arme, auch schwarze Käfer. Witterten die schon einen verwesenden Leichnam? Seine Pistole hatte er in den Roofensee geworfen. Scheiße, konnte er sich nicht mal selber erschießen! Als seine Blase immer heftiger drückte, verspürte er den Impuls, einfach liegen zu bleiben und alles laufen zu lassen, liegen zu bleiben bis zur Verwesung. Aber sein Lebenstrieb war dann doch zu stark und zwang ihn, aufzustehen und sich an den nächstbesten Baum zu stellen.

Wieder in der Vertikalen registrierte er zweierlei: einmal, dass er mächtigen Hunger und zum anderen, dass er nur noch einen Euro und 15 Cent in der Hosentasche hatte. Da blieb nur eins: Auf einem der umliegenden Campingplätze oder in Canow auf der Südseite des Labussees etwas zu klauen. Und was das Einbrechen betraf, da hätte er, wenn das ein echter Beruf gewesen wäre, die Meisterprüfung mit einer Eins bestanden. Also holte er sein Fahrrad aus dem Unterholz, schob es bis zu einem festen Waldweg und fuhr um das nordöstliche Ende des Sees herum, bis er auf die L122 kam. Auf der radelte er dann so lange in Richtung Südwest, bis sie zur Canower Allee wurde. Es gab hier viele Sommerfrischler in legerem Outfit, sodass er nicht im Geringsten auffiel. An einer Straßenecke hielt er an. »Strandweg« stand auf dem Schild. Er schloss sein gestohlenes Rad an einem Laternenpfahl an, hing sich seinen Rucksack über die Schultern und begann mit dem, was bei den Ganoven der Kaiserzeit in Berlin »ausbaldowern« hieß.

Bald hatte er ein Objekt gesichtet, das einiges an Beute versprach. Ein Bungalow. Eine recht teuer gekleidete Frau kam heraus, setzte sich in einen Mercedes und fuhr los. Nicht schlecht! Sofort ging er alles durch, das er früh als das Einmaleins des Einbrechens gelernt hatte:

Hund im Haus? Es schien nicht so.

Alarmanlage? Nein.

Nachbarn, die ihn beobachteten? Nein.

Kamera-Attrappe am Gartentor? Ja. Gut, das signalisierte, dass hier etwas zu holen war.

Gekipptes Fenster an der Vorderfront? Nein, leider nicht, musste es also von hinten versuchen.

Ist das Gartentor verschlossen? Nein, nur eingeklinkt. Prima!

Schnell entschlossen trat er in den Vorgarten. Gleich vorn lehnten Spaten und Harken an der Mülltonne. Wunderbar! Er griff sie sich – und sah nun aus wie ein bestellter Gartengehilfe. Mit wenigen Schritten war er hinter dem Haus angekommen. Nun galt es, hier die Lage zu checken.

Verdeckten Hecken und Sträucher die Sicht auf ihn? Ja.

Wie waren Fenster, Terrassen- und Balkontüren gesichert? Nur mit herkömmlichen Rollzapfen, die er mit seinem Schraubenzieher, der im Rucksack steckte, schnell aufgebrochen hatte.

Gab es verlängerte Schließbleche, die tief im Mauerwerk der Türöffnung verankert waren, und das Aufhebeln schwierig machten? Nein.

Waren Einstiegshilfen wie herumstehende Leitern, Gartenmöbel oder Mülltonnen vorhanden? Ja.

Noch ein schneller Blick nach allen Seiten, dann hatte er sich auf die Terrasse geschwungen und stand keine Minute später in einem recht feudal eingerichteten Wohnzimmer, Marke »Schöner Wohnen«. Er streifte durch den Bungalow und entdeckte teure Gemälde und Statuen, dazu einen Computer und einiges an nicht eben billiger Unterhaltungselektronik.

Aber das nutzte ihm alles wenig, denn er konnte es auf seinem Fahrrad nicht fortschaffen und mit nach Berlin nehmen, um es dort zu verhökern. Auch ein herumliegendes Smartphone konnte er nicht einstecken, zu leicht hätte man ihn damit orten können. Ihn interessierte nur Geld. Was er fand, waren einige Scheine, die zusammen gerade einmal 105 Euro ergaben. »Scheiße!« Er suchte noch eine Weile in allen möglichen Verstecken, ohne jedoch noch mehr zu finden. Nach einer Viertelstunde wurde ihm die Sache hier zu gefährlich, und er trat den Rückzug an.

Ohne dass jemand Verdacht geschöpft hätte, öffnete er das Fahrradschloss, schwang sich in den Sattel und fuhr in Richtung Mirow davon. Immerhin hatte er nun so viel Geld in der Tasche, dass er sich ein anständiges Mittagessen leisten konnte. In Canow selbst wollte er nicht einkehren, denn vielleicht hatte ihn doch jemand beobachtet. Lieber in Mirow, das war auch der größere Ort. Er schätzte, dass es bis dorthin an die 15 Kilometer waren, also nicht viel, und so radelte er die Kreisstraße MST5 entlang, kam zuerst zur Diemitzer Schleuse und dann über Fleeth und Peetsch nach Mirow. Vor dem ersten Restaurant, das er sah, hielt er an. Es war der Gasthof »Blaue Maus«. Er schloss sein Rad draußen an und überlegte dabei, ob es zu gefährlich für ihn war, sich draußen im Garten einen Platz zu suchen. Die Gefahr, dass ihn jemand erkannte, war nicht groß, aber dennoch. Er hatte keinen belastbaren Beweis dafür, dass die Polizei ihn wirklich suchte, aber die Wahrscheinlichkeit schien ihm gegen 100 Prozent zu gehen, denn diese Simona Nawrocki hatte den Kripoleuten ganz sicher erzählt, dass er sich mit Kesseling getroffen hatte. Entscheidend war aber wohl, dass er aus Berlin abgehauen war. Das musste für die Bullen ein sicheres Indiz dafür sein, dass er Kesseling erschossen hatte, auch wenn sie von der Absprache mit dem Scheinattentat keine Ahnung haben konnten. »Ick Idiot!« Immer wieder hielt er sich das vor. Aber es war wie eine Panikattacke gewesen. »Du musst mal zum Seelenklempner jehn!« – Ja, ick weeß«, sagte er laut zu sich selbst. Sein Leben war total verpfuscht, das war ihm klar. Doch er hatte eine so große Angst vor dem Tod, vor dem Niemehr-sein, dass ein Selbstmord für ihn nicht infrage kam. »Also, hör uff zu jrübeln und jenieße et, det du hier sitzen kannst und nich wieda im Knast bist und lass et dir schmecken!«

Er tat es, bestellte sich eine Portion Zander, in Butter gebraten, ein Bier und zum Schluss einen Magenbitter.

»Und wat willste nu machen?«, hörte er dann seine innere Stimme fragen.

Thorben Lucka überlegte lange. Wie wäre es damit, dass er nach Hause zurückfuhr? Von Mirow, das hatte er eben gesehen, ging eine Kleinbahn nach Neustrelitz, und von da kam man mit dem Regionalexpress schnell nach Berlin. Das Geld für eine Fahrkarte hatte er noch. Dann konnte er sich noch heute der Polizei stellen, um damit allen anzuzeigen: »Ich war es nicht!«

Nein, sie würden ihm nicht glauben, siehe die Gerichtsverhandlung, die ihm immer wieder vor Augen stand. Also war es besser, zurück in sein Versteck am

Labussee zu fahren. Bis es Herbst und Winter wurde, konnte er es dort aushalten, wenn ihm ab und an ein Einbruch gelang und er dabei zu etwas Geld kam. Und im September hatte man den Fall Kesseling längst vergessen.

Also setzte er sich wieder auf sein Rad, um in sein geschickt gebautes »Nest« zurückzukehren. Dabei war es sicherlich weniger klug, wieder durch Canow zu fahren, denn möglicherweise hatte ihn doch jemand bei seinem Einbruch beobachtet. Aber weder südlich noch nördlich gab es Straßen, den Ort ohne lange Umwege zu umfahren, und zudem hätte er am Schluss durch die Dollbek schwimmen müssen. Blieb ihm damit nichts weiter übrig, als es zu wagen.

Er kam auf den Peetscher Weg, und da ging sein Blick nach oben, denn über ihm kreiste ein großer Raubvogel. Der erschien ihm einen Augenblick lang wie eine Drohne, mit der ihn die Kripo Neustrelitz beobachtete. »Quatsch, det is'n …« Er versuchte zu erkennen, ob es sich um einen Seeadler, einen Milan, einen Habicht oder einen Bussard handelte.

In diesem Moment flog er selber, und zwar in hohem Bogen über die Kühlerhaube eines Mercedes.

»Aua! Scheiße!«

Von rechts war der Wagen aus der Zufahrt zu einem Bauernhaus gekommen, und er hatte ihn übersehen. Jetzt lag er mit schmerzenden Handgelenken neben dem rechten Vorderrad des Mercedes. Der Fahrer, ein Mann etwa seines Alters, war herausgesprungen.

»Mensch, haste da wat jetan!?«

Thorben Lucka versuchte, wieder hochzukommen. »Nee, Jlück jehabt, wohl nur wat vastaucht.«

»Uffpassen muss man schon, ooch hier uff'm Lande, und nicht inne Luft gucken«, sagte der Autofahrer.

Thorben Lucka ging um den Wagen herum und hob sein Rad auf. Vorne wies es die schönste Acht auf. »Wat'n nu?«

Dem Autofahrer war etwas aufgefallen. »Wie man hört, biste aus Berlin. Kleena Ausflug hierher?«

»Ja, im Freien übernachten und so … Und Sie?«

»Ick bin der Jörg Golumbiewski, ooch aus Berlin, Pankow oben. Und du?«

»Der Lu…« Thorben Lucka biss sich auf die Zunge. »Der Lu-kas.«

»Hallo, Lukas.« Jörg Golumbiewski schüttelte ihm die Hand und drehte sich um. »Ick handle mit Jebrauchtwagen und hab hier inne Nähe ooch 'n Campingplatz. Beedet wirft janz schön wat ab, und ick hab ma jrade det halb verfallene Bauernhaus da hinten jekooft.«

Thorben Lucka musterte es. »Da muss ja janz schön war renoviert wer'n.«

»Na, und ob!«, rief Jörg Golumbiewski. »Aba findt mal hier im Sommer Leute dafür.« Er musterte Thorben Lucka. »Haste nicht Lust, Lukas, bei mir anzufangen. Sechs Euro die Stunde, schwarz?«

ZWÖLF

Der Jurist Doktor Rainer Rietzel hatte seinen Posten im Vorstand der EUROMAG aufgegeben, um sich ganz der Partei »Glückliches Deutschland«(PGD) zu widmen. Die Ermordung Simon Kesselings hatte ihr einen ungeheuren Zulauf verschafft, und es gab nun so viele Sponsoren, dass er kaum noch neue Termine vereinbaren konnte. Klar, die Bundesrepublik lag auf der Weltrangliste der Korruption nur auf Rang 14, und Berlin war die Anlaufstelle für die Lobbyisten aller Branchen, denn noch immer galt die alte Volksweisheit »*Wer gut schmiert, der gut fährt*«. Und im Augenblick sah es so aus, als könnte die PGD sogar in den Bundestag einziehen und womöglich auch Minister und Staatssekretäre stellen.

Gerade hatte er mit zwei Vertretern eines Pharmakonzerns in der Uhlandstraße gespeist und war nun auf dem Weg ins Parkhaus Kudamm Karree, wo er seinen Wagen abgestellt hatte. Er war allein zu diesem Treffen gegangen, weil die Vorstandsmitglieder der PGD allesamt anderweitig beschäftigt waren. Vielleicht war es auch gut, wenn nicht alle von allem wussten, auch wenn er davon ausging, dass die sarkastische Steigerung Feind, Todfeind, Parteifreund in seiner Truppe nicht zutraf.

Sein schwarzer A-Klasse-Mercedes stand auf dem ersten Parkdeck. Während er auf den Fahrstuhl wartete, war er in Gedanken schon beim Interview vom Deutschlandsender. Um 15.00 Uhr sollte er im alten RIAS-Gebäude am Hans-Rosenthal-Platz sein. Das musste zu schaffen sein, denn in der westlichen Innenstadt war zu dieser Zeit noch nicht mit größeren Staus zu rechnen. In den Medien zu sein, war alles, obwohl er wusste, dass der Journalist ihn wegen der angeblich populistischen Töne der PGD hart angehen würde. Die Karikaturisten zeichneten ihn schon als einen zweiten Donald Trump. Er antizipierte das, was kommen würde. »Ist Ihnen bewusst, Herr Doktor Rietzel, dass die PGD immer weiter nach rechts außen ins Nationalistische und Populistische abgeleitet?« – »Nein, wir fischen nur nach denen, die mit all den Parteien unzufrieden sind, die sie bisher gewählt haben, egal ob sie sich nun CDU, CSU, FDP, SPD, Grüne oder Die Linke nennen.«

Der Fahrstuhl kam, die Türen öffneten sich. Niemand stieg aus, und niemand stieg mit ihm zusammen ein. Für einen Augenblick verspürte er ein Gefühl von Angst, wie er es als Kind in einem dunklen Keller gehabt hatte. Er verfluchte sich deswegen, so etwas durfte er bei sich nicht zulassen.

Als er dann auf dem Parkdeck angekommen war, musste er einen Augenblick überlegen, wo denn sein Wagen stehen konnte. Wieder eine Schwäche, die er bei sich nur ungern registrierte: Vergesslichkeit. Dann entdeckte er sein Auto und zuckte zusammen, denn am Heck kniete ein jüngerer Mann am Boden und versuchte, den rechten Hinterreifen zu zerstechen.

»Lassen Sie das!«, schrie Doktor Rietzel, stürzte sich aber nicht auf den Täter, sondern sprang zur Seite, um ihm den Fluchtweg freizumachen. Alles andere hätte Selbstmord sein können.

Der Reifenstecher nahm das Angebot auch an und lief zur Ausgangstür. Rainer Rietzel ließ ein paar Sekunden verstreichen, ehe er ihm nachsetzte. War er ihm zu dicht auf den Fersen, konnte der Mann in Panik geraten und doch noch zustechen. Er blieb stehen. Vielleicht war es doch das Klügste, zum Handy zu greifen und 110 zu wählen. Doch da kam ihm blitzartig der Gedanke, das Ganze doch für die PGD auszunutzen, denn eine spektakuläre Verfolgungsjagd gab wieder etliche Schlagzeilen. Also hetzte er dem Reifenstecher hinterher, und da er zweimal die Woche Tennis spielte, war er schnell und ausdauernd genug, ihn einzuholen, in die Enge zu treiben und die Polizei zu rufen. Die konnte ihn dann mit gezückter Pistole festnehmen. Er sprang die Treppe des Parkhauses hinunter. Als er unten auf der Uhlandstraße angekommen war, sah er den Mann links in Richtung Kudamm laufen. Sein Vorsprung mochte etwa 50 Meter betragen. Das war nicht viel, Doktor Rietzel kam aber nicht so schnell voran wie gehofft, denn die Uhlandstraße war um diese Zeit ziemlich belebt, und immer wieder stieß er mit Fußgängern zusammen und verlor damit an Tempo. Zudem war es dem Reifenstecher gelungen, die Sekunde zu nutzen, in der es einmal eine

Lücke in der nicht abreißenden Kette vorbeifahrender Autos gegeben hatte und auf die andere Straßenseite zu wechseln. Sein Verfolger hatte dieses Glück nicht und musste lange Augenblicke warten, bis ihm dasselbe Kunststück gelang. Als er dann auf der Höhe des »Maison de France« angekommen war, schien sich der Reifenstecher in Luft aufgelöst zu haben. Doktor Rietzel sah unwillkürlich nach oben, als wäre der Mann wie eine Rakete abgehoben. Oder wie Superman. Unsinn! Endlich kam er auf das Naheliegende: Der Mann war im U-Bahnhof Uhlandstraße verschwunden. Klar, fuhr gerade ein Zug ab und er sprang hinein, war er gerettet.

Und als Doktor Rietzel dann die Treppe hinuntergelaufen war, sah er die roten Schlusslichter eines Zuges, der Richtung Warschauer Straße abgefahren war. Pech gehabt!

Nein, da stand der Mann noch. Auf der anderen Bahnsteigseite. Offensichtlich wartete er auf den herannahenden Zug in der Gegenrichtung, dessen Lichter hinten im Tunnelmund schon aufleuchteten. Rainer Rietzel feixte, denn hier war Endstation, dieser Zug fuhr nur noch aufs Abstellgleis, und dort konnte die Polizei in aller Ruhe ans Werk gehen.

Da sah der Reifenstecher ihn und kam auf ihn zugestürzt. Doktor Rietzel fuhr herum und wollte die Flucht ergreifen. Dabei verlor ein wenig das Gleichgewicht und fiel auf die Gleise.

Schreie, Bremsgeräusche.

*

Gunnar Schneeganß und Jessica Schamp hatten diesen Kevin Krüger noch immer auf dem Schirm, waren aber noch nicht dazu gekommen, ihn aufzusuchen, weil es eine mehrtägige Fortbildungsveranstaltung gegeben hatte.

»Nun aber!«, rief Jessica Schamp. »Wo wohnt der Gute eigentlich?«

Schneeganß lachte. »Da, wo die mit den Angriffen zu Hause sind, die *hækə*.«

»Haha.« Jessica Schamp googelte und fand bei KAUPERTS die richtige Antwort. »Hacker, Johann Carl, geboren 15.12.1811 Verchen bei Demmin, gestorben 21.8.1892 Dresden, Gemeindeältester Friedenaus.«

»Wer weiß denn so was?«, fragte Schneeganß. »Das können wir direkt bei der ARD als Frage einreichen, vielleicht zahlen die was dafür. ›Woran denken Sie, wenn Sie das Wort Hacker lesen? a) an das Bier aus Bayern, b) an einen Gemeindeältesten aus Berlin-Friedenau oder c) an einen Computerspezialisten?‹«

Jessica Schamp fasste sich an den Kopf. »Geht doch nicht in der Ratesendung, weil alle drei Antworten richtig sind.«

»Ach so …« Schneeganß war aber so richtig in Fahrt gekommen. »Aber wie ist es mit Krüger? Frage: ›Wer kommt als Mörder von Simon Kesseling infrage? a) der Schauspieler Bum Krüger, b) Paul Krüger, der Gründer des Kruger Nationalparks in Südafrika oder c) der Ober Kevin Krüger?«

»Ich würde sagen c), weil die beiden anderen schon lange tot sind.«

»Okay, dann auf zu Kevin, hoffentlich ist er auch allein zu Hause.«

Von der Keith- zur Hackerstraße waren es laut Google Maps über Nürnberger Straße und Bundesallee 5,2 Kilometer, die man in 13 Minuten zurücklegen konnte.

»Das geht ja noch, das könnten wir eigentlich auch laufen«, sagte Schneeganß.

Jessica Schamp winkte ab. »Nee, ich war Stabhochspringerin und keine 5000-Meter-Läuferin.«

»Gut, wagen wir es mit unserem Sternauto.«

»Wir haben doch gar keinen Mercedes?«

»Ich habe auch nur an den ›Großen Wagen‹ gedacht.«

Jessica Schamp zog ihr Smartphone hervor. »Soll ich mal bei RTL anrufen, ob sie uns fürs nächste Dschungelcamp nehmen. ›*Ich bin ein Star, holt mich hier raus!*‹«

»Das Landeskriminalamt ist Dschungel genug für mich, und ich hoffe immer, dass sie mich mal herausholen und ich Professor an der Hochschule für Wirtschaft und Recht werde oder wenigstens Dozent an der Deutschen Hochschule der Polizei in Münster.«

Sie plauderten noch ein wenig über Träume, die nur Schäume waren, und bogen dann von der Bundesallee rechts in die Fröaufstraße ab.

Jessica Schamp hatte es schon gegoogelt. »Fröauf, Wilhelm, geboren 23.3.1814, gestorben 1.1.1899, Charlottenburg, Kommunalpolitiker.«

»Gott!«, rief Schneeganß. »Warum bin ich nur Kriminalkommissar geworden und kein kleiner lumpiger Kommunalpolitiker! Dann würden sie auch eine

Straße nach mir benennen, und ich wäre quasi unsterblich geworden.«

Jessica Schamp lachte. »Sie haben doch schon eine Straße nach dir benannt. Oben in Heiligensee gibt es doch den Schneegansweg. Das weiß ich, weil meine alte Trainerin da wohnt.«

»Ja, aber einen mit s und nicht mit ß.«

»Ganz genau.«

Es dauerte eine Weile, bis sie einen Parkplatz gefunden hatten, dann aber standen sie doch bei Kevin Krüger vor der Wohnung. Sie hatten einen Travestiekünstler oder schrillen Typen wie Lilo Wanders, Romy Haag oder Harald Glööckler erwartet und waren geradezu erschrocken, als ihnen ein *stinknormaler* Mensch die Tür öffnete.

Kevin Krüger machte eine abwehrende Handbewegung. »Sie müssen sich gar nicht erst vorstellen, meine Dame, mein Herr: die Kripo, der Fall Simon Kesseling.«

Schneeganß schaffte es zu lächeln. »So ist es.« Er zog nun seine Dienstmarke aus der Tasche und nannte seinen und den Namen seiner Kollegin. »Dürfen wir eintreten?«

»Ja natürlich.« Kevin Krüger machte einen Schritt zur Seite. »Aber bitte erwarten Sie hier kein ›House of Orgies‹.«

»Nein, nein«, wehrte Schneeganß ab. »Wir kennen sowieso nur eine Droge: die Arbeit.«

Kevin Krüger führte sie in sein Wohnzimmer, und Jessica Schamp fand, dass es hier ein wenig wie in der Serie »Shopping Queen« aussah.

»Darf ich Ihnen etwas zu trinken anbieten?«, fragte Kevin Krüger, als sie rund um den gläsernen Couchtisch Platz genommen hatten. »Ein Gläschen Sekt?«

Schneeganß lehnte dankend ab. »Tut uns leid, wir müssen nüchtern an die Sache herangehen. Wenn Sie uns etwas über Ihre Beziehung zu Simon Kesseling erzählen könnten.«

Kevin Krüger lachte. »Da könnte ich einen ganzen Roman drüber schreiben, Arbeitstitel ›Meine letzte große Liebe‹.« Dann erzählte er in epischer Breite, wie er den Führer der PGD im »House of Orgies« kennengelernt hatte und ihm regelrecht verfallen war. »Wir waren ein festes Paar und haben in einem Loft an der Spree, am alten Osthafen, glücklich zusammengelebt, bis … ja, bis Simon beschlossen hatte, Politiker zu werden und eine neue Partei zu gründen. Ab diesem Zeitpunkt hatte er nur noch sein ›Glückliches Deutschland‹ im Kopf, und schließlich hat er sich von mir getrennt, weil er Angst hatte, die Zustimmung der Leute zu verlieren, wenn herauskam, dass er schwul war und mit einem Mann zusammenlebte.«

»Das verstehe ich nicht«, unterbrach Jessica Schamp ihn. »Klaus Wowereit war doch auch schwul und ist ein überaus geschätzter Regierender Bürgermeister in Berlin geworden. Sein Ausspruch ›*Ich bin schwul – und das ist auch gut so!*‹ ist legendär.«

»Ja, schön und gut«, erklärte Kevin Krüger ihnen. »Aber Simon wollte in die Bundesrepublik – und so locker wie in Berlin geht es anderswo nicht zu.«

Schneeganß nickte. »Okay. Und dass er sich dann

dieser Simona zugewandt hat, war für Sie nur schwer zu verkraften?«

»Gott, ja, aber ich wusste ja, dass er bi war, bisexuell, und dass er das andere auch mal ausleben wollte.«

Jetzt ergriff Jessica Schamp das Wort. »Das mit dem Loslassen hat aber wohl doch nicht ganz so gut geklappt, denn Sie haben sich immer wieder in seiner Nähe aufgehalten, also lupenreines Stalking betrieben.«

Kevin Krüger senkte den Blick. »Nun ja …«

Und möglicherweise hätte sich Schneeganß mit diesem Bekenntnis erst einmal zufriedengegeben, wenn sein Blick in diesem Moment nicht auf eine Perücke gefallen wäre, die, etwas vom Vorhang verdeckt, auf dem Fensterbrett lag. Sofort schrillten die Alarmglocken bei ihm: die Perücke vom Potsdamer Platz! Sie hatten Thorben Lucka verdächtigt, sich eine Perücke vom Kopf gerissen zu haben, aber wenn es nun Kevin Krüger gewesen war? Er fragte ihn nach seinem Alibi für die Szene in der Gegend des Potsdamer Platzes und das für die Tatzeit in der Schmargendorfer Straße. Und beide Male konnte Kevin Krüger nur mit den Schultern zucken.

»Da habe ich hier im Bett gelegen, um mich auszuruhen. Ich musste ja erst um 20.00 Uhr in meiner Bar sein.«

»Allein im Bett«, hakte Jessica Schamp nach.

»Ja. Leider.«

»Für Sie wie für uns.« Wieder versuchte Schneeganß das zu tun, was so gar nicht seine Art war: zu lächeln. »Dass Sie Simon Kesseling gegenüber ein beträchtliches Aggressionspotenzial aufgebaut haben, wird ja kaum infrage stehen. Die Rache: Du hast mir mein Leben versaut, jetzt versaue ich dir deines!«

Kevin Krüger gab sich alle Mühe so auszusehen, als würde er haushoch über den Dingen stehen. »Herr Kommissar, das Leben ist kein Fernsehkrimi.«

*

Diether Todt organisiert in ganz Deutschland würdevolle Bestattungen zu unschlagbar günstigen Preisen. Dabei haben wir uns auf Feuerbestattungen, Beisetzungen zur See sowie in befriedeten Wäldern und auf alternative Bestattungsarten spezialisiert. Unser Markenzeichen ist eine professionelle Kundenbetreuung rund um die Uhr.

Als Orlando seinen Großvater besuchte, fand er diesen Flyer auf dem Küchentisch liegen.

»Hat dir Heike das mitgebracht?«, fragte er. »Sollst du dich endlich auf etwas festlegen? Ich wäre für eine Beisetzung gleich hier im Tegeler See, hätten wir keine Fahrkosten.«

Mannhardt verzog das Gesicht. »Das ist in meinem Alter nicht zum Lachen!«

»Man kann aber bei diesem Thema durchaus herzhaft lachen.« Orlando berichtete ihm von einer Episode aus der Serie »Eine schreckliche nette Familie«. »Da hat Al Bundy bei einer Grillparty bei sich zu Hause vergessen, Gewürze einzukaufen. In seiner Not nimmt er nun eine Urne mit der Asche eines Verwandten vom

Regal und würzt damit das Fleisch. Es hat allen wunderbar geschmeckt!«

Mannhardt schüttelte sich. »Ich bin zwar vom Beruf her leichen-, aber nicht aschefest. Und da fällt mir auch ein, dass ein Ted Bundy in den USA einer der bekanntesten Serienmörder ist. Zwischen 1974 und 1978 hat er mindestens 28 junge Frauen und Mädchen getötet.«

Orlando dachte kurz nach: »Das wäre doch ein schöner Stoff für meinen Freund Martin Nehmer: Der Bestattungsunternehmer Diether Todt bringt serienweise Menschen um, damit seine Firma nicht Pleite geht.«

»Die geht auch so nicht Pleite«, wandte Mannhardt ein. »Und außerdem feiert Dieter Todt in Bälde seinen 80. Geburtstag. Aber nicht nur das: Er hat mich mit einer Begleitperson auch zu seiner Geburtstagsfeier eingeladen.«

»Ins ›Adlon‹?«

»Nein, in sein Haus oben in Frohnau, Edelhofdamm.«

Orlando schlug ihm auf die Schulter. »Na, dann sei froh now. Heike wird sich freuen.«

»Die kann an dem Tag nicht, du wirst mitkommen müssen.«

»Ja klar. Aber was verschafft dir denn diese Ehre, Opa Hajü?«

»Ach, ich hab ihm zweimal geholfen. Einmal, als mehrere seiner Särge samt Inhalt zur Kremierung nach Polen gebracht werden sollten, weil das da billiger ist, und …«

»… und plötzlich verschwunden waren«, fiel ihm Orlando ins Wort.

»Woher weißt du?«

»Hat doch groß in allen Zeitungen gestanden. Es waren aber keine Nekrophilen oder Kannibalen am Werke, sondern nur Autodiebe, die auf den Kleintransporter scharf waren und nicht auf die Ladung geguckt hatten.«

Mannhardt nickte. »Exakt! Aber beim zweiten Fall war es ein echter Mord, und die Täter hatten den Ermordeten zu der Leiche gelegt, die sich schon in Todts Sarg befunden hatte. Kurz bevor man ihn in den Verbrennungsofen geschoben hat, ist der Sarg im Krematorium noch einmal geöffnet worden, und siehe da …! Da es ein Konkurrent von Todt war, ist der Verdacht auch auf ihn gefallen, doch ich habe dann den wahren Täter ausfindig machen können – und dafür ist er mir noch heute dankbar.«

»Echt krass!«

Da ihnen Heikes Auto nicht zur Verfügung stand, wollte Mannhardt mit dem 125er-Bus von Tegel nach Frohnau fahren, doch Orlando verdrehte die Augen, als er das hörte. »Mensch, Opa Hajü, ich bin zwar ein armer Student mit viel zu wenig Taschengeld, deine Pension dürfte doch aber für eine Fahrt mit der Taxe ausreichen. Im hohen Alter nur nicht geizig werden!«

Mannhardt ließ sich von diesem emotionalen Ausbruch seines Enkels nicht beeindrucken. »A) bekomme ich von meinen früheren Dienstbezügen, die in Berlin eh nicht üppig waren, als Pension nur 71,75 Prozent, und b) haben Heike und ich noch einen Sohn, der eine ganze Menge kostet und zudem später auch studieren will. Somit ist eine Fahrt mit 'ner Taxe schon noch drin, aber nur eine. Das heißt: hin mit dem Bus und zurück mit der Taxe.«

»Im Namen des Volkes: so beschlossen und verkündet!«, ergänzte Orlando.

Bei der Kleiderfrage waren sie sich schnell einig. »Bei einem Beerdigungsunternehmer kommt nur ein schwarzer Anzug infrage.«

Als sie dann in den Bus stiegen, kamen sie sich erheblich overdressed vor, doch die übrigen Fahrgäste nahmen kaum Notiz von ihnen, fuhren doch oft Trauergäste mit dem Bus zum Hermsdorfer Friedhof, vor dem es eine eigene Haltestelle gab, oder zum Frohnauer Friedhof an der Hainbuchenstraße, zu dem man vom Zeltinger Platz ein paar 100 Meter laufen musste. Vorn auf dem Oberdeck, Orlandos Lieblingsplatz seit Kindertagen, ging es zuerst an der Humboldt-Bibliothek vorbei.

»Das ist eine Kultstätte des neuen deutschen Kriminalromans«, sagte Mannhardt. »Hier gibt es seit 25 Jahren die Reinickendorfer Kriminacht, und alles, was Rang und Namen hat, ist hier schon aufgetreten.«

Orlando nickte. »Ich weiß, ich weiß, wir waren ja auch schon da, und Martin Nehmer hofft sehr, dass sie ihn auch bald mal einladen.«

Das nächste interessante Bauwerk zu ihrer Linken war die frühere Humboldtmühle, deren gewaltiger Komplex heute den Medical Park beherbergte.

Mannhardt hatte bei seinem Anblick ein etwas ungutes Gefühl. »Hier landet man nach einem Schlaganfall in der Reha.«

Unter der Autobahnbrücke hindurch ging es nun weiter durch ein Stückchen Wald und dann auf dem Hermsdorfer Damm am Rande des Tegeler Fließes entlang. Mannhardt wurde elegisch.

»Hier in Hermsdorf habe ich mein erstes Leben verbracht, hier ist dein Vater zur Welt gekommen, und auf dem Friedhof liegt deine Großmutter begraben. Bestattungsunternehmer war damals auch schon Diether Todt, der die Firma von seinem Vater übernommen hat.«

Dann hielten sie vor dem imposanten Torgebäude mit der Inschrift: Hier ist Ruhe, gönnet sie den Müden.

»Ist das hier der neue Berliner Flughafen?«, fragte Orlando.

Sie kamen nach Frohnau und stiegen am Zeltinger Platz aus dem Bus. Am Gotteshaus, das einer mittelalterlichen Wehrkirche nachempfunden war, ging es den Edelhofdamm hinauf. Kurz vor dem buddhistischen Haus stand die Villa des Beerdigungsunternehmers.

Mannhardt hielt es für angebracht, seinem Enkel noch einzuschärfen, was unbedingt beachtet werden musste. »Wenn du ihm gratulierst, dann sprich seinen Namen bitte nicht so aus, dass es nach Tod klingt, mit lang gezogenem o also, sondern wie Tott, Herr Tott.«

Orlando nickte. »Ich weiß, wir hatten beim Fußball mal einen Nationalspieler mit dem Namen Todt, Jens Todt, und da war auch nie vom Tod die Rede, und bei den Skispringern gibt es einen Polen mit dem Namen Maciej Kot, der wird auch immer Kott gesprochen.«

Das Problem mit einem Präsent hatten sie nicht gehabt, denn auf der Einladung zum Geburtstag hatte gestanden:

Bitte keine Geschenke, auch die kleinsten nicht, sondern alles überweisen auf das Konto der Deutschen Stiftung Denkmalschutz IBAN: DE71 500 400 500 400 500 400.

»Und – was hast du schon überwiesen?«, wollte Orlando wissen.

»Noch nichts«, musste Mannhardt zugeben. »Ich will erst einmal abwarten, wie gut das kalte Buffet ist.«

Das war sehr gut, denn der Partyservice »High Society« hatte es geliefert, wie einem großen Aufsteller zu entnehmen war.

Orlando sah seinen Großvater an. »Du, sag mal, ist das nicht die Firma von diesem Simon Kesseling gewesen?«

»In der Tat.« Mannhardt hatte alles genau verfolgt, was in den Medien über den Fall Kesseling zu sehen, zu hören und zu lesen gewesen war. Ursprünglich hatte er bei ihrer Krimibustour auch am Tatort Schmargendorfer Straße halten wollen, dann aber eingesehen, dass das zu viel gewesen wäre. Auch hatte er für diese komische PGD keine zusätzliche Reklame machen wollen.

Mannhardt ließ sich bei passender Gelegenheit vom Geburtstagskind den Manager vorstellen, der die Anlieferung der Köstlichkeiten überwacht hatte, und die »Schönheitskönigin«, die das Live Cooking besorgte. So lernten er und sein Enkel Titus Wrist und Simona Nawrocki kennen. Und Mannhardt zögerte nicht, sich vorzustellen und zum Fall Simon Kesseling zu kommen.

»Sie müssen wissen, dass ich pensionierter Erster Kriminalhauptkommissar bin und Gunnar Schneeganß einmal sozusagen mein Lehrling war. Da interessiert es mich natürlich, wie gut er inzwischen geworden ist und wie weit man bei der Suche nach dem Mörder Ihres früheren Chefs schon gekommen ist.«

»Nicht sehr weit«, lautete Simona Nawrockis Antwort. »Tatverdächtige gibt es viele.«

»Aber die wichtigste Arbeitshypothese ist wohl die, dass der Thorben Lucka es gewesen ist«, fügte Titus Wrist hinzu.

»Ich tippe eher auf Kevin Krüger«, sagte Simona Nawrocki.

Titus Wrist lachte. »Wir beide könnten es theoretisch auch gewesen sein. Simona wird die Firma erben und ich den Chefposten.«

»Uns soll's egal sein«, schloss Mannhardt ihre Unterhaltung. »Ich will Gunnar Schneeganß und Jessica Schamp nicht ins Handwerk pfuschen.«

»Noch nicht«, murmelte Orlando. »Und dann auch nur, wenn die beiden auf Dauer keinen Erfolg haben.«

*

»Wie es sich für zwei Mitglieder einer Mordkommission gehört, sollten wir beim Dartspiel nur noch die Variante ›Killer‹ wählen«, erklärte Schneeganß mit hintergründigem Lächeln.

»Wie das?«, wollte Jessica Schamp wissen. »Sollen wir mit unseren Pfeilen auf die Stirn oder die Herzgegend des anderen werfen, um ihn zu killen? Aber sind denn die Pfeilspitzen dazu lang genug?«

»Nein«, begann Schneeganß mit seinen Erläuterungen. »Darte um dein Leben, du hast nur drei!«

»Äh, verstehe ich noch immer nicht …?«

»Also: Du hast drei Leben, das heißt, drei Doublesegmente, deine ›Lebens-Doppel‹. Die werden sozusagen ausgelost, indem man mit der falschen Hand auf die Scheibe wirft. Auch ich bekomme meine drei ›Lebens-Doppel‹. Dann müssen wir versuchen, die Doublefelder des anderen zu treffen und damit dessen Leben auszulöschen.«

»Okay. Ich fange an.« Sie warf mit der linken Hand und traf die Felder 1, 16 und 7, Schneeganß die Felder 5, 14 und 20.

»Und wer hat die ersten drei Würfe?«

Schneeganß lachte. »Das wird ausgebullt.«

»Solche Sauereien machen ich nicht mit!«, rief Jessica Schamp. »Und schon gar nicht im Dienstzimmer.«

»Das heißt nur, dass der beginnt, dessen Pfeil näher am roten Mittelpunkt der Scheibe stecken bleibt, dem *bullseye*.«

»Gut, dann fang' du gleich mal an.«

Schneeganß tat es, und nach knappen zehn Minuten hatte er die Kollegin gekillt. Das Telefon klingelte.

»Geh du mal ran«, sagte Jessica Schamp. »Ich bin ja gekillt.«

Schneeganß tat es. Der Anruf kam von einem Kollegen, der den Vorfall auf dem Bahnhof Uhlandstraße zu bearbeiten hatte.

»Wir haben den gefunden, der dafür verantwortlich ist, dass dieser Doktor Rietzel von der PGD vor den einfahrenden Zug gestürzt ist. Er hat bei dem Zweikampf, den es wohl gegeben hat, seine Monatskarte verloren. Jan Wetschen heißt der Mann. Er ist schon einige Male bei linken Krawallen aufgefallen und in der Rigaer Straße sogar einmal festgenommen worden. Er bestreitet, dass er Doktor Rietzel vor den Zug habe stoßen wollen, gibt aber zu, dass er dabei war, in einem Parkhaus in der Uhlandstraße die Reifen an dessen Auto zu zerstechen.«

Schneeganß litt ein wenig unter dem Wortschwall des Kollegen und fürchtete, bei diesem Gespräch einen Tinnitus davonzutragen, sodass seine Reaktion ein wenig unfreundlich ausfiel. »Und warum ist das nun unser Bier?«

»A) Weil es sich um einen Mordversuch handeln könnte, und b) weil dieser Doktor Rietzel ja auch, wie ich gehört habe, für den Mord an Simon Kesseling infrage kommen könnte.«

»Verstehe ich nicht ganz …« Schneeganß war trotz seines Sieges beim Darten schlecht drauf heute.

»Na, Mensch, vielleicht hatte es dieser Wetschen auf die gesamte Führung der PGD abgesehen: erst Kesseling, dann Rietzel.«

»Ach so, ja! Dann herzlichen Dank für den Tipp! Und wo wohnt der … Typ?«

»Boxhagener Straße, gleich an der Ecke Mainzer.«

Schneeganß notierte sich noch die Hausnummer, dann legte er auf und stieß einen tiefen Seufzer aus. »In dieser Gegend freut man sich über jeden Polizisten so wie die Schalker Ultras, wenn zwei Dortmunder Fußballfans nach Gelsenkirchen kommen.«

»Müssen wir uns als Obdachlose tarnen und in jedem

Müllcontainer nach Flaschen suchen?«, schlug die Kollegin vor.

»Auf alle Fälle fahren wir nicht mit dem Dienstwagen hin, den stecken sie uns nur an, sondern mit der U-Bahn bis Warschauer Straße und laufen ein Stück.«

Das taten sie dann auch, nachdem Jessica Schamp bei Google Maps nachgesehen hatte, dass das nur ein Fußmarsch von rund anderthalb Kilometern war. Sie kamen durch Straßen, die nicht einmal Jessica Schamp als geborene Ost-Berlinerin kannte. Eine von ihnen war nach Simon Dach benannt, und keiner von beiden wusste, wer das war. Im Laufen sah Jessica Schamp auf ihrem Smartphone nach.

»Simon Dach, geboren 1605 in Memel, gestorben 1659 in Königsberg, war ein deutscher Dichter der Barockzeit. Das ›Ännchen von Tharau‹ ist von ihm und Kirchenlieder wie ›Ich bin ja, Herr, in deiner Macht‹ hat er auch geschrieben.«

»Dass das von Dach ist, hätte ich nie gedacht«, kommentierte Schneeganß das Gehörte. »Aber woher die Boxhagener Straße ihren Namen hat, weiß ich: Boxhagen war mal ein Dorf am Rande Berlins.«

»Ja, wie sagte meine Großmutter immer: Man wird alt wie eine Kuh und lernt immer noch dazu.«

Damit kamen sie an dem Mietshaus an, in dem Jan Wetschen wohnte, und staunten, dass es nur wenig mit schlechten Graffiti besprüht war.

Als sie geklingelt hatten, war der junge Mann kaum überrascht, sie vor sich zu sehen. Sie zückten ihre Dienstmarken.

»Herr Wetschen, Sie ahnen, weswegen wir hier sind … Dürfen wir eintreten?«

»Wenn's sein muss. Aber ich habe Ihren Kollegen doch alles gesagt und auch schon gestanden, dass ich diesem Doktor Rietzel die Reifen zerstechen wollte.«

Schneeganß übte sich in Gelassenheit. »Schon, aber wir kommen von der Mordkommission …«

»Ich habe dieses Arschloch nicht vor den Zug gestoßen!«, schrie Jan Wetschen. »Der ist vor mir weggelaufen, hat das Gleichgewicht verloren und ist auf die Schienen gefallen.«

»Es geht uns auch gar nicht um Doktor Rietzel«, suchte Jessica Schamp mit ihrer ruhigen Art zu schlichten. »Es geht uns um Simon Kesseling.«

Jan Wetschen war nicht so leicht ruhigzustellen. »Der Kesseling, der war für mich ein zweiter Kesselring!«

»Was für 'n Kesselring?« Schneeganß verstand nun gar nichts mehr. »Das müssen Sie uns erklären. Aber setzen wir uns erst mal.«

Das war aber gar nicht so einfach, denn Jan Wetschen schien ein echter Messie zu sein, und er musste erst einigen Krempel wegräumen, bevor sie drei Sitzgelegenheiten gefunden hatten.

»Albert Kesselring war ein Obernazi«, erklärte ihnen Jan Wetschen dann. »Generalfeldmarschall bei Adolf Hitler, und hat 1944, was das Schlimmste ist, in Italien Hunderte von Geiseln erschießen lassen.«

Jessica Schamp nickte. »Das ist ein schreckliches Kriegsverbrechen gewesen, ohne Frage, aber Kesseling ist doch nicht Kesselring!«

»Aber die PGD ist eine rechtspopulistische Partei, und ihren Führern muss man rechtzeitig das Handwerk legen, ehe sie ein zweiter Hitler werden können.«

Schneeganß fixierte den jungen Ultra. »Und darum haben Sie Doktor Rietzel die Reifen zerstochen und ihn auf dem U-Bahnhof attackiert und davor Simon Kesseling erschossen!?«

»Das mit den Reifen gebe ich ja zu, alles andere aber entspringt nur Ihrer Fantasie!«, rief Jan Wetschen.

»Und wie sieht es bei Simon Kesseling mit Ihrem Alibi aus?«, fragte ihn Jessica Schamp nun und nannte Tag und Stunde.

Jan Wetschen überlegte langte und sah auch noch auf seinem Smartphone nach. »Da war ich hier zu Hause …«

»Allein?«

»Ja.«

Schneeganß schrieb etwas in sein Notizbuch. »Ein belastbares Alibi ist das wohl nicht.«

DREIZEHN

Suad Demirköy war schon acht Jahre Busfahrer bei den Berliner Verkehrsbetrieben, und hätte es einen Preis für den freundlichsten Busfahrer Berlins gegeben, wäre er ein heißer Anwärter gewesen. Er stieg oft aus, um Behinderten in seinen Eindecker zu helfen, er wartete geduldig, wenn ältere Leute umständlich in ihrem Portemonnaie kramten und die 2,80 Euro für die Einzelfahrt mit einem Berg von 10-, 20- und 50-Centmünzen beglichen, er fragte seine Fahrgäste per Mikrofon, ob sie helfen könnten, wenn einer in einen Berliner Ortsteil wollte, von dem er, geboren in Istanbul, noch nie etwas gehört hatte, er fuhr nicht grinsend los, wenn er in weitem Abstand jemanden, der noch mitkommen wollte, in Richtung Haltestelle rennen sah, und er erklärte oft mit einem lockeren Spruch das Besondere einer Gegend, durch die sie gerade fuhren.

Heute saß er hinter dem Steuer eines Busses der Linie 255, die zwischen Weißensee, Schwarzelfenweg und dem U-Bahnhof Osloer Straße pendelte und für eine Fahrt 41 Minuten brauchte. Vorausgesetzt es gab keinen Stau – wie zum Beispiel jetzt, als er von der Straße Am Steinberg in die Prenzlauer Promenade abgebogen war.

Alles wollte stadtauswärts auf den Autobahnzubringer. Es dauerte und dauerte, bis sie die Haltestelle Binzstraße erreichten, und er verspürte wieder einmal den Impuls, den Frust seiner Fahrgäste ein wenig abzubauen.

»Wenn Sie nun glauben, dass die Binzstraße nach dem bekannten Ostseebad benannt worden ist, dann irren Sie sich, denn Namensgeber war der Fußballnationalspieler Manfred Binz von der Frankfurter Eintracht.«

Viele Lacher gab es nicht, obwohl sein Bus gut gefüllt war, denn die große Zeit von Manni Binz war schon lange vorbei. Endlich konnte er von der Prenzlauer Promenade in die Kissingenstraße abbiegen, und kurz vor der Lohmestraße zog er wieder sein Mikrofon zu sich heran.

»Links sehen Sie das Gebäude des Amtsgerichts Pankow/Weißensee, und wer sich gern nach sieben Jahren Ehe von seiner Frau scheiden lassen will, der steige hier aus und melde sich.«

Gerade hatte er das gesagt, da zersplitterte links neben ihm die Fensterscheibe. Jemand hatte auf ihn geschossen.

*

Gunnar Schneeganß und Jessica Schamp blätterten in alten Akten. Der Grund dafür war der Anruf eines älteren Kollegen.

»Wir haben herausgefunden, wer in der Kissingenstraße auf den BVG-Bus geschossen hat. Das ist ein gewisser Mike Malinowski gewesen, und mir ist so, als hätten wir vor ein paar Jahren schon einmal etwas mit dem zu tun gehabt. Vielleicht irre ich mich, aber ich glaube mich zu erinnern, dass er damals auf diesen Simon Kesseling vom ›Glücklichen Deutschland‹ geschossen hat.«

Gunnar Schneeganß hätte diese Spur gar nicht weiterverfolgt, wenn er nicht darauf gestoßen wäre, dass dieser Mike Malinowski, bevor er in die Kissingenstraße umgezogen war, in der Greifenhagener Straße gewohnt hatte – und zwar genau gegenüber dem Partyservice von Simon Kesseling. Als er Jessica Schamp das erzählte, hatte sie sofort die passende Arbeitshypothese parat.

»Malinowski schießt von seinem Fenster aus auf Simon Kesseling. Der zeigt ihn an. Malinowski wandert in den Knast, schwört Rache und bringt Kesseling schließlich um.«

Gunnar Schneeganß konnte das Minuten später widerlegen, als er das entsprechende Protokoll gefunden hatte. »Er hat damals gar nicht auf Kesseling gezielt, sondern nur dessen Schaufensterscheibe zerschossen, und in den Knast ist er auch nicht gekommen, sondern nur zu einer Geldstrafe und zu einigen Tagen sozialer Arbeit verurteilt worden.«

»Trotzdem.« So schnell wollte Jessica Schamp nicht aufgeben. »Und wenn bei ihm nun eine pathologische Rachsucht vorliegt? Da kann bei ihm tiefenpsychologisch eine Störung vorliegen, von der wir keine Ahnung haben.«

»Ja klar«, höhnte Gunnar Schneeganß. »Und da schießt er in Pankow auf den Busfahrer, weil der ihm früher mal direkt vor der Nase weggefahren ist. Vermutlich wollte er zur großen Liebe seines Lebens und ist zu spät gekommen, womit alles aus war.«

Jessica Schamp ließ sich nicht abschrecken. »Wir sollten uns diesen Mike Malinowski dennoch mal ansehen.«

»Ja, ich würde zwar jederzeit zur Kur nach Bad Kissingen fahren, aber nicht wegen dieses irrwitzigen Verdachts in die Kissingenstraße.«

»Dann lassen wir den Mann doch herkommen. Du bist doch der, der immer zu den Leuten nach Hause will, um aus deren Milieu auf mögliche Motive zu schließen.«

Gunnar Schneeganß lachte. »Okay. Das ist aber schon überraschend für mich, dass du dich plötzlich so sehr für einen Mann interessierst.«

»Eigentlich bist du ja schuld daran, ruf doch gleich bei der ›BILD‹-Zeitung an: ›Macho-Kollege heilt Lesbe von ihrer schweren Krankheit.‹«

Orlando und Emily saßen in einem kleinen Schöneberger Offkino und sahen sich den ersten vollständig von Peter Bogdanovich inszenierten Spielfilm an: »Bewegliche Ziele«, im Originaltitel »Targets«. Dies im Format Originalfassung mit Untertiteln, weil sie zugleich auch ihr Englisch verbessern wollten. Ihre primären Gründe für diesen Kinobesuch waren allerdings andere: Emily als Erzieherin wollte gern etwas über die *Waffensucht* erfahren, die sie bei ihren Jungen immer wieder erlebte, und bei Orlando war das Interesse an diesem Thema durch die Berichte über die Schüsse auf den Bus in der Kissingenstraße geweckt worden.

Schnell war ihnen klar geworden, dass der Film zwei Ebenen hatte: Da war einmal der alte Schauspieler Byron Orlok, verkörpert von Boris Karloff, und zum anderen der junge Bobby Thompson, gespielt von Tim O'Kelly. Die Szenen mit Byron Orlok interessierten sie wenig, wichtig war für sie allein, was Bobby Thompson tat. Der lebt mit seiner Frau, die Krankenschwester ist, bei seinen Eltern. Alles geht sehr kleinbürgerlich zu, und man sitzt meistens vor dem Fernseher. Eines Tages kauft sich Bobby Thompson ein Gewehr, fährt mit ihm im Koffer nach Hause und macht dort mit seinem Vater Schießübungen. Alles ist amerikanische Normalität, bis Bobby Thompson sagt, er habe *worrying thoughts*, im Untertitel *besorgniserregende Gedanken*. Aber niemand nimmt ihn ernst. Da erschießt er zuerst seine Frau, als die nach Hause kommt, dann seine Mutter und einen Nachbarn. Danach fährt er mit einem ganzen Sack voller Gewehre zu einer Raffinerie, die an einer stark befahrenen Straße liegt, steigt dort auf das Dach und erschießt von dort aus wahllos Autofahrer.

Als beide dann aus dem Kino kamen und sich zum Absacker in ein Restaurant setzten, hatten sie viel zu diskutieren.

»Neulich bin ich einmal spätabends an einem Gartenlokal vorbeigegangen, und da hatten sie gerade italienische Nacht«, erinnerte sich Orlando. »Überall hingen Ketten mit bunten Glühbirnen. Und weißt du, was ich da gedacht habe?«

Emily lachte. »Dass ich bei dir wäre, und wir reingehen könnten.«

»Ja, das auch ... Aber nein: Ich habe mir vorgestellt, dass ich ein Gewehr bei mir habe und eine Birne nach der anderen zerschieße. Dabei bin ich nicht einmal mit Old Shatterhand und seinem Henrystutzen und Winnetou mit seiner Silberbüchse aufgewachsen. Ich habe Karl May nicht gemocht, der war etwas für meinen Großvater.«

»Hm ... Und dennoch ...?« Emily begann nachzudenken. »So etwas hört man nur von Männern. Aber nicht von Frauen.«

»Doch, doch!«, widersprach Orlando ihr. »Denk mal an das Musical ›Annie get your gun‹ mit der Wildwest-Show-Kunstschützin Annie Oakley in der Titelrolle.«

»Das ist die absolute Ausnahme!«, rief Emily. »Und bei mir in der Kindertagesstätte gibt es kein einziges Mädchen, das wild darauf ist, mit einer Pistole herumzufummeln und die anderen mit ihren Knallplätzchen in Angst und Schrecken zu versetzen. Das sind ausschließlich die Jungen. Mit einer Pistole in der Hand fühlen sie sich schon als Männer, auch wenn die nur ein Spielzeug aus Plastik ist. Sie können sich mit ihren Helden identifizieren, die sie von ihren Computerspielen her oder aus dem Fernsehen kennen. Mit einer Waffe in der Hand fühlt man sich stark und den anderen überlegen. Das gibt ihnen die Sicherheit, die ihnen sonst abgeht.«

»Klar.« Orlando machte sich ein wenig über sie lustig, indem er in den Psychologenjargon verfiel. »Mit ihren für die anderen bedrohlichen Selbstinszenierungen leben sie ihre Allmachtsfantasien aus und bewältigen ihre inneren Ohnmachtserfahrungen.«

Emily reagierte ein wenig verschnupft. »Das stimmt alles, da brauchst du dich gar nicht drüber lustig machen. Wenn die Jungen Actionserien mit ihren Waffen nachspielen, dann ist das das passende Rollenspiel, mit denen sie Männlichkeitsbilder ausprobieren und sich von den Mädchen absetzen können. Wir Frauen sind es, die Waffen total ablehnen.«

»Jaja …« Orlando kam von seinem spöttelnden Ton nicht mehr weg. »Bertha von Suttner hat ja schon vor dem Ersten Weltkrieg ausgerufen: ›Die Waffen nieder!‹ Und mit welchem Riesenerfolg.«

»Trotzdem bleibt das richtig.«

»Okay. Aber darf ich noch das Wort als Waffe benutzen?«

»Ja, aber nicht, wenn es um Erdogan geht.«

»Evet, doğru.«

*

Gunnar Schneeganß und Jessica Schamp konnten Mike Malinowski, so wie es geplant war, schlecht ins Landeskriminalamt 1 in die Keithstraße bitten, weil er inzwischen in der Untersuchungshaftanstalt Moabit einsaß. Da Suad Demirköy durch herumfliegende Glassplitter im Gesicht verletzt worden war, und zwölf Fahrgäste bei seiner Notbremsung teils schwere Verletzungen davongetragen hatten, war dem Untersuchungsrichter nach Paragraf 224 Strafgesetzbuch (Gefährliche Körperverletzung) und Paragraf 315 Strafgesetzbuch (Transportgefährdung) nichts weiter übrig geblieben, als ihn aus dem Verkehr zu ziehen, zumal er wegen seiner »Voreintragungen« als Wiederholungstäter gelten konnte.

Während ihrer Fahrt nach Alt-Moabit konnte Jessica Schamp von ihrem Lieblingsspielzeug nicht lassen und fand per Smartphone einiges über die Justizvollzugsanstalt Moabit heraus.

»Als Königliches Untersuchungsgefängnis zwischen 1877 und 1881 errichtet. Heute 971 Haftplätze in vier Teilanstalten. Prominente Gefangene unter anderem: Wolfgang Borchert, Ernst Thälmann, Karl Liebknecht, Ernst Busch, Fritz Teufel, Horst Mahler, Andreas Baader, Martin Niemöller, Erich Mielke und Erich Honecker.«

Gunnar Schneeganß grinste. »Für dich als ehemalige Bürgerin der DDR muss das schmerzhaft sein, dass auch die beiden Letztgenannten in Moabit eingesessen haben, wo es West-Berlin bei euch offiziell gar nicht gab, wir waren doch auf euren Karten nur ein weißer Fleck.«

»Ich war zu jung, um irgendwie schuldig zu werden«, wich sie ihm aus.

Ihr Kollege wechselte lieber das Thema. »Ob der Mörder von Simon Kesseling schon so prominent ist, dass er auf deiner Liste dazukommt?«

»Nur, wenn er jetzt schon einen Namen hat«, antwortete sie nach kurzem Nachdenken.

»Das wäre ja von unseren Kandidaten nur der Doktor Rietzel«, fand Gunnar Schneeganß. »Zähl doch mal auf, wen wir außer dem so alles auf dem Schirm haben.«

»Tessa Wisotzki, Kesselings Nachbarin. Tatmotiv: verschmähte Liebe.«

Gunnar Schneeganß winkte ab. »Ach komm, das Leben ist keine Seifenoper.«

»Titus Wrist, Kesselings Angestellter bei seinem Partyservice. Tatmotiv: Will selber Firmenchef werden.«

»Nee, das ist mir zu dünn.«

Jessica Schamp nannte jetzt den Namen Simona Nawrocki. »Tatmotiv: Sehe ich nicht.«

Gunnar Schneeganß lachte. »Geht mir genauso, aber gerade das spricht gegen die Dame.«

»Kevin Krüger haben wir noch«, fuhr die Kollegin fort. »Tatmotiv: dunkle Triebkräfte im erotisch-sexuellen Bereich. Weist du mich ab, soll dich auch kein anderer haben.«

Gunnar Schneeganß wiegte seinen Kopf hin und her. »Das ist nicht meine Welt, klingt aber überzeugend. Also ist das unser Favorit?«

Jessica Schamp widersprach ihm. »Als den würde ich immer noch diesen Thorben Lucka sehen. Tatmotiv: späte Rache für früher erlittene Demütigungen.«

Gunnar Schneeganß nickte. »Das sehe ich auch so. Und wenn er es nicht war, warum ist der dann untergetaucht?«

»Tja …?« Jessica Schamp erinnerte sich nun an die anderen Spuren, denen sie nachgegangen waren. »Dass Simon Kesseling mit dem Kinderschänder – wie hieß er noch mal? – Ruben Röderland verwechselt worden ist …? Nee! Dass dieser Jan Wetschen es war, der dem Doktor Rietzel die Reifen zerstochen hat? Scheint mir zu weit hergeholt.«

»So geht es mir mit diesem Mann auch, der auf den Bus in Pankow geschossen hat«, fügte Gunnar Schneeganß hinzu. »Aber: möglich ist alles. Mein Vater hat immer gesagt: ›Ich habe schon Pferde vor der Apotheke kotzen sehen‹.«

»Pfui, was hast du denn für'n Elternhaus gehabt?«

Gunnar Schneeganß verfiel in tiefes Nachdenken. »Malinowski …? Malinowski …? Irgendwie ist mir doch der Name schon mal untergekommen. Sicher irgendein russischer General.«

»Nein, ein polnischer Sozialanthropologe«, fand Jessica Schamp mithilfe ihres Smartphones heraus. »Geboren 1884 in Krakau, gestorben 1942 in New Haven. Hat sich mit den Eingeborenen auf den Trobriand-Inseln beschäftigt und den Kula-Tausch beschrieben. Wenn man etwas geschenkt bekommt, muss man seinerseits dem Schenkenden innerhalb eines bestimmten Zeitraumes etwas Entsprechendes sozusagen zurück schenken.«

»Das ist ja so wie bei uns.«

»Was soll unser Malinowski uns schon schenken?«, fragte sich Jessica Schamp.

»Na, hoffentlich neue Erkenntnisse im Fall Kesselling.«

Als sie Mike Malinowski dann in einem Besprechungszimmer der JVA Moabit gegenübersaßen, hatten sie allerdings bald das Gefühl, dass das nicht geschehen würde.

»Ja, ick habe auf diesen scheiß Bus jeschossen, weil mich die jelben Dinga da mit ihre Jeräusche den janzen

Tach über nerven tun, aba mit diesem Kesseldingsda hab ick nüscht am Hut.«

Jessica Schamp fixierte ihn. »Aber Sie haben ihm doch, als Sie noch in der Greifenhagener Straße gewohnt haben, die Schaufensterscheibe zerschossen – oder?«

»Klar, aba dit is ja nu schon Jahre her und längst anjehakt bei mir. So nachtrachend bin ick nich.«

Sie mussten das so hinnehmen, und auch die Frage nach seinem Alibi brachte nicht viel, was sich Jessica Schamp notieren konnte.

»Kann ick ma nich dran ainnan, wat da war. Steht doch ooch inne Bibel, wa: Niemand kennt Tach noch Stunde. Da hab ick sicha mein'n Nordhäuser Doppelkorn intus jehabt und sanft jeruht.«

VIERZEHN

Orlando war unter dem Einfluss Emilys wieder zur Juristerei zurückgekehrt und hatte sich daher mit einer Frage zu beschäftigen, die ihnen im Oberseminar der Herr Professor quasi als Hausaufgabe aufgegeben hatte:

»Meine Damen und Herren, inzwischen steht ja in allen Zeitungen, dass auf Simon Kesseling im Bereich des Potsdamer Platzes ganz offenbar ein erstes Attentat ausgeführt werden sollte, das dann allerdings gescheitert ist, weil der Attentäter, kurz bevor er seine Kugel abfeuern wollte, von der Tat zurückgetreten ist, warum auch immer. Das sollte Sie alle anregen, sich einmal intensiv mit dem entsprechenden Paragrafen zu beschäftigen. Bei unserer nächsten Sitzung werde ich mir daher erlauben, Sie nach Ihrer Meinung zu fragen.«

Orlando brütete nun über dem Paragraf 24 Absatz I Strafgesetzbuch – Rücktritt des Alleintäters. Auszugehen war ja nach allem, was nachzulesen war, dass es sich wirklich um einen einzelnen Täter gehandelt hatte. Aber 100 Prozent sicher war das auch nicht. Egal. Es war nach Rücktrittsvoraussetzungen und nach dem Rücktrittshorizont des Mannes zu fragen. Als unbeendet galt ein Tötungsversuch, wenn der Täter nach seiner subjektiven Vorstellung noch nicht alles Erforderliche getan hatte, um die Verwirklichung des Tatbestandes herbeizuführen.

»Ist das ein Mist alles!« Orlando verstand nicht, was das Gesetz da meinte. Der Täter hatte seine Pistole schon auf Kesseling gerichtet gehabt, also alles Erforderliche getan, um die Verwirklichung des Tatbestandes herbeizuführen, also den PGD-Anführer zu töten. Oder wäre »alles Erforderliche« erst der Schuss selbst gewesen – und nicht schon das Richten der Waffe auf das potenzielle Opfer?

Orlando sah sich als Strafrichter in einem der großen Säle im Kriminalgericht Moabit sitzen und sich den Schweiß von der Stirn wischen.

Genügte das bloße Aufgeben der weiteren Tatausführung, weil man beispielsweise Gewissensbisse hatte, um straffrei auszugehen?

Wenn Orlando die ihm vorliegenden Kommentare richtig verstand, beinhaltete Paragraf24 I Strafgesetzbuch drei mögliche Varianten. Der Alleintäter konnte a) entweder durch das Aufgeben der Tat oder b) durch das Verhindern der Vollendung oder c) durch das ernsthafte Bemühen um »Vollendungsverhinderung« zurücktreten.

Gott, wie sollte er wissen, was beim Kesseling-Täter wirklich den Ausschlag gegeben hatte? Wahrscheinlich war das so wie bei dem alten Witz über seine Zunft: »Drei Juristen, vier Meinungen.«

Gerade war er dabei, das Strafgesetzbuch wutentbrannt gegen die Wand zu werfen, da klingelte sein Festnetztelefon. Schnell riss er das Gerät aus der Konsole. Es war Martin Nehmer.

»Du, Orlando, kommst du mit zu einer Lesung?«

»Was denn: in den Bundestag? Erste Lesung über das Gesetz zur Minderung des Nitratgehalts im deutschen Grundwasser?«

»Nein, Randolf Rockenfeld, ›Das Beste aus 50 Jahren‹, in der ›Dorotheenstädtischen Buchhandlung‹ in der Turmstraße.«

»Na gut!«, rief Orlando. »Obwohl mir Rockendorf lieber wäre als Rockenfeld.« Sein Großvater schwärmte noch immer von gelegentlichen Besuchen in Siegfried Rockendorfs Zwei-Sterne-Restaurant in Berlin-Waidmannslust.

»Nun, was Rockendorf für die Kochkunst war, das ist Rockenfeld für den deutschen Krimi«, begann Martin Nehmer zu schwärmen.

»Wer kennt und liest denn heute noch Randolf Rockenfeld?«, hielt Orlando dagegen.

Martin Nehmer ließ sich nicht beirren. »Er ist der Nestor der Krimischreiberzunft, und ich will von ihm noch was lernen.«

Orlando notierte sich die genaue Zeit und den Ort der Lesung und rief dann, nachdem er sich von Martin Nehmer verabschiedet hatte, bei Emily an, ob die nicht auch Lust hatte mitzukommen.

»Mit dir doch immer überall hin, obwohl mir meine Mutter, die ist ja Lehrerin, gestern erzählt hat, was es mit diesem Orlando auf sich hat, also mit dem bei Virginia Woolf. Erst ist er ein junger Adliger in England am Hofe von Elisabeth I., dann geht er nach Konstantinopel, erwacht da als Frau und heiratet eine Tänzerin.«

»O my God!«, rief Orlando in der Stimmlage einer Soubrette. »Ich habe mir gestern bei ›Hennes & Mauritz‹ auch schon Frauenkleider gekauft.«

»Okay, dann fliegen wir eben als lesbisches Paar nach Orlando.«

»Zur Lesung kannst du mit der U-Bahn bis Turmstraße fahren oder mit dem 187er-Bus bis fast vor die Haustür, Haltestelle Turm-, Ecke Rathenower Straße.«

»Gut, ich komme. Vielleicht hat dieser Randolf Rockenfeld auch Kinderkrimis geschrieben, aus denen ich meinen lieben Kleinen etwas vorlesen kann.«

Nachdem er Emily abgehakt hatte, überlegte Orlando, ob die besagte Lesung nicht auch etwas für seinen Großvater sein könnte, schließlich waren die beiden etwa im selben Alter. Also rief er in Tegel an.

Mannhardt zeigte sich anfangs wenig begeistert. »Ich mag keine Kriminalromane. Wer so viele Dienstjahre in echt hinter sich hat, der braucht keine Fantasieprodukte mehr, um zu wissen, was Sache ist.«

»Aber es geht doch auch um den literarischen Genuss«, argumentierte Orlando.

Mannhardt lachte. »Für den ist bei uns Heike zuständig.«

»Dann soll die doch auch mitkommen!«, rief Orlando ganz spontan.

Das tat Heike Hunholz dann auch, zumal sie zu Rockenfelds 60. Geburtstag für den Funk etwas über ihn gemacht hatte.

So hielten sie also zu fünft Einzug in die »Kunsthalle« der »Dorotheenstädtischen Buchhandlung«, einer kleinen Galerie hinter dem eigentlichen Ladengeschäft mit einem Zugang von der Pritzwalker Straße aus. Orlando lobte sich selber, dass er die Seinen zum Mitkommen bewegt hatte, denn sie bildeten, obwohl der Eintritt frei war, die Hälfte des gesamten Publikums.

In der hinteren rechten Ecke des Raumes war ein Tisch mit Gläsern und Getränken vom Mineralwasser mit Kohlensäure bis zum Rot- und Weißwein aufgebaut, und alle deckten sich erst einmal ein.

»Da freue ich mich ja schon darauf, wenn du hier deinen ersten Kriminalroman vorstellst«, sagte Orlando zu Martin Nehmer.

Während sie auf das Erscheinen des Autors warteten, diskutierten sie natürlich über den ungelösten Fall Simon Kesseling. Favoriten als Täter waren dabei Doktor Rietzel, sein Nachfolger als Parteivorsitzender, und Thorben Lucka, sein untergetauchter Schulfreund, aber auch Simona Nawrocki und Titus Wrist wurden genannt.

Um 20.00 Uhr sollte die Lesung programmgemäß beginnen, aber um 20.10 Uhr war Randolf Rockenfeld immer noch nicht erschienen.

»Das wird Absicht sein«, vermutete Heike Hunholz. »Wer zu spät kommt, den bestraft das Leben nicht, der hat höhere Aufmerksamkeitswerte zu erwarten.«

»Unsere Professoren haben das schon lange gewusst«, sagte Orlando. »Die mit ihrer akadämlichen Viertelstunde.«

»Aber Autoren sind doch immer viel zu früh da«, konnte sich Martin Nehmer erinnern. »Die einen müssen vorher noch auf die Toilette, die anderen wollen schon vorher signieren, damit sie nach ihrer Lesung schneller nach Hause kommen.«

Es vergingen noch einmal fünf Minuten, dann erschien Klaus-Peter Rimpel, der Hausherr vorn am Tisch mit Mikrofon und Wasserglas.

Martin Nehmer klatschte Beifall. »Wir von der Innung verehren ihn alle als Heiligen, denn er hält bisher allen großen Ketten stand und veranstaltet regelmäßig Lesungen, auch mit Kolleginnen und Kollegen, die noch keiner kennt oder die längst in Vergessenheit geraten sind.«

»Herzlich willkommen, liebe Gäste und Gästinnen«, begann Klaus-Peter Rimpel seine kleine Rede. »Randolf Rockenfeld hat mich gebeten, für die kleine Verzögerung um Verzeihung zu bitten. Er hatte gedacht, seine Lesung würde in unserer Filiale in Spandau stattfinden und war schon auf dem Wege dorthin, als er in der U-Bahn noch einmal einen Blick auf unseren Flyer geworfen hat. Ich habe ihm gesagt, dass er sofort aussteigen und sich eine Taxe hierher nehmen soll. Hallo, da ist er ja!«

Randolf Rockenfeld verbeugte sich, nahm die Ovationen der wenigen Zuhörer dankbar zur Kenntnis, legte sein Buch »Das Beste aus 50 Jahren« auf den runden und etwas wackligen kleinen Tisch, versank im viel zu niedrigen Sessel und beugte sich vor zum Mikrofon.

»Ich bitte um Vergebung, aber ich hatte nur ›Turm‹ im Kopf und habe da an die Zitadelle in Spandau gedacht, dabei war aber die Turmstraße hier gemeint. Das ist noch kein Zeichen von Demenz, das ist nur die Folge davon, dass wir Menschen aus der Kreativszene sehr stark von unseren Assoziationen gesteuert werden.« Damit hielt er sein Buch hoch, dessen Cover zwei Fotos zierten: Randolf Rockenfeld mit 20 und mit 70 Jahren. »›Das Beste aus 50 Jahren‹ beim besten Buchhändler in all den 50 Jahren.« Damit stand er auf, dankte Klaus-Peter Rimpel und umarmte ihn lange.

»Schade, dass da das Fernsehen nicht dabei ist«, fand Emily.

Dann begann Randolf Rockenfeld mit seiner ersten Kurzgeschichte.

***

Drei Teller Suppe

Es war eine Nachbarin, die bei der Polizei in Potsdam anrief. »Sehen Sie mal in der Villa Ingersleben nach, Virchowstraße. Da sind die Vorhänge zugezogen, und vorhin hab ich zwei Männer auf der Terrasse gesehen. So komische Gestalten. Ich habe Angst, dass sie Ingersleben in ihre Gewalt gebracht haben. Vielleicht sehe ich zu viel fern, aber wenn das keine Entführung ist, dann …«

Die Sache landete bei Bergzow, einem Ersten Kriminalhauptkommissar. Er hörte sich um, aber keine

Dienststelle wusste etwas. Anrufe von etwaigen Entführern gab es keine. Andererseits war Siegfried Ingersleben Vorsitzender der EUROMAG in Ludwigsfelde und somit als potenzielles Opfer bestens geeignet. Außerdem war heute Freitag, der 13., und Bergzow glaubte an das, was die Wissenschaft als sich selbst erfüllende Prophezeiung bezeichnete. Er holte Wesenberg aus der Kantine und fuhr mit ihm zum Griebnitzsee hinaus.

Vor der Villa angekommen, wussten sie nicht so recht, was sie tun sollten. Da aber die Anruferin mit hoher Wahrscheinlichkeit Opfer ihrer ausufernden Fantasie geworden war, klingelten sie ganz einfach. Man musste nicht immer alles komplizierter machen, als es war.

Doch drinnen regte sich nichts.

»Keiner da«, sagte Wesenberg.

»Sprechen *Sie* mal, wenn Sie einen Knebel im Mund haben und an die Heizung gekettet sind. Oder man eine Maschinenpistole auf Sie gerichtet hat.« Bergzow wurde dafür bezahlt, immer mit dem Schlimmsten zu rechnen, und so rief er seine Vorgesetzten an, damit die einen SEK-Trupp in Marsch setzten.

Das Sondereinsatzkommando rückte an und sorgte dafür, dass die Glaser und Tischler in Potsdam und Umgebung in den nächsten Tagen wieder Arbeit hatten. »Kein Mensch mehr im Haus!«, schrie der Einsatzleiter, aber alles deutete darauf hin, dass wirklich Gangster in die Villa Ingersleben eingedrungen waren und den Topmanager entführt hatten. Es musste einen heftigen Kampf gegeben haben. Einiges Geschirr war zu Bruch gegangen, und auf dem Boden lagen umgestürzte Stühle. Auch eine Rolle mit Klebeband und die Reste einer Wäscheleine wurden gefunden.

Was auf dem Küchentisch und auf der Herdplatte stand, ließ darauf schließen, dass die Täter und ihr Opfer noch mindestens zwei Mahlzeiten eingenommen hatten, bevor sie abgezogen waren.

Bergzow überlegte. »Eigentlich Zeit genug für einen so intelligenten Menschen wie Ingersleben, uns einen kleinen Hinweis zu geben … Auf den Ort, wo sie ihn hinbringen wollten, inzwischen wohl auch hingebracht haben. Wenn er denn mitbekommen hat, was gesprochen wurde. Hoffen wir mal …«

»Ich sehe nichts Auffälliges«, sagte Wesenberg.

»Ich leider auch nicht«, musste Bergzow zugeben. Dann fiel sein Blick auf die Spüle, und er hatte sein Aha-Erlebnis. »Sehen Sie die drei Teller da: wie fein säuberlich die ausgerichtet sind. Das kann kein Zufall sein. In zweien ist Erbsensuppe und in einem nur Wasser.«

»Ja, und?«

»Mensch, Wesenberg, das ist es doch! Jetzt wissen wir genau, wo Ingersleben steckt.«

»Das verstehe ich immer noch nicht …«

»Mensch!«, rief Bergzow. »Wassersuppe, eine Gemeinde am nördlichen Ufer des Hohennauener-Ferchesarer Sees gelegen, meine Tante Gerda ist dort auf die Welt gekommen. Ich war da öfter zu Besuch, und in einem Haus am Bollwerksweg haben sich immer finstere Gestalten herumgetrieben.«

Und er sollte recht haben. Ein Spezialeinsatzkommando rückte an, stürmte das besagte Haus in 14715 Wassersuppe und befreite Siegfried Ingersleben.

***

Man klatschte anhaltend, und Martin Nehmer fand die Geschichte durchaus originell. »Man könnte fast neidisch werden.«

»Da möchte ich gleich am Sonnabend einen Ausflug hin machen, nach Wassersuppe am Hohennauener-Ferchesarer See«, wünschte sich Mannhardt.

Orlando lachte. »Ja, und beim Baden finden wir den Kesseling-Mörder. Er war mit diesen finsteren Gestalten am Bollwerksweg befreundet und hatte sich dort versteckt.«

*

Thorben Lucka verlor allmählich das Gefühl für seine wahre Identität. Immer öfter fühlte er sich absolut leer und verloren. Er wusste in diesen Phasen nicht, was er tun sollte, wer er war und wo er war. Sein Leben erschien ihm bedeutungs- und zwecklos. Von seiner Fassade her war er ein Kraftkerl, aber er fühlte sich krank und schwach. In Berlin wäre es ihm vielleicht gelungen, das zu kompensieren, indem er sich in seiner Gruppe als wichtiger Macher inszeniert hätte, aber hier, am Rande von Mirow, war er oft tagelang allein. Jörg Golumbiewski kam nur ab und an einmal vorbei, um ihm seinen Lohn auszuzahlen, etwas zu essen zu bringen und zu sehen, wie weit er mit der Renovierung seines »Landsitzes« vorangekommen war.

»Ick hab alle meine Freunde azählt, det da bei mir uff'm Bau 'n Pole arbeitet«, hatte ihm Golumbiewski berichtet.

Thorben Lucka war das recht, denn fuhr er einmal in das Landstädtchen hinein, brauchte er nicht viel zu sprechen. Und ein bisschen Polnisch konnte er auch, hatte doch seine Berliner Clique oft mit polnischen Banden zu tun gehabt, die in Deutschland gestohlene Autos in Länder östlich der Oder brachten. Guten Tag – dzień dobry. Ich hätte gern ... – chciałbym ... Danke – dziękuję. Auf Wiedersehen – pożegnanie. Bald hieß es in den Läden in Mirow, wo er sich sein Bier und seine Schokoriegel kaufte, nur noch: »Das ist Golumbiewskis Pole.« Nur eine deutsche Zeitung wagte er sich nicht zu kaufen. Was sollte ein Pole, der keine drei Worte Deutsch sprach damit anfangen? Für Thorben Lucka war das hart, denn zu gern hätte er gewusst, was über den Fall Simon Kesseling berichtet wurde. Manchmal fischte er sich eine weggeworfene »Ostsee«-Zeitung aus einem Papierkorb, aber in der war nicht das zu finden, wonach er suchte.

Bei schönem Wetter gönnte sich Thorben Lucka auch einmal eine kleine Freude, setzte sich auf sein wieder instandgesetzes Rad und fuhr zum Baden an den Mirower See. Nach einiger Suche hatte er eine Stelle gefunden, an der er allein war. Er schwamm weit hinaus, konnte aber das Ganze nicht so recht genießen, weil er das Gefühl hatte, jeden Augenblick könnte ihm ein

Hai ein Bein abbeißen. Du tickst ja nich mehr sauba! Dann wieder wünschte er sich zu ertrinken, weil da die janze Scheiße wenichstens 'n Ende hätte. Doch er war ein viel zu guter Schwimmer, um irgendwie in Gefahr zu geraten.

Die ganze Zeit über hatte er auf der anderen Seite des Sees das Dach des Schlosses Mirow vor Augen. Er hatte keine Ahnung, ob das heute ein Hotel war oder ein Museum. Wenn man da aber ein Zimmer beziehen konnte, dann … Quatsch mit Soße! Mit seinen paar Euros in der Tasche hätte er das niemals bezahlen können. Wenn er aber das Geld gehabt hätte, das Simon Kesseling ihm nach dem Scheinattentat gezahlt hätte, wenn es denn geglückt wäre … Hätte, hätte, Fahrradkette!

Er drehte sich um, um zum Ufer zurückzuschwimmen. Als er schon wieder Boden unter den Füßen hatte, sah er, dass sich ein Mann an seinem Rucksack vergriff. Da machte sich ein archaischer Trieb in ihm breit, ein Reflex, das eigene Hab und Gut zu verteidigen, auch wenn es noch so wenig wert war. Er schnellte aus dem Wasser und schrie: »Finga weg, du Drecksau!« Der Dieb fuhr hoch und wollte weglaufen, rutschte auf dem nassen Gras aber aus und schlug lang hin. Schon war Thorben Lucka über ihm, drückte ihn fest auf den Boden und umfasste seine Handgelenke.

»So, Freundchen, jetzt ab zur Polizei!«

Beim Aussprechen des Wortes Polizei wurde Thorben Lucka aber schockartig klar, dass die dann auch seine Personalien haben wollte, und damit wäre er verloren gewesen, denn wahrscheinlich fahndete man schon intensiv nach ihm.

So gab er den jungen Mann wieder frei.

»Los, hau ab und lass dich hier nie wieda seh'n!«

*

Tessa Wisotzki saß an einem Artikel für ein Berliner Wochenblatt, Überschrift »Berliner Umbenenneritis auch in Wilmersdorf«. Es ging in der Hauptsache um den heutigen »Bundesplatz«, der 1875 als »Straßburger Platz« angelegt worden war. Am 16. März 1888 hatte man ihn dann nach dem eine Woche zuvor verstorbenen Kaiser Wilhelm I. in »Kaiserplatz« umbenannt. Auf ihm kreuzte die in Nord-Süd-Richtung verlaufende Kaiserstraße die in West-Ost-Verbindung verlaufende Margarethenstraße. Aus der Kaiserstraße machte man bei dieser Gelegenheit gleich die Kaiserallee, und die Margarethenstraße wurde zu zwei Straßen, der Detmolder und der Wex. Als man den Damm der Ringbahn aufgeschüttet hatte, wurde 1877 am südlichen Ende des damaligen Straßburger Platzes der Bahnhof »Wilmersdorf-Friedenau« eröffnet. 1938, als die Ringbahn längst elektrifiziert worden war, wurde er dann reduziert auf »Wilmersdorf«, obwohl der Ortsteil Friedenau weiterhin an ihn grenzte. Damit nicht genug: 1950 wurde aus der »Kaiserallee« die »Bundesallee«, weil West-Berlin seine Zugehörigkeit zum Bund betonen wollte, und aus dem S-Bahnhof »Wilmersdorf« 1992/1993, als die nach der Wende stillgelegte Ringbahn wieder fuhr, der

S-Bahnhof »Bundesplatz«. Man hatte um ihn herum so viel gebaut, ihn auch mit einem Autotunnel und einem U-Bahnhof versehen, dass die Leute vom »Buddelplatz« sprachen.

Dies alles musste Tessa Wisotzki zu einem Text verarbeiten, den auch Leserinnen und Leser ohne Abitur und Hochschulstudium und ohne großes Interesse für die Berliner Stadtgeschichte mit Vergnügen lesen würden. Schon bei der Überschrift war sie sich unsicher, ob das wirklich optimal war. Vielleicht war »Der Kaiser auf dem Buddelplatz?« besser als »Berliner Umbenenneritis auch in Wilmersdorf«?

Sie fuhr ihren Computer herunter, stand auf, ging hinüber in ihre Küche und brühte sich eine Tasse grünen Tee aus garantiert ökologischem Anbau auf. Dann setzte sie sich an den Tisch und studierte die Feuilletons mehrerer Tageszeitungen und der »ZEIT«. Die Kultur war ihre Droge.

Derart intellektuell gestärkt machte sie sich auf zu einem kleinen Spaziergang. Sie überquerte den Friedrich-Wilhelm-Platz, ging die Goßlerstraße hinunter und nahm Kurs auf den Ludwig-Barnay-Platz, benannt nach dem aus Ungarn stammenden Heldendarsteller und späteren Theaterleiter. Bis 1963 hatte er den Namen Laubenheimer Platz getragen und war Mittelpunkt einer legendären Künstlerkolonie gewesen. Die Liste derer, die seit 1927 hier am Platz und in den angrenzenden Straßen in vierstöckigen Mietshäusern gewohnt hatten, war lang, und viele von ihnen waren genuiner Bestandteil der deutschen Nationalkultur, etwa Wilhelm Reich,

Ludwig Renn, Robert Wolfgang Schnell, Ernst Schröder, Leonard Steckel, Manès Sperber und Aribert Wäscher. An etlichen Häusern gab es Gedenktafeln, meist in Weiß mit blauer Schrift, so für Ernst Bloch, Ernst Busch, Walter Hasenclever, Peter Huchel, Alfred Kantorowicz und Erich Weinert.

Nach Friedenau war diese Gegend das zweite Mekka für Tessa Wisotzki. Immer wieder hatte sie überlegt, ihre Kulturtour durch Friedenau bis hierher auszudehnen, denn vom Friedrich-Wilhelm- bis zum Ludwig-Barnay-Platz waren es nur knappe anderthalb Kilometer, aber es war zu befürchten, dass die meisten ihrer »Follower« damit überfordert gewesen wären. Dann aber eine Kultur-Tour II mit dem Treffpunkt U-Bahnhof Breitenbachplatz. Sie eilte nach Hause, um ihren Plan zu konkretisieren. Dabei murmelte sie Verse aus dem *Faust: »Geschrieben steht: »Im Anfang war das Wort!« / Hier stock' ich schon! Wer hilft mir weiter fort? / Mir hilft der Geist! Auf einmal seh' ich Rat / Und schreibe getrost: Am Anfang war die Tat!«*

Inzwischen war die Briefträgerin da gewesen, und Tessa Wisotzki fand Etliches in ihrem Kasten, darunter einen Brief mit ihrem Namen und ihrer Anschrift in komischen, legasthenisch-kindlichen Buchstaben. Nanu! Sie hatte keine Enkelin oder Nichte, die so unbeholfen schrieb. Sie sah nach dem Absender, und der lautete: Mister Unnbekant. Hm …? Sicher jemand, der sie vergackeiern wollte. Sie ging nach oben und öffnete den Brief mit einiger Vorsicht in der Küche. Was sie nun las, ließ sie aufschreien:

Du fätte Tussi du! Isch weis genauh, dasss du dem Kesseling gemordet hast, damit ganzes Berlin von dir redet. Mit deine fürung hast du das so geteimt, dass du am ende seine Leiche enddäckt hast. Isch hab gefülmt wie du hast erschoßen ihm und geh bei Pullizei, wen du nicht zahlen 20.000 euros. Ich wärde dir noch nennen verstäck.

*

Gunnar Schneeganß und Jessica Schamp waren mit kriminalistischem Kleinkram befasst und dementsprechend *nicht gut drauf*. Sie hatten im Fall Simon Kesseling auf ihrer Flipchart »Tatverdachtspunkte« verteilt, und da kamen auf die »Podiumsplätze«, wie er es ausdrückte, nach dem aktuellen Stand der Dinge die Herren Thorben Lucka, Kevin Krüger und Doktor Rainer Rietzel.

»Wenn wir herausfinden wollen, wo Thorben Lucka vielleicht stecken könnte, fragen wir doch einmal seine Lehrer und Klassenkameraden von damals«, hatte Schneeganß vorgeschlagen. »Seine heutigen Freunde schweigen sowieso. Und was diesen Kevin Krüger betrifft, da sollten wir uns einmal in der Bar umhören, in der er gearbeitet hat. Der kleinste Hinweis kann unter Umständen Gold wert sein. Am besten für uns wäre natürlich, wenn der Kesseling-Mörder eine zweite Tat begehen würde.«

Jessica Schamp verzog das Gesicht. »Das ist mir zu zynisch.«

»Wie willst du anders überleben, wenn du Jahrzehnte bei der Mordkommission bist. Also auf zur Simon-Kesseling-Grundschule?«

»Wohin?«

»Na, die werden doch die Schule, zu der wir hinwollen, längst nach ihrem größten Sohn benannt haben. So etwas gehört nun mal zum glücklichen Deutschland.«

Von der Keithstraße zur Grundschule am Barbarossaplatz waren es über die Straße An der Urania und der Martin-Luther-Straße rund zwei Kilometer, und die liefen sie lieber zu Fuß, als am Ziel mühsam nach einem Parkplatz zu suchen.

In der Schule fanden sie dann im Archiv das Klassenbuch der alten 6a und neben den Namen Simon Kesseling und Thorben Lucka noch weitere 27 Namen von Schülerinnen und Schülern, von denen ihnen auf den ersten Blick keiner etwas sagte. Dann aber fasste sich Schneeganß an den Kopf.

»Steyerberg, Steyerberg …?« Nach einigen Sekunden konnte er sich erinnern, dass seine Frau vor einiger Zeit einmal mit ihrer besten Freundin in der Galerie »Siegfried Steyerberg« gewesen war. »Guck doch bitte mal auf deinem Smartphone nach, ob es die wirklich gibt.«

Nach wenigen Augenblicken konnte Jessica Schamp melden, dass es in der Meierottostraße wirklich eine Galerie »Siegfried Steyerberg« gab.

Schneeganß bedankte sich. »Ich kenne einen Meier, Sepp, Torwart der Nationalmannschaft, aber einen Meier, Otto?«

Auch darauf hatte Jessica Schamp bald eine Antwort gefunden. »Meierotto, Johann Heinrich Ludwig, geboren 1742 in Stargard, Pommern, gestorben 1800 Berlin, Geograf, Pädagoge. Von 1760 bis 1762 Lehrer am Joachimsthalschen Gymnasium.«

»Aha, daher die Straße, die direkt hinter dem Joachimsthalschen Gymnasium von der Bundesallee abgeht. Dahin also wollen wir nun unsere Schritte lenken.«

»O my God, wie poetisch du dich ausdrücken kannst.«

»Na, wenn ich das Wort Gymnasium höre, kann ich nicht anders.« Er sah aus dem Fenster. Es war ein Sommertag, wie er auch auf Kreta nicht hätte schöner sein können. »Laufen wir, nehmen wir die Öffentlichen oder kämpfen wir um einen Dienstwagen?«

Jessica Schamp sah bei Google Maps nach, wie viele Kilometer es von der Keith- zur Meierottostraße waren. »Über die Nürnberger Straße 1,7 Kilometer.«

»Na, dann los, obwohl ich mir vom Besuch bei Steyerberg nichts verspreche.«

Als sie die Gemäldegalerie erreicht und sich dem Kunsthändler vorgestellt hatten, erschrak der zuerst.

»Hat jemand Anzeige erstattet, dass ich vielleicht mit gestohlenen Bildern handle?« Siegfried Steyerberg lachte. »Nun, außer der Mona Lisa aus dem Louvre habe ich da wirklich nichts.«

Schneeganß suchte im selben Stil zu antworten. »Und warum haben Sie die Dame erschossen? Wir sind nämlich von der Mordkommission.«

Sofort machte es Klick bei Steyerberg. »Ah, Sie sind wegen meines alten Klassenkameraden Thorben Lucka hier, der ja im Verdacht steht, Simon Kesseling getötet zu haben.«

Jessica Schamp nickte. »Erraten.«

»Dann darf ich Sie bitten, erst einmal Platz zu nehmen.« Der Kunsthändler führte sie zu einer Sitzecke, an deren Wänden merkwürdige bunte Bilder hingen, die Schneeganß an Kinderzeichnungen in einer Kita erinnerten.

»Das sind alles nur Drucke«, erklärte ihnen Steyerberg. »Die Originale wären wohl Millionen wert.«

»Menzel und Liebermann sind es nicht«, stellte Schneeganß fest.

»Nein, aber raten Sie mal. Bei wem mischen sich katalanische Volkskunst, Kubismus, Fauvismus, Dadaismus und Surrealismus in genialer Art und Weise? Bei wem häufen sich magische Symbole für den Mond, die Sterne, die Vögel, das Auge und die Frau?«

»Keine Ahnung …« Schneeganß und Jessica Schamp konnten nur mit den Schultern zucken.

»Na, bei Joan Miró natürlich.«

»Mirow«, wiederholte Jessica Schamp. »Da hatten meine Eltern zu DDR-Zeiten immer ihr Freier Deutscher Gewerkschaftsbund-Ferienlager. Eine herrliche Gegend.«

»Wunderbar!«, rief Schneeganß. »Ich soll ja unseren diesjährigen Betriebsausflug planen, habe ich gleich ein Ziel.«

»Freut mich, Ihnen mit dem Hinweis auf Miró derart

gedient zu haben«, sagte Steyerberg. »Aber ich fürchte, dass ich das im Falle Thorben Lucka nicht tun kann, denn wir waren uns in unserer Schulzeit immer recht fremd. Mein Vater war Professor, seiner Müllwerker, da passte nicht viel zusammen.«

Jessica Schamp versuchte es trotzdem mit der naheliegenden Frage. »Und Sie haben keine Ahnung, wo er jetzt stecken könnte?«

»Nein, bedaure …«

Schneeganß hatte nichts anderes erwartet. Jessica Schamp suchte ihn zu trösten, indem sie »Faust« bemühte: *»Da steh ich nun, ich armer Tor! Und bin so klug als wie zuvor …«*

»Na, vielleicht werden wir klüger, wenn wir sprechen mit Kollegen von Herrn Krüger«, reimte Schneeganß, angeregt von der Erwähnung des »Faust«.

So wollten sie am frühen Abend in die Oranienburger Straße zum »House of Orgies« fahren. Sie kannten das Etablissement ja von ihrem ersten Besuch, waren sich aber trotzdem nicht klar darüber, welche Rolle sie am besten spielen sollten.

»Mir sieht man den Ehemann und spießigen Beamten aus Bad Rudow ganz deutlich an«, klagte Schneeganß, als sie gerade hinaus auf den Flur traten. »Und solche Männer gehören nicht ins Milieu von Schwulen und Transvestiten.«

»Aber ich als Lesbe müsste doch akzeptiert werden«; fand Jessica Schamp.

»Und kommst mit einem Typen wie mir!«, rief Schneeganß. »Das geht doch nun gar nicht.«

»Dann gehe ich entweder allein hin, oder wir machen es wieder dienstlich.«

Schneeganß schlug sich mit der flachen Hand gegen die Stirn. »Mensch, die werden uns doch sowieso vom ersten Besuch her wiedererkennen und schön den Mund halten!«

Auch Jessica war ratlos. »Was nun?«

»Was bleibt mir weiter, als mich sinnvoll zu betrinken!«, rief Schneeganß.

Das hörte Doktor Viellechner, ihr Gerichtsmediziner, der zufällig an ihrem Büro vorbeikam, und kommentierte es sofort. »Tödliche Alkoholintoxikation bei jungen und gesunden Menschen über 3,0 mg/g Blutalkoholgehalt. Blutentnahme bei der Leiche zur Alkoholbestimmung aus herzfernen Gefäßen entnehmen, am besten der Schenkelvene, und nicht aus dem Herzen, da nach Todeseintritt erhebliche Mengen Alkohol aus dem Mageninhalt durch das Zwerchfell ins Herzblut diffundieren können.«

Schneeganß lachte. »Oh, danke für die Aufklärung, ich werde meine Schenkelvene gern bereithalten.«

Doktor Viellechner warf einen Blick in sein Büro und entdeckte die Dartscheibe. »Aha, Bulle übt sich, Bullseye zu treffen!«

Jessica Schamp staunte. »Was denn, Doktor, Sie kennen sich da aus?«

»Ich habe drei Jahre in London gearbeitet, in der Pathologie des ›London Bridge Hospitals‹ in der Tooley Street. Da haben wir öfter Darts gespielt. Und Sie, lieber Schneeganß, Sie schlage ich sogar, wenn ich Ihnen

100 Punkte vorgebe, wenn wir bei 501 beginnen. Ich kenne da eine sehr schöne Dartskneipe hier in Schöneberg, das ›Darts 180‹ in der Crellestraße.«

Schneeganß freute sich über diese unerwartete Möglichkeit, seinen Frust abzubauen. »Okay, spielen wir darum, wer an diesem Abend Essen und Trinken bezahlt.«

Schnell hatten sich die beiden Männer von Jessica Schamp verabschiedet und sich eine Taxe gerufen. Bis zum »Darts 180« waren es drei oder vier Kilometer, und so hatten sie ihr Ziel schnell erreicht. Sie fanden neben der Dartscheibe noch einen freien Zweiertisch, setzten sich und warteten, bis der etwas unorganisierte Ober Zeit hatte, sich um sie zu kümmern. Da es im »Darts 180« *very british* zuging, bestellte sich jeder eine Portion Fish and Chips und ein Bier.

»Für mich bitte alkoholfrei«, sagte Schneeganß im Reflex.

Doktor Viellechner staunte. »Sie sind doch nicht im Dienst.«

Schneeganß lachte. »Ich bin immer im Dienst.«

»Und ich dachte, Sie wollten sich sinnvoll betrinken.«

»Ja, weil ich im Fall Kesseling nicht weiterkomme.«

Auch der Ober sah Schneeganß verständnislos an und verfiel ins Englische. »We do not have any alcohol-free beer.« Auf Deutsch fügte er hinzu. »Kastriertes Bier, das ist doch abartig.« Dann ging er zum Tresen zurück, wo der Wirt fleißig am Zapfhahn stand, und flüsterte dem etwas zu. Schneeganß sah es sehr wohl, glaubte aber, es hinge damit zusammen, dass hier ein armer Irrer gekommen war, der alkoholfreies Bier verlangt hatte.

»Das ist ja mutig, die Kneipe ›Darts 180‹ zu nennen«, sagte Schneeganß zu Doktor Viellechner. »180 Punkte mit drei Pfeilen schaffen ja selbst Weltklassespieler nur ganz selten, und bestimmt keiner von den Typen, die hier herumsitzen.«

Doktor Viellechner lachte. »Na, was werden die jubeln, wenn Sie es schaffen.«

Sie bekamen ihre Teller mit Fish and Chips, sehr rustikal angerichtet, und zwei riesengroße Gläser mit schwarzbraunem Stout. Das schmeckte so bitter, dass sich beide schütteln mussten, und zudem hatte es bei Schneeganß noch eine harntreibende Wirkung. Es trieb ihn mit aller Macht zur Toilette. Dabei musste er an einem glatzköpfigen Hünen mit ungeheuer tätowierten Armen vorbei, der gerade beim Werfen war.

»Moment bitte, ich hab's eilig!«, rief Schneeganß und wollte die Pause zwischen zwei Pfeilen nutzen.

Zu spät. Ein Pfeil fuhr ihm knapp unter dem Schulterblatt in den rechten Oberarm. Obwohl der Stoff von Jackett und Oberhemd alles ein wenig abmilderte, schmerzte es gewaltig. Schneeganß schrie auf, riss sich den Pfeil wieder heraus und brüllte: »Pass doch uff, du Idiot!« Er kam aus einfachen, ja, proletarischen Verhältnissen, und da brach das Schöneberger Hinterhofkind wieder in ihm hervor.

Der Pfeilwerfer fühlte sich arg provoziert. »Det sachste nich noch mal, du Drecksack! Dafür kriegste wat uff's Maul.« Und ehe der Ober, der Schneeganß gleich als Kriminalbeamten erkannt hatte, schreien konnte »Pass uff, Mirko, det is'n Bulle!«, zauberte er ein Messer aus der Tasche und machte Anstalten, sich auf Schneeganß zu stürzen. Der riss seine Pistole aus dem Halfter.

FÜNFZEHN

Endlich hatte die Kriminalpolizei Kesselings Villa freigegeben, und Simona Nawrocki konnte sich daran machen, seine Sachen durchzusehen. Das Testament war noch nicht eröffnet worden, aber sie konnte davon ausgehen, dass er ihr das Haus in der Schmargendorfer Straße vererbt hatte. Oder sollte doch seine Partei alles für die bevorstehenden Wahlkämpfe bekommen?

In dem alten Haus war es so unheimlich, dass sie sich wie in einem Horrorfilm fühlte. In der Hitze des Tages dehnten sich die alten Balken in der Zimmerdecke über ihr, und es schien, als würde jemand über die Dielen schleichen. Oben auf dem Dachboden hatten sich offenbar Marder eingenistet. Ihre Großmutter hatte ihr zu viele Gruselmärchen vorgelesen, sie zu viele Filme à la Hitchcock oder Dracula gesehen. Gleich würde eine geheime Tapetentür aufgehen und ein böser Mann herausspringen. Nachdem er sie vergewaltigt hatte, würde er ihr die Kehle durchschneiden und ihr Blut trinken. Vielleicht kam auch der Mann zurück, der Simon Kesseling erschossen hatte. Sie verfluchte sich, keine Freundin mitgenommen zu haben.

Als sie auf die Straße hinaus sah, ging gerade Tessa Wisotzki in Richtung Friedrich-Wilhelm-Platz vorbei. Sie überlegte, ob sie das Fenster aufreißen und sie bitten sollte, für einen Augenblick hereinzukommen und ihr Gesellschaft zu leisten. Nein, die Nachbarin war ihr in allem zu hochtrabend. Als Helmut Schmidt gestorben war, hatten die Zeitungen getitelt mit: »Jetzt erklärt er Gott die Welt.« Diese Tessa Wisotzki hätte seine Nachfolge antreten können. Aber … Simona Nawrocki wollte nicht ausschließen, dass Simon etwas mit ihr gehabt hatte, denn manchmal hatte er »den Hang zum Höheren« schon erkennen lassen. Sie begann, in seinem Schreibtisch und in Regalen nach Briefen von Tessa Wisotzki zu suchen. Vermutlich hatte sie zu viele »Tatorte« und andere Krimi-Reihen gesehen, um nicht sofort zu denken: Wenn ich jetzt etwas finde, das sie belastet, erschießt sie mich durchs offene Fenster.

Die meisten Papiere, die sie in den Händen hielt, befassten sich mit Simons Partei. Glückliches Deutschland …? Ihm hatte es nur Unglück gebracht. Eine Menge Seiten, die sie fand, waren mit Sätzen bedruckt, deren Inhalt sie nicht verstand, etwa: *Wir müssen uns zuerst ausführlich mit dem Konsequentialismus befassen und seinen Gegensatz zur deontologischen Ethik und der Tugendethik herausarbeiten.* Dann folgte etwas auf Englisch, offenbar ein Zitat: *Why should the law refuse its protection to any sensitive being? The time will come when humanity will extend its mantle over everything which breathes.* Ein paar Worte, etwa *law* oder *humanity*, verstand sie schon, konnte aber den Sinn des

Ganzen nicht erfassen. Hm … Das sah fast nach einer Doktorarbeit aus. Sie wusste, dass Simon jahrelang sehr engagiert Politologie und Volkswirtschaftslehre studiert hatte, aber von einer Dissertation war nie die Rede gewesen. Nun gut, vielleicht hatte er das nicht erwähnt, weil er das Ganze nicht zu Ende gebracht hatte und ihm die Sache peinlich war.

Sie wollte alles schon wieder zur Seite legen, da fand sie einen kurzen Brief von Rainer Rietzel: »*Lieber Simon, herzlichen Dank für deine Bentham-Hilfe. Die abgesprochene Summe wird in den nächsten Tagen auf dein Konto überwiesen. Herzlich, dein Rainer.*«

Sofort dachte Simona Nawrocki das, was nahelag: Simon Kesseling hatte für Rainer Rietzel die Doktorarbeit geschrieben, wenigstens teilweise. Oder …? War Bentham vielleicht ein Fußballspieler, dem Simon geholfen hatte? Sie sah auf ihrem Smartphone nach. Da fand sie bei Wikipedia nur: *Jeremy Bentham (geboren 15. Februar 1748 in Spitalfields, London; gestorben 6. Juni 1832 ebenda) war ein englischer Jurist, Philosoph und Sozialreformer*. Sozialreform, aha …! Das konnte etwas gewesen sein, worin sich Simon ausgekannt hatte. Sie gab im Portal *Anleitung zur Suche von Dissertationen und Habilitationen der Deutschen Nationalbibliothek* den Namen Rainer Rietzel ein und konnte alsbald lesen: *Jeremy Bentham als Vordenker des modernen Wohlfahrtsstaats.*

Plötzlich war ihr alles klar: Rainer Rietzel hatte Simon Kesseling erschossen, weil der ihn mit der Doktorarbeit jederzeit hätte erpressen können. Ein Plagiat war schon schlimm, aber noch schlimmer war es, wenn herauskam, dass einem ein anderer die Dissertation für Geld geschrieben hatte.

Zugleich begann sie zu zittern. Vielleicht ahnte Rietzel etwas von ihrer Entdeckung und stand schon draußen im Vorgarten, um nun auch sie zu erschießen.

Es klingelte.

*

Gunnar Schneeganß war im Augenblick weniger mit dem Fall Simon Kesseling als mit dem Bundesdisziplinargesetz (BDG) befasst. Besonders interessant waren die Paragrafen 17, 21 und 5.

Paragraf 17 BDG – Einleitung von Amts wegen

(1) Liegen zureichende tatsächliche Anhaltspunkte vor, die den Verdacht eines Dienstvergehens rechtfertigen, hat der Dienstvorgesetzte die Dienstpflicht, ein Disziplinarverfahren einzuleiten.

Paragraf 21 BDG – Pflicht zur Durchführung von Ermittlungen, Ausnahmen

(1) Zur Aufklärung des Sachverhalts sind die erforderlichen Ermittlungen durchzuführen. Dabei sind die belastenden, die entlastenden und die Umstände zu ermitteln, die für die Bemessung einer Disziplinarmaßnahme bedeutsam sind. Der höhere Dienstvorgesetzte und die oberste Dienstbehörde können die Ermittlungen an sich ziehen.

Paragraf 5 BDG – Arten der Disziplinarmaßnahmen

(1) Disziplinarmaßnahmen gegen Beamte sind:

1. Verweis (Paragraf 6)
2. Geldbuße (Paragraf 7)
3. Kürzung der Dienstbezüge (Paragraf 8)
4. Zurückstufung (Paragraf 9) und
5. Entfernung aus dem Beamtenverhältnis (Paragraf 10)

Man warf Schneeganß vor, in der Kneipe »Darts 180« einen Gast mit Namen Mirko Krause beleidigt (»… du Idiot!«) und im Anschluss daran einen Schuss aus seiner Dienstwaffe abgefeuert zu haben, obwohl eine objektive Bedrohung nicht vorgelegen habe. Mirko Krause hatte einen Anwalt eingeschaltet.

Schneeganß rang die Hände. »Hätte ich mich von dem Kerl niederstechen lassen sollen?«

»Er sagt, er habe überhaupt kein Messer in der Hand gehabt«, hielt ihm Jessica Schamp entgegen. »Das könnten der Wirt und ein halbes Dutzend Augenzeugen bestätigen.«

Schneeganß konnte da nur auflachen. »Ja, alles Leute aus seiner mafiösen Clique. Aber ich habe ja zum Glück Doktor Viellechner als Zeugen.«

»Die Frage ist ja, ob unsere Oberen wirklich ein Disziplinarverfahren gegen dich einleiten werden …?« Jessica Schamp war sich nicht sicher. »Zum Glück hat ja das Bundeskabinett letzten Februar beschlossen, dass dem künftig eine Mindeststrafe von drei Monaten Haft droht, der Polizeibeamte, Gerichtsvollzieher oder Rettungssanitäter körperlich angreift.«

Für Schneeganß war das nur ein schwacher Trost. »Ja, tätliche Angriffe auf Vollstreckungsbeamte, wenn sie im Dienst sind. Aber ich war privat in der Kneipe, um Darts zu spielen.«

Jessica Schamp suchte ihm zu helfen. »Musst du eben behaupten, du warst im ›Darts 180‹, um diesen Mirko Krause zu beobachten, weil wir ihn irgendwie in Verdacht hatten, dass er etwas mit dem Mord an Simon Kesseling zu tun haben könnte. Da wird sich schon ein Dreh finden.«

Schneeganß stöhnte auf. »Ja, und wenn nicht: Es bleibt immer was hängen. Und viele bei uns freuen sich ein Loch in den Popo, wenn ich ein paar Minuspunkte mehr auf meinem Konto habe, steigen dann doch ihre Chancen, wenn es um einen Beförderungsposten geht. Da gilt doch oft: Feind, Todfeind, befreundeter Kollege.«

»So ist die westliche Welt nun mal«, kommentierte Jessica Schamp diese Aussage.

»Klar«, höhnte Schneeganß. »Im Zentralkomitee der SED und bei Mielke in der Normannenstraße war das anders, da galt ja stattdessen: ›Ich liebe euch doch alle!‹«

Jessica Schamp überhörte das und blieb sachlich. »Du kommst nur aus der Bredouille, wenn du nachweisen kannst, dass dieser Mirko Krause ein gefährlicher Angreifer war und mehrfach wegen gefährlicher Körperverletzung vorbestraft ist.«

»Okay, ja. Das berühmte Unschuldslamm wird er hoffentlich nicht sein.«

Schneeganß machte sich nun daran, alle möglichen Kollegen aus allen möglichen Referaten anzurufen und sie zu fragen, ob sie je etwas mit Mirko Krause zu tun gehabt hatten. Ja, viele hatten, wie sich bald herausstellen sollte. Der wichtigste Anruf kam vom Referat Landeskriminalamt 4 – Organisierte Kriminalität, Banden- und qualifizierte Eigentumskriminalität, Rauschgiftdelikte.

»Du, Gunnar, du kannst aufatmen, dieser Mirko Krause hat wegen gefährlicher Körperverletzung schon in Tegel eingesessen, und, das wird dich im Hinblick auf den Fall Kesseling interessieren, einer seiner Kumpane ist dieser Thorben Lucka, der ja angeblich vom Erdball verschwunden ist.«

»Uwe, lass dich umarmen!«, rief Schneeganß. »Zum Dank bist zu einem Essen in einem Lokal deiner Wahl eingeladen. Ich werde den Herrn so schnell wie möglich bei uns antanzen lassen.«

Als er aufgelegt hatte, blickte Jessica Schamp, die mitgehört hatte, ein wenig skeptisch zu ihm hinüber. »Gunnar, das geht nicht, das gibt Ärger, wenn du ihn selbst verhörst nach dem, was da in der Dartskneipe zwischen euch war und was juristisch *nicht* läuft.«

»Warum denn nicht?« Schneeganß grinste. »Wenn wir beide vor Gericht stehen sollten, dann mildere ich meine Aussage so ab, dass ihm nicht viel passiert, und dafür verrät er mir, wo Thorben Lucka steckt. Das ist doch ein fantastischer Deal – oder?«

»Sicher, aber gewiefte Juristen werden dir disziplinarrechtlich 'nen Strick draus drehen.«

»Hm …?« Schneeganß begann langsam einzusehen, dass sein Plan nicht unerhebliche Gefahren für ihn bergen konnte. Im deutschen Paragrafendickicht gab es möglicherweise eine Stelle, wo stand, dass er sich mit seinem Vorgehen der Vorteilsannahme schuldig gemacht hatte. »Einverstanden, dann sprich du mit ihm, wenn er hier auftaucht.«

Jessica Schamp dachte einen Augenblick nach. »Gut, dann werde ich ihn nicht als Beschuldigten vorladen, was den Angriff auf dich betrifft, sondern sozusagen als Zeugen im Ermittlungsverfahren gegen den Mörder von Simon Kesseling. Da muss er der Vorladung zwar keine Folge leisten, er wird aber kommen, weil er weiß, dass er sonst die Staatsanwaltschaft am Hals hat, und das wird er auf keinen Fall wollen.«

Und sie sollte recht behalten, denn kaum hatte ihn die Vorladung erreicht, da erschien Mirko Krause auch schon in der Keithstraße. Da er Schneeganß nicht begegnen sollte, hatte ihn Jessica Schamp in das Büro einer Kollegin bestellt. Als er dann vor ihr saß, konnte sie sich der Flut ihrer Assoziationen kaum erwehren: Macho, Pegida-Mann, Reichsbürger, Vollpfosten.

Umgekehrt, das sah man ihm an, schien Mirko Krause zu denken: Blöde Kuh, Lesbe, du bist doch zum Scheißen zu dämlich. »Jibt's keene Männa mehr bei euch inne Mordkommission?«

»Doch, aber die sind alle zum Schießtraining.« Jessica Schamp blätterte in den Akten, die vor ihr auf dem Tisch lagen. »Das sind ja doch einige Vorstrafen bei Ihnen, Herr Krause … Drogenhandel, Bandenkriminalität … Und in manchen Fällen war auch Thorben Lucka dabei. Nun, Simon Kesseling hatte einige Male davon gesprochen, mit den mafiösen Zuständen in Deutschland aufzuräumen … Da liegt es doch nahe, dass Sie und Ihre Freunde Lucka losgeschickt haben, sich an seinen alten Klassenkameraden Simon Kesseling heranzumachen und ihn aus dem Verkehr zu ziehen …?«

»Mensch, Mädchen, für wie dämlich hälste uns denn?«, rief Mirko Krause.

Jessica Schamp nickte. »Okay. Aber wenn meine These nicht stimmt, dann können Sie mir doch verraten, wo Thorben Lucka steckt.«

»Det weeß ick doch selba nich!«

Jessica Schamp versuchte es mit einem kleinen Bluff. »Aber er wird Sie doch mal angerufen oder Ihnen eine E-Mail geschickt haben. Die Telefongesellschaften sind da …«

Mirko Krause lachte. »Det Erste, wat der Thorby jemacht hat, des is doch, detta sein Handy wegjeworfen hat, damit ihn keena orten kann. Det ist doch sonst wie 'ne elektronische Fußfessel.«

Jessica Schamp ließ das unbeeindruckt. »Es gibt ja auch noch Telefonzellen und die Briefpost. Mirko, schick mir Geld oder einen von euch vorbei, der mir weiterhilft.«

Mirko Krause lachte. »Klingt logisch, zujejehm, aba bei uns hatte er sich nich jemeldet. Wir ham ooch schon Angst detta tot is.«

»Das mit dem Erhängten am Roofensee war doch nur ein Trick«, warf Jessica Schamp ein.

Mirko Krause lachte noch lauter. »Jott, unsre Bullen. Wenna die Jejend da richtich nach ihm abjesucht hättet, wära doch schon längst jefasst worn.«

Jessica Schamp musste zugeben, dass das stimmte, aber die Brandenburger Kollegen hatten ja alles versucht. »Nun, ja … Wenn sich Lucka nicht in Luft aufgelöst hat, dann liegt er womöglich irgendwo als Leiche in einem der Wälder nach Mecklenburg-Vorpommern hin, und der Mordverdacht, Herr Krause, könnte sich auch gegen Sie und Ihre Freunde richten.« Das schien Eindruck auf Mirko Krause zu machen, denn wenn er etwas zu fürchten hatte, dann das rigorose Vorgehen der Staatsanwaltschaft gegen seine »Familie«, und so verfolgte sie den Plan mit dem Kuhhandel weiter, den Schneeganß angedacht hatte. »Herr Krause, der Kollege Schneeganß wird milder gestimmt, was Ihre Attacke auf ihn angeht, und der Druck auf Ihre Freunde geringer sein, wenn Sie uns einen kleinen Hinweis geben könnten, wo Thorben Lucka im Augenblick zu finden ist – so er denn überhaupt noch lebt.«

In Mirko Krause arbeitete es, das war ihm deutlich anzusehen. Was war vorteilhafter: zu reden oder zu schweigen. Schließlich entschied er sich für die erste Möglichkeit.

»Mirow, Peetscher Weg, da renoviert er ein altes Bauernhaus. Aber das haben Sie nicht von mir.«

»Versprochen!«

*

Die Karl-Bonhoeffer-Nervenklinik, im Volksmund als »Bonnies Ranch« bekannt, gehörte seit 1880 zu Berlin wie etwa das Brandenburger Tor, und Doktor Gert

Gesecke war gern nach Wittenau gekommen, um hier als Psychiater zu arbeiten. Von älteren Berlinern bekam er noch öfter den Spruch zu hören: »*Du bist verrückt mein Kind, du musst nach Dalldorf hin, wo die Verrückten sind, denn da gehörst du hin.*« An frühere Zeiten musste er auch denken, als er sich mit dem Patienten Lars Wohra zu befassen hatte, denn in den 1890er Jahren hatte man zwischen Kranken unterschieden, die wegen einer Straftat eingewiesen worden waren, damals als »verbrecherische Irre« bezeichnet, und Kranken mit Straftaten in der Vorgeschichte, damals »irre Verbrecher«. Es wäre schwer gewesen, Wohra einer der beiden Gruppen zuzuordnen.

Jetzt saß Doktor Gesecke ihm im Besprechungszimmer gegenüber und schenkte ihm ein väterliches Lächeln. »Wie fühlen Sie sich bei uns, Herr Wohra?«

»Schlecht, das ist doch alles eine Verschwörung gegen mich und Sie stecken mit der ganzen Kulturclique unter einer Decke!« Trotz aller Psychopharmaka, die man ihm schon verabreicht hatte, reagierte er noch immer sehr heftig.

»Kulturclique …?« Doktor Gesecke sah ihn fragend an.

»Na, die ganzen Schickimickileute, die da in Berlin rumlaufen, wirre Gedichte schreiben, blöde Lieder singen, fürchterliche Filme drehen und Bilder malen, die nur Dreck sind. Aber alle werden sie hochgejubelt, und eine Trulle wie diese Tessa Wisotzki mit ihren Kultur-Touren kann den Simon Kesseling umbringen, ohne dass das einen stört. Klar, dieser Krähe hackt ja keine andere Krähe die Augen aus!«

Doktor Gesecke unterbrach ihn nicht, denn was sagte er Studierenden immer wieder: »Zum Wesen des Wahns gehört seine Unerschütterlichkeit, keine Kritik an ihm kann den Kranken aus dem Konzept bringen.« Aber schließlich hielt er Lars Wohra doch vor, dass Tessa Wisotzki gar nicht die Mörderin Kesselings sein konnte, weil er, da war sich der Gerichtsmediziner völlig sicher, zu einem Zeitpunkt erschossen worden sei, zu dem sie mit ihrer Gruppe nachweislich noch durch Friedenau gezogen war.

Da konnte Lars Wohra nur lachen. »Der Gerichtsmediziner steckt doch mit der Wisotzki unter einer Decke. Der hat sicher von ihr ein Abonnement für die Philharmonie bekommen, Parkett, erste Reihe.«

Die *Wahngewissheit*, dachte Doktor Gesecke, wie sie bei einer Paranoia üblich war. Nach Emil Kraepelin war sie definiert als *»die schleichende Entwicklung eines dauernden, unerschütterlichen Wahnsystems bei erhaltener Klarheit und Ordnung im Denken, Wollen und Handeln«*.

»Und um Frau Wisotzki in die Enge zu treiben, haben Sie einen Erpresserbrief an sie geschrieben?«, wollte Doktor Gesecke wissen, ausgehend von der bei Lars Wohra offensichtlich erhaltenen Klarheit und Ordnung im Denken, Wollen und Handeln.

Lars Wohra freute sich diebisch. »Ja, wenn sie gezahlt hätte, wäre das ein Geständnis gewesen.«

Doktor Gesecke nickte. Aber Tessa Wisotzki hatte den Sozialpsychiatrischen Dienst angerufen, in Berlin abgekürzt SPD, und der hatte die Einweisung von

Lars Wohra in die Karl-Bonhoeffer-Nervenklinik in die Wege geleitet.

»Die Wisotzki ist ja die heimliche Geliebte von den ganzen SPD-Senatoren gewesen, da musste ich ja hier landen«, erklärte Lars Wohra Doktor Gesecke die Welt. »Die halten doch alle zusammen. Aber die Wahrheit ist, dass ich diesen Kesseling erschossen habe und den Verdacht nur auf die Wisotzki lenken wollte, um selber nicht verdächtigt zu werden.«

Doktor Gesecke suchte sachlich zu bleiben. »Und warum haben Sie diese Tat begangen?«

»Weil ich jeden Tag Stimmen gehört habe, und die haben mir gesagt: ›Bring ihn um, denn er ist der Teufel in Menschengestalt. Und richtig, als ich bei Kesseling einmal durchs Fenster gesehen habe, da war er nackt und ohne Maske, sah wirklich aus wie der Teufel: eine rote Gestalt mit Hörnern und Schwanz. Einen Tag später habe ich ihn dann erschossen, als er aus seiner Villa gekommen ist. Ich, ich: Lars Wohra habe die Welt gerettet! Halleluja! Und wenn ich wieder draußen bin, werde ich alle Teufel erschießen, die in Menschengestalt daherkommen.«

Nach diesem Gespräch war Doktor Gesecke erst einmal ratlos. Er wusste natürlich, dass er als Psychotherapeut der Schweigepflicht nach Paragraf 203 Strafgesetzbuch unterlag, davon ausgenommen waren aber bevorstehende Straftaten wie Hochverrat, Vorbereitung eines Angriffskriegs, Mord und schwerer Menschenhandel, aber auch Raub, räuberische Erpressung und Brandstiftung, die gemäß Paragraf 138 Strafgesetzbuch angezeigt werden mussten. Bei einer bereits abgeschlossenen Straftat, wo es nur noch um die Strafverfolgung ging, galt aber die Schweigepflicht. Also konnte er nicht bei der Polizei anrufen und sie auf Lars Wohra aufmerksam machen. Es sei denn, damit konnten weitere Straftaten verhindert werden. Aber was war im Falle Lars Wohras richtig und was falsch? Den Mord an Kesseling hatte er sich in seinem Wahn nur eingebildet, aber er hatte ja deutlich zu verstehen gegeben, »dass er noch andere Teufel in Menschengestalt erschießen wolle«. Tat er das nach seiner Entlassung aus der Karl-Bonhoeffer-Nervenklinik in seinem Wahn dann wirklich, hatte er, Doktor Gesecke, schwer an seiner Schuld zu tragen. Unschlüssig ging er im Park auf und ab. Es gab nur eine Möglichkeit: Lars Wohra noch lange Zeit in der Nervenklinik zu behalten.

*

Gunnar Schneeganß und Jessica Schamp hatten ein schlechtes Gewissen, denn Simona Nawrocki hatte ihnen schon früh diesen Doktor Rainer Rietzel als einen Tatverdächtigen genannt, doch sie hatten das irgendwie ignoriert und sich auf Thorben Lucka und Kevin Krüger konzentriert und ihre Zeit mit »Spinnern« wie Ruben Röderland, Mike Malinowski und Jan Wetschen verplempert. Und nun der Anruf von Simona Nawrocki und der Verdacht, dass Kesseling zumindest Teile der Doktorarbeit von Rietzel geschrieben hatte.

»Wenn das herausgekommen wäre, hätte das für ihn als Politiker genauso tödlich sein können wie die Plagiatsaffären bei Karl-Theodor zu Guttenberg und Annette Schavan«, fand Schneeganß. »Also hatte er allen Grund, Kesseling aus der Welt zu schaffen.«

»Einen weiteren Grund«, ergänzte Jessica Schamp. »Der erste wäre ja der, Kesseling als Führer der PGD aus dem Weg zu schaffen und selbst Parteivorsitzender zu werden.«

»Also: auf zu Doktor Rietzel!«

Doch als er aufstehen wollte, kam der Anruf von Kollegen aus Neustrelitz. Es täte den Mecklenburgern leid, aber im Bereich des Amtes Mecklenburgische Kleinseenplatte habe die Suche nach einem gewissen Thorben Lucka noch keine Ergebnisse gezeitigt.

»Wir werden uns aber weiterhin bemühen. Dat duurt aal'n büschen länger bei uns, ne, und: Bloooß nix überstürzen.«

Schneeganß bedankte sich und gab seiner Hoffnung Ausdruck, dass man Lucka doch irgendwann finden werde. »… und sei es als Leiche.«

Kaum hatte er wieder aufgelegt, kam der nächste Anruf. »Hier ist die Karl-Bonhoeffer-Nervenklinik, Doktor Gesecke.«

Schneeganß rasselte Namen und Dienststelle herunter und nahm es mit Humor: »Was denn: Meine Frau ist bei Ihnen eingewiesen. Ja, klar, heute Morgen hat sie schon einen etwas verwirrten Eindruck gemacht und Wasser in die Kaffeemaschine geschüttet, sie eingeschaltet, aber vergessen, Kaffeepulver in die Filtertüte zu tun.«

»Pardon, Herr Schneeganß, es ist mir ernst mit meinem Anruf.«

Schneeganß erschrak. Nicht noch ein Disziplinarverfahren! »Entschuldigung, aber wir sind alle ein wenig durcheinander hier: kein Fahndungserfolg im Fall Kesseling, drohendes Burn-out und …«

»Wegen Kesseling rufe ich ja an«, unterbrach Doktor Gesecke. »Ich wollte Sie nur in Kenntnis setzen, dass wir hier einen Patienten haben, einen Nachbarn Kesselings in Friedenau, der behauptet, ihn erschossen zu haben. Ich weiß, dass ich Sie deswegen eigentlich nicht anrufen dürfte, aber der Mann hat in seinem Wahn angekündigt, weitere Menschen zu erschießen, von denen er vermutet, dass sie der Teufel sind. Und darum …«

»… und darum behalten Sie Lars Wohra bitte noch auf einige Zeit in Ihrer Klinik«, unterbrach ihn Schneeganß.

Doktor Gesecke konnte es nicht fassen. »Sie wissen, wen ich meine!?«

»Ja, Tessa Wisotzki war schon bei uns und hat uns alles erzählt.«

Die Schlusspointe gehörte aber dennoch dem Psychiater. »Nun, dann bleibt mir ja nur noch, Ihnen mitzuteilen, dass Lars Wohra vor etwa einer halben Stunde aus unserer Nervenklinik – wie sagt man – entwichen ist.«

Schneeganß blieb nach diesem Gespräch nichts weiter, als die Fahndung nach Lars Wohra einzuleiten. »Ich selbst werde zum Kostümverleih eilen und mich als Teufel verkleiden, um ihn anzulocken und festzunehmen.«

Jessica Schamp fand das nun gar nicht spaßig. »Vor den vielen psychisch Kranken, die in Berlin herumlaufen, habe ich genauso Angst wie vor den IS-Terroristen.« Und sie verwies auf den tragischen Fall der jungen Frau, die am 19. Januar 2016 auf dem U-Bahnhof Ernst-Reuter-Platz von hinten attackiert und mit Tötungsabsicht vor einen einfahrenden Zug gestoßen worden war.

»Keine Angst, wir fahren nicht mit der U-Bahn zu Doktor Rietzel in die Parteizentrale, sondern organisieren uns einen Dienstwagen, so mühsam das auch sein mag.«

Jessica Schamp hatte inzwischen auf ihrem Smartphone nachgesehen und kam ihm mit einem anderen Vorschlag. »Wir laufen. Über Budapester, Kantstraße und Savignyplatz sind das 1,7 Kilometer gleich 22 Minuten.«

Schneeganß hatte gewisse Bedenken. »Da kommen wir am Breitscheidplatz vorbei …«

»Es gibt ja zurzeit keinen Weihnachtsmarkt.«

Sie kamen heil ins Vorzimmer von Doktor Rietzel, und Schneeganß war ein wenig mulmig zumute. Vielleicht wurde der bald einmal Bundeskanzler, nahm sich dann Recep Tayyip Erdoğan als Vorbild und entließ ihn aus dem Staatsdienst, weil er ihn einmal für einen Mörder und Ghostwriter seiner Doktorarbeit gehalten hatte. Auch Jessica Schamp registrierte ungute Gefühle, denn sie stand der PDS beziehungsweise der Partei Die Linke zu nahe, um nicht den Impuls zu verspüren, das Büro dieses »Volksbeglückers« zu zerstören. Ihn als Mörder von Simon Kesseling überführt zu haben, das war zu schön, um wahr zu sein.

Doktor Rietzel bat sie in sein Büro und ließ sie mit

Kaffee und Glückskeksen bewirten, wie man sie von den Chinarestaurants her kannte. Sie bedankten sich, und Jessica Schamp knackte ihren sofort, zog den schmalen Zettel heraus und erwartete einen Spruch wie etwa »*Wenn du genau hinsiehst, sind viele Chancen zum Greifen nah*«, las aber »*Alles Glück der Welt kommt zu dir, wählst du die PGD*«. Schneeganß war nahe daran, seinen Glückskeks in den Papierkorb zu werfen, konnte sich aber gerade noch beherrschen und steckte ihn nur ungeöffnet in die Seitentasche seines Jacketts.

Doktor Rietzel gab sich wie jemand, der sie zu einer Party eingeladen hatte. »Schön, dass Sie gekommen sind. Ich meine zu mir, und dass ich nicht zu Ihnen ins Landeskriminalamt kommen musste. Überall lauern ja Menschen von bestimmten Medien, und für die wäre es ein gefundenes Fressen gewesen: Führer der Partei ›Glückliches Deutschland‹ unter Tatverdacht.«

Schneeganß bemühte sich um ein schmutziges Grinsen. »Manchmal hat die sogenannte Lügenpresse aber auch recht, denn wir sind wirklich deswegen zu Ihnen gekommen.«

Doktor Rietzel sah ihn verständnislos an. »Ich denke, Sie sind wegen dieses Jan Wetschen hier und seinem Versuch, mich vor den einfahrenden Zug zu stoßen.«

»Nein, dafür sind andere im Landeskriminalamt zuständig«, bemühte sich Jessica Schamp um Klarstellung. »Wir sind einzig und allein mit dem Fall Simon Kesseling befasst, und da sind wir inzwischen auf etwas gestoßen, das Sie belastet.« Sie sah zu Schneeganß hinüber, damit dieser fortfahren möge.

Der nahm den Ball auch an. »Ja, Herr Doktor Rietzel, um es kurz zu machen: Es dürfte feststehen, dass zumindest Teile Ihrer Dissertation nicht von Ihnen geschrieben worden sind, sondern von Simon Kesseling.«

Das verschlug dem Spitzenmann der PGD zunächst einmal die Sprache. »Nun ja, Simon war mein gut bezahlter wissenschaftlicher Mitarbeiter …«

»Was von Ihnen ist und was von Kesseling, wird die Plagiatskontrolle der Freien Universität Berlin herausfinden«, verriet ihm Jessica Schamp. »Wir haben das bei Simon Kesseling gefundene Material weitergeleitet. Wenn die Fachleute dort ihr Urteil gesprochen haben, wissen wir mehr.«

»Was wir aber wissen, ist, dass Sie ein nachvollziehbares Motiv haben könnten, Simon Kesseling zum Schweigen zu bringen …«

Doktor Rietzel sprang auf, und es schien fast so, als würde er sich auf Schneeganß stürzen wollen. »Ich verbitte mir das, und ich werde ohne meinen Anwalt kein Wort mehr sagen.«

Jessica Schamp ließ sich von diesem Ausbruch nicht beeindrucken. »Aber vielleicht können Sie uns sagen, wo Sie zur Tatzeit waren.« Sie nannte ihm noch Tag und Stunde.

»Wahrscheinlich hier in meinem Büro.« Er setzte sich wieder, um auf seinem Kalender nachzusehen.

»In Ihrem Büro?«, fragte Schneeganß. »Das war doch zu dieser Zeit noch das Büro von Simon Kesseling. Sie waren doch noch Manager bei Ihrer Firma, bei der EUROMAG.«

»Ja, natürlich. Aber jeden Nachmittag bin ich vom Potsdamer Platz, wo wir unsere Zentrale haben, hierher ins Headquarter unserer Partei gefahren.«

Jessica Schamp fixierte ihn. »Sie haben also am Tattag zur Tatzeit in Ihrem Wagen gesessen?«

»Ja …«

»Allein?«

»Ja, allein.«

»Ein belastbares Alibi sieht anders aus«, murmelte Schneeganß.

SECHZEHN

Orlando nutzte seine Freistunde nicht, um auf dem weiten Gelände des Campus der Freien Universität in Dahlem spazieren zu gehen und sich zu vergewissern, dass der U-Bahnhof Thielplatz nach Jahrzehnten kleinkarierten Gerangels endlich in »Freie Universität (Thielplatz)« umbenannt worden war, sondern saß in einer Vorlesung über das Erbrecht. Nicht, weil ihn das brennend interessierte, sondern weil Emilys vermögender Großvater verstorben war, sie aber offenbar nicht an ihr Erbe herankam. »Du musst mir helfen, schließlich bist du Jursit!«, hatte sie ihn per E-Mail geradezu angefleht, ohne den Buchstabendreher zu bemerken.

Es war ein Gastprofessor, der da vorn am Pult stand und Wort für Wort alles vom Blatt ablas.

»Unser Ausgangspunkt ist der Paragraf 14 des Grundgesetzes, wo es im Absatz 1 heißt: ›*Das Eigentum und das Erbrecht werden gewährleistet. Inhalt und Schranken werden durch die Gesetze bestimmt.*‹ Klären müssen wir nun vorab die sich überschneidenden Begriffe Nachlass, Erbschaft und Erbrecht.«

Da der Mann kein begnadeter juristischer Entertainer, sondern der Kategorie Schlaftablette zuzurechnen war, schaltete Orlando schnell auf seinen Stand-by-Modus und klinkte sich erst wieder ein, als das Thema »Erbende Enkel« an der Reihe war. Da schrieb er dann eifrig mit.

Am Nachmittag traf er sich mit Emily im »Café Mila« in der Grolmanstraße. Nach einigen warm-up-Floskeln wie »Du siehst heute blendend aus« und »Sind deine Kopfschmerzen weg?«, bestellten sie sich Tee beziehungsweise Kaffee und jeder ein Stück Torte. Während die Kellnerin alles aufnahm, rollte draußen ein Kleinbus vorbei, auf dem in großen pinkfarbenen Lettern stand:

GLÜCKLICHES DEUTSCHLAND
Wählt die PGD! Mit Doktor Rietzel an die Spitze!

»Hoffentlich wird er nicht vorher ermordet«, kommentierte Emily, »wie sein Vorgänger. Dessen Mörder ist ja noch immer nicht gefasst. Vielleicht schlägt er ein zweites Mal zu.«

Orlando wurde sarkastisch. »Ihr Grünen fordert doch immer, dass sich jede Persönlichkeit frei entfalten soll.«

Emily gefielen diese Worte gar nicht, und sie konterte mit der Bemerkung, dass der Mörder Kesselings großen Wert darauf legen würde, von ihm und seinem Großvater überführt zu werden. »Habt ihr denn schon einen Verdacht?«

»Nein«, musste Orlando zugeben. »Aber Gunnar Schneeganß und Jessica Schamp sind ja absolute Profis, die werden das schon machen, gegen die mit all ihren Informationen haben wir ohnehin keine Chance.«

Emily lachte. »Aber die gilt es doch zu nutzen!«

Orlando winkte ab. »Komm mir nicht mit deinen alter 68er Sponti-Sprüchen. Obwohl …« Ihm war da etwas eingefallen. »Dank der alten Sprüche – und natürlich durch dein lustvolles Mitwirken daran – gehöre ich ja jetzt schon, obwohl ich nicht einmal das zweite Staatsexamen habe, zum Establishment …«

»Wie denn das …?«

Orlando grinste. »Na: ›*Wer zweimal mit derselben pennt, gehört schon zum Establishment*‹.«

Emily bemühte sich, böse zu gucken. »In deiner Wahrnehmung soll es nur zweimal passiert sein, alle anderen Nächte blendest du aus, die existieren für dich gar nicht mehr?«

»Doch, doch!«, beeilte sich Orlando zu versichern und reimte recht lautstark: »Mit Emily ist jeder Koitus ein unvergleichlicher Genuss.«

»Psst! Erzähl mir lieber was von meiner Erbschaft.«

»Ich fange als *Jursit* einmal ganz langsam an«, begann Orlando. »Du hast also Krach mit deinem Großvater gehabt?«

Emily nickte. »Ja, ich sollte als Lehrling in seine Firma einsteigen und sie nach seinem Tode übernehmen – das Autohaus ›Armbruster‹.«

»Und warum hast du das nicht gemacht?«, wollte Orlando wissen.

»Weil ich begeisterte Radfahrerin bin und auch gern mit den Öffentlichen fahre, und weil ich Autos hasse!« Emily war richtig in Rage geraten. »Und da hat er mich enterbt. In seinem Testament steht ›Meine Enkelin Emily soll von meinem Nachlass nichts erhalten‹. Gott, dieser …!«

»Du bist also von der Erbfolge ausgeschlossen«, fasste Orlando alles zusammen, was sie sonst noch vorbrachte. Dann las er ihr vor, was er im Hörsaal mitgeschrieben hatte. »An sich gehörst du nach Paragraf 1924 Absatz 2 Bürgerliches Gesetzbuch zu den Erben erster Ordnung. Aber … Deine Eltern leben doch noch?«

»Klar, du hast sie doch selber gesehen!«

»Dann muss ich dich sowieso enttäuschen, denn: Leben Vater beziehungsweise Mutter des Enkels des Großvaters zum Zeitpunkt des Ablebens des Großvaters noch, dann ist ein Pflichtteilsanspruch des Enkels von vornherein ausgeschlossen. Der Enkel hat in diesem Fall kein gesetzliches Erbrecht, was ihm durch Testament oder Erbvertrag weggenommen werden könnte.«

Emily versuchte, das alles zu begreifen: »Dann kann ich also nur auf null-Komma-null Euro hoffen?«

»Sieht fast so aus, auch wenn der Paragraf 2309 Bürgerliches Gesetzbuch, der auch noch heranzuziehen wäre, etwas schwammig ist.« Um sie zu trösten, nahm Orlando sie in den Arm. »Aber du hast ja mich, und vielleicht geben dir deine Eltern etwas von dem ab, was sie bekommen.«

»Ja, ja: ›Glückliches Deutschland!‹«

»Du wirst lachen, zu deren Kundgebung gehen mein Großvater und ich heute Abend«, erklärte ihr Orlando.

Sie fuhr auf. »Bist du verrückt, die zu unterstützen! Wenn der Mörder von Kesseling nun auch den Doktor Rietzel …?«

Orlando grinste. »Darum gehen wir ja hin. Um ihn uns vorher zu schnappen.«

*

Thorben Lucka hatte den Instinkt eines Tieres, das sich andere Tiere zu gern als Beute aussuchten. Er spürte es irgendwie, dass die Jäger zur Treibjagd geblasen hatten und dabei waren, ihn in Mirow einzukreisen. Da war immer wieder ein Polizeihubschrauber am Himmel, und wahrscheinlich hatte der eine Wärmebildkamera an Bord. Und als er neulich mit dem Fahrrad zu einem Ausflug an die Müritz gestartet war, hatten sie bei Lärz alle Autofahrer kontrolliert. Er hatte noch schnell umkehren können, ohne dass es einer der Polizisten bemerkt hätte. Er war sich sicher, dass sie ihn in Mirow eingekesselt hatten. Aber wie waren sie darauf gekommen, dass er hier steckte? Da gab es mehrere Möglichkeiten. Er hatte ab und an von einer Zelle aus mit einem Freund in Berlin telefoniert, aber da konnten sie ihn nicht geortet haben. Sein Handy hatte er aus genau diesem Grunde weggeworfen. Vielleicht hatte einer gesungen, um dadurch milder bestraft zu werden, vielleicht hatte sich einer verplappert. Der Thorben, der war öfters in Mirow oben, da kennta die Jejend besonders jut. Schon möglich. Es konnte auch sein, dass ihn jemand von der Steuerfahndung auf dem Bauernhof von Jörg Golumbiewski am Peetscher Weg gesehen, Schwarzarbeit vermutet und Alarm geschlagen hatte. Oder, dritte Möglichkeit, es hatte ihn bei seinem Einbruch in Mirow jemand beobachtet.

Die große Frage war, wie er aus dem Kessel Mirow herauskam, ohne dass sie ihn gefangen nahmen. Seine erste Idee war, sich im Kofferraum zu verstecken, wenn Golumbiewski wieder einmal mit dem Wagen auf seinen Bauernhof kam. Okay, das konnte gehen, wenn er sich geschickt anstellte. Vor der Wende hatten es viele versucht, und einigen war es auch geglückt, auf diese Art und Weise aus der DDR in den Westen zu gelangen. Und dass sie auf den Straßen, die von Mirow abgingen, über 25 Jahre nach der Wende noch den Kofferraum öffnen ließen oder mit Spiegeln unter den Wagen guckten, war ja mehr als unwahrscheinlich.

Die Gelegenheit zu diesem Coup sollte sich schon Stunden später ergeben. Da kam Golumbiewski wirklich auf den Hof gefahren. Lucka, der gerade mit dem Streichen der Scheunentore beschäftigt war, legte Pinsel und Rolle zur Seite und eilte ihm entgegen.

»Na, Freitag, wie geht's voran?« Golumbiewski nannte Lucka so, weil er als Kind gern Daniel Defoes »Robinson Crusoe« gelesen hatte und ihn die Szene in Mirow daran erinnerte.

»Alles bestens, Mister Crusoe.«

»Und wann werden Sie hier fertig sein mit allem, damit ich meine große Einweihungsparty feiern kann?«, wollte Golumbiewski wissen.

Lucka zögerte ein wenig mit der Antwort. Er musste seine Renovierungsarbeiten strecken, solange sie ihn eingekesselt hatten, aber gleichzeitig durfte sein Auftraggeber keinen Verdacht schöpfen. »Höchstens zwei Wochen noch …«

»Okay. Dann sehe ich mir mal alles an.«

Beide gingen nun ins Innere des alten Bauernhauses, und Lucka überlegte krampfhaft, wie er in Golumbiewskis Kofferraum klettern konnte, ohne dass der es merkte und einfach losfuhr. Es ging dann leichter, als er gedacht hatte, denn während ihres Rundganges dudelte Golumbiewskis Handy, und der Unternehmer zog sich auf die Toilette zurück, um ungestört telefonieren zu können.

»Tschüss dann!«, rief Lucka. »Ich verschwinde mal in der Scheune, weil da auf dem Heuboden noch einiges zu machen ist. Sie können schon losfahren.«

»Okay.«

Nun war es ein Kinderspiel für Lucka, zu Golumbiewskis Wagen zu schleichen. Blieb nur zu hoffen, dass der Kofferraum nicht mit irgendeinem Krempel bis oben gefüllt war. Nein, er war leer, einmal abgesehen von der Notfallapotheke, einem Benzinkanister und einem Abschleppseil. Im Nu war Lucka verschwunden.

So gekrümmt zu liegen, war kein großes Vergnügen, aber eine Weile würde er schon durchhalten. Wenn Golumbiewski aber nun kam und etwas Größeres, das er im Bauernhaus aufgelesen hatte, im Kofferraum verstecken wollte? Die Spannung stieg.

Lucka begann zu zählen. Eins, zwei, drei … Bei 50 konnte er aufhören, denn da stieg Golumbiewski in den Wagen. Bald gab er Gas und fuhr los. Der Mercedes war schon alt, und die Federung taugte nicht mehr viel, und so wurde Lucka ganz schön durchgeschüttelt und hatte schnell die ersten blauen Flecken weg. Er hoffte dennoch, dass es nach Polen hinüber gehen sollte, denn dort kaufte Golumbiewski gern billig etwas ein, um es dann auf seinem Campingplatz für viel Geld wieder zu verhökern. Stettin wäre gut gewesen, da suchte ihn gewiss keiner. Aber Stettin war zu schön, um wahr zu sein, Neustrelitz tat es auch schon. In Meck-Pomm war er bestimmt noch nicht zur Fahndung ausgeschrieben.

Plötzlich hatte Lucka ein Bild vor Augen, das ihn unwillkürlich aufschreien ließ: Golumbiewski fuhr mit seinem Wagen auf einen Schrottplatz, und dort kam der sofort in die Presse. Niemand hörte Luckas Schreie.

Da hielt Golumbiewski, und Lucka bekam deutlich mit, dass er ausstieg und die Tür zuknallte, den Motor aber laufen ließ. Da schoss es ihm sofort durch den Kopf: Aussteigen, sich ans Steuer setzen und davon brausen! Schon hatte er den Deckel des Kofferraums einige Zentimeter angehoben. Doch schnell verwarf er seinen Plan. Golumbiewski stand nur ein paar Meter von ihm entfernt und studierte eine Informationstafel und hätte ihn gepackt, bevor er eingestiegen war. »Scheiße!«

Weiter ging es. Wenn Golumbiewski jetzt nur zu seinem Campingplatz fuhr, dann hatte er, Thorben Lucka, mit Zitronen gehandelt. Oder? Nein, er saß zwar immer noch im Kessel Mirow, aber die brandenburgische Polizei konnte zwar alle abgehenden Straßen kontrollieren, sicher jedoch nicht alle umliegenden Wälder. Und irgendwann würde denen der Einsatz eines Hubschraubers auch zu teuer werden. Er hatte die Karte Richtung Nordost ziemlich genau vor Augen: Auf dem Weg nach

Wesenberg hatte er nur die MST1 zu kreuzen, und auf der war nicht so viel Verkehr, als dass er nicht hätte hinüber rennen können, ohne gesehen zu werden. Dann konnte er sich immer knapp nördlich der L198 halten, Wesenberg umgehen und am Woblitzsee entlang nach Neustrelitz laufen. Dort gab es zwar keine Wälder mehr, sondern nur offene Felder, aber da würden sie ihn bestimmt nicht mit einem Hubschrauber suchen. Und Neustrelitz war nun gewiss keine Metropole, aber Stadt war Stadt, und in einer solchen konnte man immer irgendwie untertauchen. So lange, bis Gras über die ganze Sache gewachsen war, und sich kein Mensch mehr für Simon Kesseling und seinen Tod interessierte.

Doch das war nicht die einzige Möglichkeit, die er hatte: Am Campingplatz gab es einen Anlegesteg, und oft machten da Motorboote fest. Wenn er einen dieser Flitzer enterte und damit davon fuhr, war er gerettet. Canower See, Pälitzsee, Ellbogensee, Ziernsee, Röblinsee, Fürstenberg/Havel. Dort konnte er dann in einen Regionalexpress Richtung Norden steigen. Nicht einmal ein James Bond hätte eine Chance gehabt, ihn aufzuhalten.

Freudige Gefühle stiegen in Thorben Lucka auf. Das hätten sie allerdings nicht getan, wenn ihm eine Sentenz von Bert Brecht durch den Kopf gegangen wäre: *»Ja, mach nur einen Plan, sei nur ein großes Licht, und mach dann noch 'nen zweiten Plan, gehn tun sie beide nicht.«* Denn …

… als Jörg Golumbiewski gerade am Handy hing und mit seiner Frau telefonierte, blickte er sekundenlang nicht nach links und stieß an der Kreuzung der Granzower Straße mit der L198 mit einem Lieferwagen zusammen. Es krachte fürchterlich.

Lucka hatte sofort das Bewusstsein verloren.

*

Die Partei »Glückliches Deutschland« hatte ihre Anhänger aufgerufen, sich am späten Nachmittag auf dem Friedrich-Wilhelm-Platz zu einer Demo einzufinden. Im Schatten der Kirche »Zum guten Hirten« hatten sich dann auch an die 300 Sympathisanten eingefunden. Geplant waren eine flammende Rede des neuen Parteiführers und ein Marsch zur Villa des ermordeten Simon Kesseling, um dort Blumen niederzulegen und Kerzen anzuzünden.

Alles war ordnungsgemäß angemeldet worden und der Platz weiträumig abgesperrt. Da Gegendemonstrationen zu erwarten waren, hatte die Polizei etliche Mannschaftswagen und auch Wasserwerfer anrollen lassen.

Bei Hansjürgen Mannhardt und den Seinen hatte es eine heftige Diskussion darüber gegeben, ob man auch nach Friedenau fahren sollte. Begonnen hatte es mit der Bemerkung von Heike Hunholz, dass sie es müsste, weil sie ja schon etwas über Doktor Rietzel gemacht hatte. »Und jetzt will der Sender, dass ich Stimmen der Leute einfange, wenn der neue Chef geredet hat. Wer von euch kommt denn mit?«

»Ich nicht!«, rief Silvio. »Ich muss zum Fußballtraining.«

»Ich auch nicht«, schloss sich Orlando an. »Ich würde nur nach alter Sitte Farbbeutel auf die Type werfen, und dann würden sie mich festnehmen. Landfriedensbruch. Das würde mir dann ewig anhaften, und ich könnte nicht mehr Staatsanwalt werden.«

Mannhardt wurde poetisch. »*Ich sei, gewährt mir die Bitte, in eurem Bunde der Dritte*! Weil … Jeder, der da herumsteht, wird von Rietzel und Co. als Anhänger und Unterstützer gewertet – und da kann ich nur mit Max Liebermann ausrufen: ›*Ick kann jar nich soville fressen, wie ick kotzen möchte*.‹«

Heike Hunholz ließ das nicht gelten. »Gut, der Herr Sohn soll zum Fußball gehen, aber Hajü und Orlando, ihr solltet unbedingt mitkommen, denn immerhin zählt der Doktor Rainer Rietzel doch zum Kreis der Tatverdächtigen, was den Mord an Simon Kesseling angeht, da solltet ihr ihn schon mal erleben und hören, was er so sagt, vielleicht findet sich ja bei dieser Gelegenheit ein Hinweis auf die Tat.«

Das hatte die beiden überzeugt, und so standen sie schließlich zu dritt vor dem Hotel »Klee« an der Ecke Görresstraße und harrten der Dinge, die da kommen würden.

»Rainer Rietzel, der Volksbeglücker«, lästerte Orlando.

»Einen Solchen hatten wir schon einmal in Berlin«, sagt Mannhardt.

Orlando lachte. »Du meinst Adolf Hitler?«

»Nein, Max Klante.«

Sein Enkel staunte. »Wer soll denn das sein?«

»1920 hat er eine Firma gegründet, die einen Rennstall etablieren sollte, und versprach allen Anlegern zur Frühjahrs-Rennsaison 1921 Wahnsinnsgewinne. 600 Prozent für alle Einlagen. Und die Riesengewinne gab es tatsächlich, denn er hatte am Anfang mit seinen Pferden und Jockeys einen Riesenerfolg. Viele Berliner machte er wirklich glücklich, und man feierte ihn mit einem extra komponierten Max-Klante-Marsch. Und dann …«

»… kam das böse Erwachen«, unterbrach Orlando ihn. »Wie das bei Volksbeglückern immer so ist.«

Mannhardt nickte. »Er geriet, um die versprochenen Quoten zu zahlen, in immer größere finanzielle Schwierigkeiten und machte eine Likörfabrik auf, um mit deren Gewinnen die Löcher zu stopfen, die in seinem Wettkonzern entstanden. Alles umsonst, schließlich hatte er viele Leute unglücklich gemacht, 90 Millionen Mark Schulden und ein Fall für den Staatsanwalt.«

»Was lernen die Menschen daraus?«, fragte Heike Hunholz, um gleich darauf selbst die Antwort zu geben. »Nichts. Also jubeln sie jetzt auch Rainer Rietzel zu.«

Und so war es dann auch, als der Volksbeglücker loslegte.

»Das kann doch kein Zufall sein, dass der Mörder unseres geliebten und so genialen Parteivorsitzenden Simon Kesseling noch immer nicht dingfest gemacht worden ist, da sind doch sicher Kräfte am Werk, die das verhindern wollen, weil der Täter vielleicht Hasan Abdulbaki heißt.«

Selbstverständlich hatten sich auch Gunnar Schneeganß und Jessica Schamp zur Kundgebung der PGD eingefunden, wobei sie sich als Gäste des mexikanischen Restaurants »Dos Pescados« getarnt hatten, das an der Ostseite des Friedrich-Wilhelm-Platzes gelegen war. Von seinem Vorgarten aus hatten sie alles im Blick.

»Danke für den Tipp.« Schneeganß blickte zu Jessica Schamp hinüber. »Fahre bitte sofort ins Büro und leite die Fahndung nach Hasan Abdulbaki ein.«

»Wie?« Jessica Schamp hatte nicht richtig hingehört, weil ein paar Meter von ihr eine Dame stand, die sie kannte. »Du, entschuldige, aber ist das da vor uns nicht diese Tessa Wisotzki, die den erschossen Kesseling als Erste entdeckt hat?«

Schneeganß sah nun genauer hin. »In der Tat. Aber kein Wunder, dass sie hier ist, sie wohnt ja hier. Und das neben ihr ist, wenn ich mich nicht irre, der Randolf Rockenfeld.«

»Wer?«

»Na, der alte Krimischreiber«, klärte Schneeganß sie auf.

»Woher kennst du denn den?«, wollte Jessica Schamp wissen.

»Der kam früher öfter mal bei uns im Landeskriminalamt vorbei, um zu recherchieren.«

»Ach so.«

Nun fing Doktor Rietzel so an zu brüllen, dass sie sich nicht weiter unterhalten konnten. Mannhardt, Orlando und Heike Hunholz auf der anderen Seite des Platzes erging es ebenso.

»Glücklich kann unser geliebtes Deutschland nur sein, wenn hier glückliche Deutsche den Ton angeben!«, schrie Doktor Rietzel ins Mikrofon. »Und was hat unser unvergessener Simon Kesseling immer gesagt: ›*Wer ist glücklich? Wer Gesundheit, Zufriedenheit und Bildung in sich vereinigt.*‹«

Orlando schüttelte den Kopf. »Das ist doch Thales von Milet, das kenne ich noch von der Schule her, da mussten wir einen Aufsatz drüber schreiben.«

»Gesundheit, Zufriedenheit und Bildung – genau das ist es, was im Programm der Partei ›Glückliches Deutschland‹ ganz vorn steht!«, donnerte Doktor Rietzel. »Und jeder soll so viel verdienen, dass er sich das alles leisten kann, so der Wille unseres Simon Kesseling, der …«

Weiter kam er nicht, denn in diesem Augenblick stürzte ein junger Mann zu der kleinen Bühne, die man vor der Kirche »Zum guten Hirten« aufgebaut hatte, stach zwei Wachmänner nieder und sprang schreiend auf Doktor Rietzel zu.

»Gott schickt mich, dich zu töten! Kyrie eleison!«

SIEBZEHN

Gunnar Schneeganß und Jessica Schamp saßen in der Cafeteria des Salernitana-Krankenhauses in Halensee und warteten auf das Erscheinen des Oberarztes, der ihnen zugesagt hatte, sie sofort zu unterrichten, wenn Lars Wohra nach der Operation im Aufwachraum wieder bei Bewusstsein war. Ein Polizeibeamter hatte auf ihn geschossen, als er auf dem Friedrich-Wilhelm-Platz drauf und dran gewesen war, Doktor Rietzel zu erstechen.

»Hoffentlich bekommt der Kollege, der auf Wohra geschossen hat, keinen Ärger«, fürchtete Schneeganß. »Die linken und grünen Gutmenschen werden doch Zeter und Mordio schreien, denn schließlich war dieser Lars Wohra ein psychisch kranker Mensch, der unser ganzes Mitgefühl verdient.«

Jessica Schamp suchte die Emotionen aus ihrer Diskussion zu nehmen, indem sie ganz nüchtern die entsprechenden Paragrafen aus der Polizeiverordnung zitierte, die sie von ihren Klausuren her noch im Kopf hatte. »Schusswaffen dürfen nur dann ohne Androhung gebraucht werden, wenn dies zur Abwehr einer gegenwärtigen Gefahr für Leib oder Leben erforderlich ist.«

»Das war ja wohl bei Doktor Rietzel der Fall!«, rief Schneeganß.

»Aber«, fuhr seine Kollegin fort, »gegenüber einer Menschenmenge ist die Anwendung unmittelbaren Zwanges möglichst so rechtzeitig anzudrohen, dass sich Unbeteiligte noch entfernen können.« Und nach einer kleinen Atempause fügte sie hinzu. »Das hat der Kollege meines Wissens jedoch nicht getan.«

Schneeganß lachte. »Klar, hätte er sich erst das Mikrofon greifen und alle warnen sollen? Dann hätte er den Wohra zwar auch mit seinen Schüssen kampfunfähig machen können, aber der Doktor Rietzel wäre längst tot gewesen.«

Jessica Schamp winkte ab. »Komm, wechseln wir das Thema.«

»Okay. Dann sage mir einmal, von wem die Aussage stammt: ›*Der Ball ist rund, und ein Spiel dauert 90 Minuten.*‹«

»Von Sepp Herberger.«

»Prima!«, rief Schneeganß. »Dann sage mir einmal, wann ganz normale Fußballspiele, also keine Pokalspiele mit Verlängerung und Elfmeterschießen, schon einmal 100 Minuten dauern dürfen?«

Jessica Schamp zuckte mit den Schultern. »Keine Ahnung …«

»Wenn Bayern München zurückliegt, und in der normalen Spielzeit plus der üblichen Verlängerung von drei Minuten noch kein Tor zum Sieg oder wenigstens zum Unentschieden geschossen hat.«

»Ist das nun der berühmte Bayern-Dusel, simple

Schiedsrichterbestechung oder die Fähigkeit des Vereins zum Last-Minute-Tor«, fragte sich Jessica Schamp.

»Keine Ahnung, ich weiß nur, dass sie bei euch in der DDR das bei Dynamo Berlin auch immer so gemacht haben.«

Jessica Schamp guckte böse. »Das musste ja jetzt kommen!«

»Komm, wechseln wir das Thema«, wiederholte Schneeganß ihre Worte von eben. »Zurück zu Lars Wohra. Wie ernst ist denn dieser Anruf aus der Karl-Bonhoeffer-Nervenklinik zu nehmen?«

Das war eine Anspielung auf Doktor Gesecke, der sich nach der Szene auf dem Friedrich-Wilhelm-Platz doch entschlossen hatte, bei der Mordkommission anzurufen. Und er hatte folgende Aussage von Wohra zu Protokoll gegeben: »*Aber die Wahrheit ist ja, dass ich diesen Kesseling erschossen habe und den Verdacht nur auf die Wisotzki lenken wollte, um selber nicht in Verdacht zu geraten.*«

»Der Mann war voller Wahnideen«, sagte Jessica Schamp. »Was er sich da vorgestellt hat, muss durchaus nicht der Wirklichkeit entsprechen.«

»Okay, aber die Attacke auf Doktor Rietzel, die hat er sich nicht nur in seinem Wahn vorgestellt, die hat es in Wirklichkeit gegeben, die haben wir mit eigenen Augen gesehen«, hielt ihr Schneeganß entgegen. »Und was bei Doktor Rietzel real war, warum sollte das nicht auch Realität bei Simon Kesseling gewesen sein?«

»Warten wir ab, bis Lars Wohra aus der Narkose erwacht ist und was er uns zu diesem Thema zu sagen hat.«

Es war gar nicht so leicht, sich die Zeit zu vertreiben, denn sie hatten sich nichts zu lesen mitgenommen, und wenn Jessica Schamp auf ihrem Smartphone herum wischte, nervte ihn das nur.

»Fahr doch mal schnell in die Keithstraße und hole uns unser Dartspiel«, sagte Schneeganß deshalb. »Hier auf dem Flur wird sich schon eine Ecke finden, wo wir ungestört spielen können.«

»Und was sagen wir, wenn es eine Dienstaufsichtsbeschwerde gibt?«, fragte Jessica Schamp.

So wagten sie auch nicht, »Tsching Tschang Tschong« zu spielen, weil das, sah es jemand, die Seriosität der Kriminalpolizei infrage gestellt hätte. Dann hatte Schneeganß eine Idee.

»Du, unten am Zeitungskiosk haben sie Spiele für Kinder liegen. Ich gucke mal nach, ob da auch für uns was dabei ist.« Fünf Minuten später kam er mit NEON UNNÜTZES WISSEN – MORD & TOTSCHLAG zurück. »Das ist genau das Richtige für uns, fangen wir gleich mal an.« Er zog den Kartenstapel aus der Packung und begann mit der ersten Frage. »Der Hamburger Serienmörder Fritz Honka, der in seiner Wohnung vier Frauen umbrachte und die Leichen dort versteckte, verschleierte seine Taten a) durch das luftdichte Abdichten von Türen und Fenstern, b) durch das Legen von Feuer oder c) durch das massenweise Aufstellen von Duftsteinen?«

Jessica Schamp überlegte nicht lange. »a) würde ich sagen.«

Schneeganß suchte auf der Rückseite der Spielkarte nach der richtigen Antwort. »Falsch, Frau Kollegin,

c) wäre richtig gewesen. 1:0 für mich. Und nun du.« Er reichte ihr den Stapel mit den anderen 99 Karten hinüber.

»Agathokles, Herrscher über Syrakus, wurde 289 vor Christus mithilfe eines vergifteten a) Taschentuchs ermordet, b) Zahnstochers oder c) Kamms ermordet?«

Schneeganß begann nachzudenken. »c) möchte ich einmal ausschließen, bleiben noch das vergiftete Taschentuch und der vergiftete Zahnstocher. Beim Taschentuch kann er das Gift einatmen, aber ehe das in der Lunge ist, das kann dauern … Beim Zahnstocher ist es gleich im Speichel und dann über den Magen und den Darm schnell in der Blutbahn. Ich entscheide mich also für b).«

Jessica Schamp drehte die Karte um. »Treffer! Es ist wirklich B.«

»2:0 für mich, aber wenn Wohra noch lange mit dem Aufwachen braucht, hast du immer noch alle Chancen mit 97:2 zu gewinnen. Also, auf zur Revanche!«

Aber dazu sollte ihnen keine Zeit mehr bleiben, denn Schneeganß musste seine Karten blitzschnell verschwinden lassen, weil aus einer der nahen Türen der Oberarzt kam. Sie sprangen auf, nahe daran, Haltung anzunehmen.

»Ich muss Ihnen leider mitteilen, dass Herr Wohra zu keiner Aussage mehr fähig ist, denn er ist soeben …«

»… verstorben«, brachte Schneeganß den Satz zu Ende.

»Ja. Wir haben zwar alles versucht, aber …«

»Nun …«

Auch Schneeganß und Jessica Schamp fehlten in diesem Augenblick die passenden Worte, aber es musste ja auch gar nichts mehr gesagt werden. Sie verabschiedeten sich ohne weitere Worte und nur mit einem Händedruck von dem Mediziner und verließen das Salernitana-Krankenhaus. Erst draußen auf der Straße und auf dem Weg zu ihrem Wagen konnten sie wieder sprechen.

»Bleibt also die große Frage offen: Hat Lars Wohra nun den Kesseling erschossen oder nicht?« Schneeganß blieb stehen.

Jessica Schamp konnte nur lächeln. »Wir müssen so schnell wie möglich das Placet zur Durchsuchung seiner Wohnung bekommen und dann sehen, ob wir die Tatwaffe finden oder andere Indizien.«

Schneeganß lächelte zurück. »Darauf wäre ich von alleine nie gekommen.«

*

Wie aus weiter Ferne, fast war es so, als käme sie vom Himmel herab, erklang eine sonore männliche Stimme.

»Können Sie einmal die Augen öffnen.«

Er konnte es nicht, er wollte es auch nicht. Man zog ihm nacheinander links und rechts die Lider hoch und leuchtete hinein. Die plötzliche Helligkeit ließ ihn aufschreien.

»Commotio cerebri«, hörte er den Mann von eben sagen. »Und was machen wir da, meine Dame, meine Herren?«

Es folgte ein Gemurmel aus mehreren Stimmen, dann kam die Antwort einer offenbar jungen Frau. »Bei einer

Gehirnerschütterung, ›Commotio cerebri‹, suchen wir zuerst herauszufinden, wie schwer das erlittene Schädel-Hirn-Trauma des Unfallpatienten ist. Und dies mithilfe der Glasgow Coma Scale.«

»Okay.«

»Und weiter … Sie bitte, Herr Kreuzer.«

»Ja. Bei der Glasgow Coma Scale gibt es drei Rubriken, bei der von eins bis sechs Punkte vergeben werden: die Augenöffnung, die verbale Kommunikation und die motorische Reaktion. Die Augenöffnung hatten wir schon, und jetzt gilt es herauszufinden, ob sich unser Patient an die Zeit während und nach dem Unfall nicht mehr erinnern kann, das wäre die anterograde Amnesie. Von einer retrograden Amnesie sprechen wir, wenn sich die Erinnerungslücke auch auf die Zeit vor dem Unfall erstreckt.«

Langsam begriff Thorben Lucka, dass Golumbiewski einen Unfall gebaut hatte, während er im Kofferraum gelegen und aus Mirow zu flüchten versucht hatte. Und offenbar befand er sich jetzt in einem Krankenhaus. Die Menschen um ihn herum, das waren Ärzte und Medizinstudenten bei einer Visite.

»Können Sie sich daran erinnern, wie Sie in den Kofferraum gekommen sind?«, fragte ihn der, der offensichtlich der Oberarzt war. »Sind Sie selbst hineingeklettert oder hat Sie jemand da reingelegt?«

Langsam begann Luckas Gehirn wieder besser zu funktionieren, und instinktiv wusste er, welche Antwort gut oder schlecht für ihn sein würde.

»… reingelegt«, flüsterte er. Damit galt er als Opfer

und wurde anders behandelt als der mutmaßliche Mörder von Simon Kesseling.

»Und wer hat Sie in den Kofferraum gelegt?«

»Keene Ahnung.«

»Können Sie uns sagen, wie Sie heißen?«

»Nee …«

»Wissen Sie, wo Sie sich hier befinden?«

»Im Himmel, wa?«

»Heben Sie bitte mal das rechte Bein.«

Thorben Lucka gelang es, einen echt klingenden Schmerzensschrei auszustoßen, ohne dabei das Bein auch nur einen Zentimeter nach oben zu strecken.

Der Oberarzt gab seine Anweisungen. »Computertomografie des Kopfes, und wenn das keine Erkenntnisse bringt, eine Magnetresonanztomografie. Es drohen Hypotension und Hypoxie. Für das erste Semester: Blutdruckabfall und verminderte Sauerstoffkonzentration im Blut.«

Damit verließ die Medizinertruppe das Untersuchungszimmer, und Thorben Lucka hatte nur noch einen Gedanken: Weg von hier, eh sie herausbekommen, wer du bist. Er versuchte, sich aufzurichten und die Beine auf den Boden zu setzen. Es ging. Noch trug er die Sachen, die er bei seiner Einlieferung angehabt hatte. Das würde seine Flucht ungemein erleichtern. Aber wo war er, wo hatten sie ihn hingebracht? In den Krankenzimmern lagen häufig alle möglichen Flyer aus, hier im Behandlungszimmer war aber nichts zu entdecken, was auf den Namen der Klinik schließen ließ. Wie konnte er das am besten herausbekommen?

Nur, indem er auf den Flur und in die Eingangshalle ging, wo immer eine Menge Informationsmaterial herumlag. Er schaffte es auch, obwohl ihm ziemlich mulmig war. Er taumelte wie jemand, der zwei Promille im Körper hatte. Dann stieß er auf einen Besucherraum, in dem keiner saß, und da lagen auf einem runden Tisch etliche Prospekte. Obwohl ihm zuerst alles vor Augen verschwamm, konnte er schließlich lesen: Seeklinik Zechlin, Braminseestr. 22, 16835 Dorf Zechlin. Wunderbar, da war der Große Zechliner See, und da gab es Boote, die er klauen konnte. Und dann ab in die Walachei!

Er schleppte sich zum Ausgang, es schien zu gehen, doch vor dem Krankenhaus brach er zusammen und verlor erneut das Bewusstsein.

*

»Die Hoffnung stirbt zuletzt«, sagte Gunnar Schneeganß, als er mit Jessica Schamp auf dem Weg zur Saarstraße war, um die Wohnung von Lars Wohra zu durchsuchen. »Die Hoffnung, dass er es war, der Simon Kesseling erschossen hat.«

»Nahe genug beieinander gewohnt hatten sie ja.« Jessica Schamp hatte schon auf ihrem Smartphone nachgesehen. »Von der Saarstraße zum Tatort in der Schmargendorfer Straße sind es 550 Meter gleich sieben Minuten. Aber hör mir auf mit der Plattitüde: ›Die Hoffnung stirbt zuletzt.‹«

Schneeganß lachte. »Gut, zitiere ich Ovid: ›*Hoffen*

und Harren macht manchen zum Narren‹. Logisch ist ja dann, dass man nur klug ist, wenn man auf nichts hofft und nichts erwartet.«

»Richtig.« Jessica Schamp hatte das Folgende bei Nikos Kazantzakis gelesen und sich gemerkt: »*Ich erhoffe nichts. Ich fürchte nichts. Ich bin frei.*«

»Dann bin ich also unfrei«, stellte Schneeganß fest. »Ich erhoffe mir, dass wir den Mörder von Simon Kesseling bald haben, und ich fürchte mich vor jedem Mörder, der bei seiner Festnahme einmal unvermittelt auf mich schießen wird. Alles Quatsch für mich, der ich nach Prag gehöre!«

»Wieso Prag?«

»Weil ich ein echter Prag-matiker bin.«

»Von der Mordkommission auf die Comedy-Bühne«, spottete Jessica Schamp. »Ganz Schneeganß.«

Damit erreichten sie die Saarstraße, eine eigentlich unbewohnbare kurze Hauptverkehrsstraße zwischen der Rheinstraße und der Brücke über S- und Autobahn. Sie klingelten eine Hauswartsfrau heraus, die ihnen die Einzimmerwohnung von Lars Wohra öffnete. Ein ziemlicher Gestank schlug ihnen entgegen, und die Hauswartsfrau merkte an, dass es auf mancher Müllkippe ordentlicher aussehen würde. An der Wand über der Bettcouch hing ein Riesenposter mit Lionel Messi.

»Ah, Messi grüßt den Messie!«, rief Schneeganß.

»Vielleicht hat er eine Leiche unten im Bettkasten«, fürchtete Jessica Schamp und sah gleich nach. »Nee, nur alte Unterhosen mit künstlerisch wertvollen Kotflecken.«

Schneeganß feixte. »Da drunter wird er sicherlich die Waffe versteckt haben, mit der er auf Kesseling geschossen hat. Mit sorgfältig durchsuchen.«

Jessica Schamp zog sich ihre Latexhandschuhe über. »Chef, zu Befehl!«

Während die Kollegin in der schmutzigen Wäsche herumwühlte, kümmerte sich Schneeganß um die Schriftstücke, die überall lagen. »Aha, Hartz IV. Auf seinem Tischkalender sind x Besuche bei Ärzten eingetragen. Der eine ist ein Psychiater, von dem habe ich mal was gelesen.«

»Ach Gott, dieser Lars Wohra ist wirklich ein armer Teufel gewesen.« Obwohl sie hart im Nehmen war, hatte Jessica Schamp Mitleid mit ihm.

»1992 aus der Ex-DDR nach Berlin gekommen«, stellte Schneeganß fest. »Hier liegt sein Stammbaum. Geboren in Freital-Potschappel. Na, dafür kann keiner was.« Er suchte weiter. »Hier: abgebrochene Lehre als Gebäudereiniger.«

Jessica Schamp ließ ihrer Fantasie freien Lauf. »Vielleicht hat Simon Kesseling ihn zum Fensterputzen engagiert, und da hat er schlecht gearbeitet. Kesseling stellt ihn daraufhin zur Rede, und er ist fürchterlich gekränkt und schießt ihn nieder.«

»Du, Jessica, das hier ist die Realität und kein Fernseh-Krimi.«

»Danke, dass du mir das sagst, ich hatte mich schon so auf das Honorar gefreut, denn ich …«

Hier brach sie ab, weil Schneeganß ganz laut »So 'ne Scheiße!«, geschrien hatte.

»Was ist denn los?!«

Schneeganß riss einen Briefbogen hoch. »Das ist der Beleg dafür, dass er an dem Tag, an dem Kesseling erschossen worden ist, gar nicht in Berlin war. Niemand kennt Tag noch Stunde, ich aber: Wohra ist in Freital gewesen, wo seine Mutter ganz offenbar im Seniorenpark lebt, ist im Norma-Markt in der Carl-Thieme-Straße bei einem Ladendiebstahl erwischt worden und hat anschließend bei unseren Kollegen ein Protokoll unterschrieben.«

»Nun ist diese Hoffnung wirklich gestorben«, schloss Jessica Schamp ihren *Ausflug* in die Saarstraße.

*

Hansjürgen Mannhardt hatte in der Zeitung gelesen, dass Menschen ein »episodisches Gedächtnis« besaßen, mit dem man das abrufen konnte, was sie in einer bestimmten Situation zu einem bestimmten Zeitpunkt erlebt hatten. Und da sieht er sich als junger Mann ganz deutlich vor dem Bücherschrank seiner Oma stehen und nach einer anregenden Lektüre suchen. Seine Oma kommt auf ihn zu, nimmt ein Buch heraus und sagt: »Junge, das hier lies mal, da träumen sie schon um 1848 herum von: Deutschland, einig Vaterland.« Er hatte es gelesen und war begeistert gewesen. Er hatte es, als die Großmutter gestorben war, mitgenommen und war mit ihm x-mal umgezogen. Nun hatte er plötzlich Lust, es wieder einmal in die Hand zu nehmen, aber ihm wollte und wollte der Titel nicht einfallen. Er fand es auch nicht, als er die beiden großen Bücherregale absuchte, die sie im Wohn- und im Schlafzimmer stehen hatten. Vielleicht konnte Heike ihm helfen. Er fand sie in der Küche beim Zubereiten einer Quinoa-Hähnchen-Pfanne.

»Du, entschuldige die Störung, aber ich suche ein Buch, das ich als junger Mann immer wieder gelesen habe. Es geht da um die Revolution von 1848 und den Traum von einem ›einig Vaterland‹.«

Heike Hunholz musste da nicht lange überlegen. »Das kann doch nur Rudolph Stratz sein, ›Der Väter Traum‹.«

»Und wo steht das Buch jetzt?«

Heike Hunholz breitete die Arme aus. »Wahrscheinlich beim Berliner Büchertisch am Mehringdamm 51. Da habe ich neulich eine Kiste mit Büchern hingebracht, die bei uns langsam verstaubt sind, und da können sie sich Leute abholen, die kein Geld haben, sich Bücher zu kaufen.«

»Mein Gott!«, rief Mannhardt.

»O my God!, heißt das heute.«

Mannhardt hatte die kleine Szene schnell vergessen und wäre auch nie wieder auf Rudolph Stratz gekommen, wenn er nicht seinen Enkel in seiner neuen Wohngemeinschaft in Steglitz besucht hätte, in der Lepsiusstraße, und auf dem Rückweg zum U-Bahnhof Schlossstraße nicht durch die Zimmermannstraße gegangen wäre. Dabei fiel sein Blick, als er das Mietshaus mit der Nummer 26 passierte, auf das Firmenschild »BerlinAntiquariat«. »Mensch, da kann ich ja mal nachsehen, ob die ...!« Gedacht, getan. Das Antiquariat hatte nur Mittwoch bis Freitag von 15.00 – 18.30 Uhr und am Samstag von 10.00 – 14.00 Uhr geöffnet. Heute war Sonnabend, da hatte er also Glück. Er trat ein, und der Geschäftsinhaber begrüßte ihn freundlich.

»Mein Name ist Karl-Heinz Than, was kann ich für Sie tun?«

Mannhardt schilderte ihm sein Problem. »Die Gefährtin meines Lebens hat eines meiner Lieblingsbücher entsorgt, und danach suche ich jetzt bei Ihnen.«

»Um welches Buch geht es denn?«

»Wahrscheinlich um Rudolph Stratz ›Der Väter Traum‹.«

Than sah in seiner Kartei nach und war bald fündig geworden: »Der Väter Traum«. Roman. Stratz, Rudolph, Scherl Verlag, Berlin 1921. – Sie finden ihn in dem Regal da links neben dem Fenster.«

Mannhardt bedankte sich, eilte zum angegebenen Ort und begann zu suchen. Dabei stach ihm gleich neben Stratz ein längst vergilbter Krimi aus dem Jahre 1977 ins Auge, »My First Own Murder« von Jackson Stony. Da sowohl Orlando als auch Heike immer über sein mangelhaftes Englisch lästerten, beschloss er, auch dieses Buch mit nach Hause zu nehmen.

*

Gunnar Schneeganß und Jessica Schamp waren wieder einmal nach Moabit zur Justizvollzugsanstalt gefahren, diesmal, um dort den Untersuchungshäftling Thorben Lucka zu vernehmen. Man hatte ihn, nachdem er in der Seeklinik Zechlin zusammengebrochen war, in das nebenan gelegene Untersuchungshaft-Krankenhaus gebracht. Obwohl von seinen schweren inneren Verletzungen und seinem Hirntrauma noch lange nicht genesen, war er nach Meinung der Ärzte durchaus vernehmungsfähig. »Aber bitte nicht länger als eine Viertelstunde.«

Sie mussten sich also beeilen und kamen auch sehr schnell zur Sache.

»Herr Lucka«, begann Schneeganß. »Wir haben schon vor einigen Tagen und jetzt schon Wochen versucht, mit Ihnen in Ihrer Wohnung in der Lachmannstraße zu sprechen, aber da waren Sie bereits in den Weiten der brandenburgischen Wälder abgetaucht. Warum denn das?«

»Weil ick wusste, det ick det sein werde, dem Se den Mord an Simon inne Schuhe schiem.«

Jessica Schamp ergriff nun das Wort. »In der Schmargendorfer Straße, das war doch Ihr zweiter Versuch.«

»Wat für'n Vasuch?«

»Na, Ihren alten und so gehassten Klassenkameraden Simon Kesseling zu erschießen. Das erste Mal, da hat das ja nicht geklappt, auf dem Marlene-Dietrich-Platz.«

»Nee, weil ma da plötzlich Leute im Weje jestanden ham.«

Schneeganß fixierte ihn. »Das geben Sie also zu?«

»Muss ick ja wohl, oda?«

Und dann erzählte ihnen Thorben Lucka minutenlang etwas vom missglückten Scheinattentat auf Simon

Kesseling und schloss mit den Sätzen. »Et sollte nur eenen Streifschuss jem, aba det musste sein. Simon wollte unbedingt inne Schlachzeil'n.«

Schneeganß nickte. »Okay. Und da der erste Versuch Ihres Scheinattentats auf dem Marlene-Dietrich-Platz nicht geklappt hat, sind Sie zum zweiten Versuch in die Schmargendorfer Straße gefahren, schwarz gekleidet und als Motorradfahrer.« Dabei hatte er sich an die Aussage einer Nachbarin erinnert, dieser Tessa Wisotzki. »Aber – und das ist das Entscheidende! – Sie haben schlecht gezielt, Herr Lucka, und aus dem Streifschuss ist ein Todesschuss geworden.«

»Nein!«, schrie Thorben Lucka. »Ick bin jar nicht mehr dazu jekomm, uff ihn zu zielen. Er hat ja schon tot bei sich vor de Villa jelejen.«

Schneeganß lachte. »Herr Lucka, das wird Ihnen kein Gericht abnehmen. Für uns steht fest, dass Sie der Täter sind, dass Sie Simon Kesseling erschossen haben. Ein Mord mag es nicht gewesen sein, das wird man Ihnen vielleicht nicht nachweisen können, aber mit Sicherheit Paragraf 222 Strafgesetzbuch – fahrlässige Tötung.«

Thorben Lucka verblieb also in der Justizvollzugsanstalt, und Gunnar Schneeganß und Jessica Schamp fuhren frohgemut in die Keithstraße zurück, um ihren Oberen die Botschaft zu überbringen, auf die man schon lange gewartet hatte.

»Der Mord an Simon Kesseling ist aufgeklärt.«

ACHTZEHN

»He had hid his gun years ago on the attic and now great trouble to find them again.« Hansjürgen Mannhardt hatte Mühe, diesen Satz zu verstehen, weil er nicht wusste, was *attic* im Deutschen hieß. Attac kannte er von Heike her, auch die attische Demokratie, aber *attic*? Aber auch das *gun* gab ihm Rätsel auf. Was nun hatte der Mann gesucht: ein Gewehr oder eine Pistole? Da der Roman, den er da las, aus Amerika kam, wohl eher eine Pistole. Er sah im Wörterbuch nach, und es stimmte sogar. Heike kam herein und staunte.

»Was machst du denn da? Willst du Übersetzer werden?«

»Nein, aber ich habe mir doch gestern, als ich von Orlando gekommen bin, im Antiquariat das Buch neu beschafft, das du entsorgt hast: Rudolph Stratz, ›Der Väter Traum‹, und da ist mir auch ein amerikanischer Krimi in die Hände gefallen: ›My First Own Murder‹ von Jackson Stony. Und da ihr, du und Orlando, immer über mein schlechtes Englisch spottet, habe ich ihn mitgenommen und kämpfe mich nun mühsam hindurch. Weißt du, was ein *attic* ist?«

»Der … der …?« Auch Heike brauchte einige Sekunden, bis es ihr einfiel. »Der Dachboden.«

»Danke.« Ja, das ergab einen gewissen Sinn, dass jemand seine Pistole auf dem Dachboden versteckt hatte.

»Worum geht's in deinem Krimi?«

»Da bin ich noch nicht dahintergekommen«, musste Mannhardt eingestehen.

»Na, dann versuch es mal, während ich im Sender bin.«

Das tat Mannhardt dann auch und fand in den nächsten Stunden heraus, dass der Protagonist, der den schönen Namen Jayden Trompet trug, ein alternder Kriminalschriftsteller war. Er hatte an Schreibmaschine und Computer unzählige Morde begangen, und alle Welt hatte ihn gekannt und bewundert, nun aber war er in Vergessenheit geraten und saß verzweifelt zu Hause herum. Seine narzisstische Kränkung hatte pathologische Züge angenommen, und er litt unsäglich darunter, nicht mehr in den Schlagzeilen zu sein. Das war zu einer Sucht geworden, und den Entzug ertrug er nicht. Da hatte er die geniale Idee, die ihm erneut viele Schlagzeilen bescheren würde, ungeheuer viele: seinen ersten richtigen Mord zu begehen. Daher auch der Titel des Romans: »My First Own Murder«.

Als Mannhardt alle Zusammenhänge begriffen hatte, musste er sofort an Randolf Rockenfeld denken, den er ja neulich zusammen mit Heike, Orlando, Emily und Martin Nehmer bei einer Lesung in der »Dorotheenstädtischen Buchhandlung« erlebt hatte. Was Wunder, dass da seine Fantasie mit ihm durchging, schließlich war er altgedienter Erster Kriminalhauptkommissar außer Dienst.: Randolf Rockenfeld hatte Simon Kesseling erschossen, um wieder in die Schlagzeilen zu kommen. Der Gedanke lag nahe, denn beide waren Nachbarn, und vielleicht hatten sie sogar Streit miteinander gehabt.

Hatte er bisher keine großen Ambitionen verspürt, im Fall Kesseling selbst zu ermitteln, so gingen jetzt die Pferde mit ihm durch. Wie ein Süchtiger nichts anderes wollte, als seine Droge »einzuwerfen«, so wollte er den Triumph auskosten »Ich habe den Täter überführt!« Klar, er hätte Schneeganß anrufen können, der machte ja insgesamt einen guten Job, aber … Und dass er sich und Orlando, stellten sie Rockenfeld zur Rede, größter Gefahr aussetzte, denn der Mann schien ja zu allem fähig zu sein, das blendete er in seinem »Wahn« einfach aus. Seine Mutter hätte ausgerufen »Hansjürgen, du bist ja total meschugge!«, aber das zu sein, machte ihn irgendwie high.

Wie elektrisiert griff Mannhardt zum Telefon, um seinen Enkel anzurufen und ihm von seinem Verdacht zu berichten.

Orlando konnte nicht sogleich richtig einschätzen, was er da zu hören bekam. »Du, Opa Hajü, entweder du bist reif für den Nobelpreis in Kriminologie oder für die Karl-Bonhoeffer-Nervenklinik.«

»Komm, lass uns zu Randolf Rockenfeld fahren und ihm mal auf den Zahn fühlen.«

Orlando lachte. »Okay, wenn wir bei Rockenfeld ›My First Own Murder‹ im Bücherschrank finden, gilt er als überführt.«

»Er kann doch auch von allein auf die Idee gekommen sein.«

»Egal. Treffen wir uns in einer Stunde unten auf dem Bahnhof Friedrich-Wilhelm-Platz und statten ihm einen kleinen Besuch ab.«

Das klappte dann auch, und sie berieten sich auf dem Weg von der U-Bahn bis zur Schmargendorfer Straße noch kurz über ihre Strategie.

»Wir sind seit Jahren begeisterte Leser von ihm und gerade ganz zufällig an seiner Wohnung vorbeigekommen, und ob wir nicht ein Autogramm mit Widmung von ihm haben könnten«, schlug Mannhardt vor. Er hatte sich auch bei »Thalia« in den Borsighallen zwei Romane von Randolf Rockenfeld besorgt.

»Okay.« Orlando fand das gut. »Und du fragst ihn dann, ob er auch ›My First Own Murder‹ kennt, und dann sehen wir einmal, wie er darauf reagiert.«

Nach einer guten halben Stunde, nachdem alles so abgelaufen war, wie sie es in ihrem Drehbuch geplant hatten, sollten sie Rockenfelds Reaktion live erleben: Er zog eine Pistole unter einem Sofakissen hervor und richtete den Lauf auf Mannhardt und Orlando.

»Meine Lieben, gute Arbeit bis hierher! Und mit der Waffe, die ich in der Hand halte, habe ich auch Simon Kesseling erschossen, a) weil ich ihn gehasst habe und b) weil mir das die meisten Schlagzeilen sichern wird. Und nun frage ich mich, ob mir das noch mehr einbringt, wenn ich euch beide auch noch … Damit wäre ich ein Serientäter, und die stehen ja hoch im Kurs.« Er dachte einen Augenblick nach. »Ich könnte euch aber auch als

Geiseln nehmen und mit euch durch halb Deutschland reisen, so nach dem Muster des Gladbecker Geiseldramas. Da wären wir dann permanent im Fernsehen …«

Mannhardt hatte in seiner langen Laufbahn bei der Berliner Kriminalpolizei schon vieles erlebt, aber so etwas auch noch nicht. Niemand hätte sich Randolf Rockenfeld, der mit seinem grauweißen Bart und dem noch immer recht langen Haar aussah wie ein Herrgottschnitzer aus Oberammergau, als Mörder vorstellen können. Mannhardt hatte keine Angst von Rockenfelds Kugeln getroffen zu werden, denn das war sozusagen ein artgerechter Tod und er hatte ohnedies nur noch wenige Jahre zu leben, aber Orlando hatte noch ein langes und erfülltes Leben vor sich. Und so war sein Plan schnell gefasst: Ich stürze mich auf Randolf Rockenfeld und versuche, ihm seine Pistole zu entreißen. Trifft er mich, so diene ich als Kugelfang, und Orlando kann fliehen und sich in Sicherheit bringen. Aber vorher musste er versuchen, mit Randolf Rockenfeld zu verhandeln. Vielleicht machte er dabei eine Bewegung, die ihm bei seinem Angriff auf ihn größere Chancen einräumte.

»Lieber Randolf Rockenfeld«, begann er. »Ich habe in der ›PSYCHOLOGIE HEUTE‹ neulich gelesen, dass Schriftstellern wie Ihnen ein Stück Unsterblichkeit beschert wird, weil sie durch den Tod nicht ausgelöscht werden, sondern als Teil der Kultur fortbestehen. Und den Mord an Simon Kesseling wird man Ihnen vielleicht noch nachsehen, wenn Sie meinen Enkel und mich aber auch noch töten, dann werden Sie aus dem kollektiven Gedächtnis der Deutschen gelöscht werden und in einem Schwarzen Loch verschwinden.«

»Irrtum, lieber Herr Mannhardt, denken Sie an den Spruch: ›*Ein Mensch ist so lange nicht tot, wie sich jemand an* ihn *erinnert*‹. Und man wird sich umso mehr an mich erinnern, wenn ich nicht nur Simon Kesseling, sondern auch Sie und Ihren Enkel ins Jenseits befördert habe. Danach werde ich mich selbst stellen – und vorher dafür sorgen, dass die Medien alle zur Stelle sind.«

Orlando, der bis eben dagestanden hatte, als hätte ein Regisseur »Freeze!« gerufen, überwand nun seine Lähmung und glaubte, Randolf Rockenfeld etwas aufhalten zu können, indem er redete und redete. »Neulich, als wir bei Ihrer Lesung waren, hätte ich ja nicht gedacht, dass wir diese Szene hier einmal erleben werden. Tun Sie das alles nur, um in die Schlagzeilen zu kommen – oder haben sich da bei Ihnen in bestimmten Hirnarealen Verfestigungen ergeben, weil sie schon so viele Morde beschrieben haben? Für mich wäre das dann in der Kriminalpsychologie die große Frage, ob Ihre fiktiven Mörder in Wahrheit stellvertretend für Sie gemordet haben? Haben Sie denn einmal darüber nachgedacht, wie viel Projektion bei Ihnen im Spiel gewesen ist?«

»Nein, aber ... Das ist ja interessant.« Randolf Rockenfeld begann, darüber nachzudenken. »Was sagt Freud dazu? Dass man unter Projektion einen Abwehrmechanismus versteht, bei dem eigene, unerwünschte Impulse einem anderen Menschen zugeschrieben werden. Da könnten Sie also recht haben, denn ...«

Weiter kam er nicht, denn in diesem Augenblick flog eine Blendgranate durch das offen stehende Fenster und setzte ihn außer Gefecht. Sekunden später stürmte ein Spezialeinsatzkommando-Trupp die Wohnung und machte dem Spuk ein Ende.

Tessa Wisotzki hatte von ihrem Fenster aus die Geiselnahme beobachtet und 110 angerufen.

Wenig später waren Gunnar Schneeganß und Jessica Schamp zur Stelle, um Randolf Rockenfeld festzunehmen.

Mannhardt und Orlando luden im Anschluss die beiden mit Tessa Wisotzki zu einem Festessen im Restaurant »Dos Pescados« am Friedrich-Wilhelm-Platz ein.

Mannhardt hob sein Sektglas. »Mein Enkel und ich sind Ihnen, liebe Tessa Wisotzki, von Herzen dankbar, denn Sie haben uns wahrscheinlich das Leben gerettet.«

»Und das mit Randolf Rockenfeld und uns bei Ihrer nächsten Kultur-Tour durch Friedenau nicht vergessen zu erwähnen.«

»Friede now!«, sprach Mannhardt das Schlusswort.